U0533475

巴斯克维尔学院

大侦探福尔摩斯前传

福尔摩斯的启示

大侦探福尔摩斯前传

巴斯克维尔学院

福尔摩斯的启示

BASKERVILLE

[美] 阿里·斯坦迪什 著　　马爱农 译

北京联合出版公司

致卢卡、艾玛和伊娃、佩奇和威尔、
安娜和海莉、阿娃·凯瑟琳,
以及所有即将到来的表亲们

一旦你排除了所有不可能，剩下的，不管多么不可思议，一定就是真相。

——夏洛克·福尔摩斯

目 录

第一章　血字的研究　　　　　　　　　　1

第二章　一次奇怪的邂逅　　　　　　　　7

第三章　最重要的事　　　　　　　　　　12

第四章　一份邀请　　　　　　　　　　　18

第五章　我们时代最杰出的人才　　　　　21

第六章　亚瑟王的宝座　　　　　　　　　28

第七章　飞行　　　　　　　　　　　　　33

第八章　巴斯克维尔学院　　　　　　　　45

第九章　格洛弗和袋袋　　　　　　　　　54

第十章　进入拳击场　　　　　　　　　　63

第十一章　棋逢对手　　　　　　　　　　70

第十二章　带风景的房间　　　　　　　　80

第十三章　奇怪的小偷　　　　　　　　　90

第十四章　餐厅　　　　　　　　　　　　95

第十五章 华生医生的花招 102

第十六章 让魔法变得可知 114

第十七章 好运降临 125

第十八章 巴斯克维尔的未解之谜 130

第十九章 三叶草 141

第二十章 绿骑士 150

第二十一章 三叶草之家 158

第二十二章 两封信的故事 166

第二十三章 瓦伦西亚·费尔南德斯 172

第二十四章 逻辑的飞跃 179

第二十五章 亚瑟落水 187

第二十六章 一次误会 198

第二十七章 银版照片和炸药 205

第二十八章 《号角报》令人失望 215

第二十九章 一切水落石出	222
第三十章 艾琳表明立场	236
第三十一章 有答案了	244
第三十二章 进入落地钟	251
第三十三章 婴儿找到妈妈	263
第三十四章 咸鱼	268
第三十五章 咸鱼死里逃生	274
第三十六章 不同寻常的大钟	280
第三十七章 夜间访客	287
第三十八章 贝克勋爵的画像	291
第三十九章 咨询华生医生	298
第四十章 闪电再次来袭	303
第四十一章 怀疑与银餐具	308
第四十二章 幻灯片	313

第四十三章　匿名举报　　　　　　　　　　319

第四十四章　格雷老人　　　　　　　　　　327

第四十五章　亚瑟最后的机会　　　　　　　338

第四十六章　三叶草的纠缠　　　　　　　　345

第四十七章　进入黑暗　　　　　　　　　　351

第四十八章　机器里的女孩　　　　　　　　357

第四十九章　教授归来　　　　　　　　　　366

第五十章　夏洛克·福尔摩斯的调查　　　　374

第五十一章　刚刚开始　　　　　　　　　　379

关于亚瑟·柯南·道尔　　　　　　　　　　391

致谢　　　　　　　　　　　　　　　　　　393

第一章

血字的研究

亚瑟是一个几乎从不犯错的男孩。在学校里,他有一个特别令人恼火的习惯,就是先给出答案,再演算过程。同学们都知道这不能怪他,因为他的思维方式就是这样。

但是,如果你问亚瑟·柯南·道尔,在九月那个晴朗的日子,空气里是否有一丝异样,他是否感觉到了某种险情——甚至危险——正在迫近,他会立刻把你当成一个骗小钱的算命先生。

事实证明,就算亚瑟偶尔也会犯错。

"就这些?"在那个改变命运的下午,亚瑟看着弗雷泽先生放在肉铺磅秤上的那块羊肉,皱起了眉头。把这块肉分成七份，每个人还吃不到一口。

"恐怕你今天的钱只能买这么多，亚瑟。"弗雷泽先生苦笑着回答。亚瑟注意到肉铺老板的黑眼圈。他瞥了一眼布满锯末屑的肉铺那头，弗雷泽夫人通常会在那里干活，但此刻却不在。

最近，她的视力越来越差——亚瑟能看出来，每次跟她打招呼时，她总是眯着眼才能看清他。

可能她视力下降得太严重了，再也没法干活了。这意味着她要去看医生，弗雷泽先生必须另雇他人。

也就是说，亚瑟推断，弗雷泽先生不可能再慷慨大方地多给他一点羊肉了。

"好的，先生，"亚瑟说——想起了自己的教养——"谢谢你。"

他一边托着纸包里的羊肉走向门口，一边打量着其他排队的顾客。有一个男人肯定是满腹心事，没有注意到自己在来肉铺的路上踩到了马粪。

有一个女人破旧的裙子上缝了个补丁。还有一个男孩，看他的靴子鼓鼓囊囊，似乎里面掖着一把刀。

他宁可注意这些事情，也不愿盯着弗雷泽先生柜台后面那些鲜嫩的小牛肉和猪肉，它们正等着被其他家庭买走。

这些肉不是给我们吃的，亚瑟对自己说，至少今天不是。

亚瑟走出肉铺，踏上爱丁堡倾斜的鹅卵石街道时，感到松了口气，街道上挤满了购物者、报童、马匹和街角卖小捧花的女孩子。

空气中有一股新鲜姜饼的香气，是从巴罗克劳面包店飘出来的，西南风带来的秋意让天气变得凉爽。路旁几棵树上的叶子欢快地哗哗作响，盼望着落到地面。

通常，年轻的亚瑟觉得没有什么比一个九月的下午更美妙了。九月预示着新学年的开始，新的课程，新的科目。

然而今天，秋风只给他心里带来一丝寒意。

不知不觉中，他发现自己穿过马路来到司各特书店，一位店员正在整理陈列的书。

隔着玻璃，他看不清书名，但那些书就像刚才肉铺里最鲜美的肉一样诱人，也许还要更诱人。想想书里写到的那些离苏格兰很远的地方，那些等待着他们去探险的地方吧。

亚瑟叹了口气,在他渴望的眼神中,橱窗变得模糊了。

他再次提醒自己,今天不行。

如果家里买不起足够的食物来填饱全家人的肚子,自然也买不起图书来充实亚瑟的头脑。

仿佛是一种回应,橱窗另一边传来刺耳的手指敲击声,把亚瑟的思绪拉了回来。头发像钢丝一样的店员正从里面瞪着他,示意他走开。

回到拥挤的人行道上,亚瑟做出一个决定。

他想起了克拉布特里先生,纽因顿学院那位脾气暴躁的院长,嘴里总有一股变质的牛奶味。他曾对亚瑟说,亚瑟思维这样敏锐,肯定能在世界上大有作为。

然而,亚瑟似乎不能验证克拉布特里先生的想法了,他决定下星期不再返回纽因顿学院。

家里需要人挣钱养家,但随着爸爸干活越来越少,养家的任务只能落到亚瑟的头上。一想到这些,他内心虽充满恐惧,但感到义无反顾。

也许他第二天会回到肉铺,请弗雷泽先生给他一份学徒的工作。他不太喜欢整天切肉,但总强过清扫烟囱,或者——他打了个哆嗦——挖墓穴。

不过，此时此刻家里需要他，妈妈正等着做晚饭呢。

亚瑟转身时，差点撞上一个女人，她正用小车推着一个婴儿，顺着崎岖的山路往上走。

"对不起，夫人。"亚瑟说。

可是女人似乎没有注意到他。

真奇怪，亚瑟想。

他仔细地打量着对方。这是一个漂亮女人，但面容有些憔悴，仿佛陷于痛苦之中。

她的脸像一轮苍白的月亮，衬托着下面从挎包里露出的艳丽花束，以及浓烈的鲜红色裙子。这裙子在人群中十分抢眼，因为大多数路人穿着褐色的衣服，而且一半已经褪成灰色。

一瞬间，女人愣在那里。

也就在那一瞬间，亚瑟把三件事联系在了一起。

第一，女人的衣服很新。

第二，婴儿车里的宝宝很小——最多两个月。

第三，女人的呼吸十分微弱。

突然，女人的眼皮颤动了几下，然后像茶壶一样向前扑倒。

亚瑟扔下羊肉包，在女人晕厥、脑袋即将撞到人行道的一瞬间伸出双臂抓住了她。

他笨手笨脚地把她放下来，感到松了口气。他捕捉到的信息准确无误：女人从昏迷中苏醒过来后，就可以带着孩子平安回家了。

她的孩子！

亚瑟猛地转过头，只见婴儿车开始顺着倾斜的人行道往下滑行。他伸出一只手去拉，但已经晚了。随着坡道越来越陡，婴儿车滑行得越来越快。

婴儿车在一块凸起的石头上颠了一下，突然转向大路，亚瑟的心跳到了嗓子眼……在那边，一辆由四匹高头大马拉着的马车，正轰隆隆地向它直冲过来。

第二章

一次奇怪的邂逅

眼看着婴儿车就要被踢在马蹄下了，无奈亚瑟离得太远，够不到它！他扫视一下街道，然后迅速弯腰，手指在地上摸到一块小石头。

"喂！"他用尽力气喊道，同时扔出石头，祈祷它能击中目标。

正如亚瑟祈祷的那样，石头不偏不倚，打中了婴儿车前面走着的一个男人的后脑勺。男人立刻转身寻找肇事者，却看到婴儿车朝着大路冲去。他向前一扑，及时抓住了车把手。一秒钟后，马车呼啸而过。

亚瑟大大地松了口气，瘫倒在地。人们三三两两地聚拢过来，想弄清是怎么回事，他们伸长脖子看那个抓住婴儿车的男人。男人往山坡上走,一只手推着婴儿车,另一只手紧紧抓着一根手杖。亚瑟惊讶地发现救人者竟然这么大岁数了,他刚才那一跃真是敏捷得惊人。

"那块石头是你扔的吧?"男人用清晰、平缓的口音问亚瑟。

亚瑟忍不住盯着老人看,只见他把手杖夹在一个胳膊下,抬起高顶礼帽,揉了揉自己的后脑勺。亚瑟感到惊奇的不仅仅是他的年迈。

男人布满皱纹的脸庞晒得黝黑,似乎最近去过热带地区,雪白的胡子修剪得整整齐齐。他鼻子细长,眼睛是灰色的,穿着一套漂亮的花呢西装和马甲。

亚瑟此刻看清了,他的手杖是一根闪闪发亮的红木杆,顶部镶着一个银色的渡鸦头。像他这样一位高贵的英国绅士,怎么会置身于这样的街区呢?

"非常抱歉,先生,"亚瑟说,"但我知道如果我大声叫喊,你可能意识不到我是在喊你。你也就不会及时转身。"

老先生端详了亚瑟良久,然后胡子微微颤动了一下:"嗯,我想,对一个陌生人头部造成伤害,你这个理由还不算糟糕。"

那个脾气暴躁的店员从书店里走出来，把婴儿的母亲从地上扶起。女人把裹在毛毯里的婴儿抱出来，紧紧地贴在胸前。

"有人告诉我，多亏了你我才没有摔伤。"她对亚瑟说。然后她转向那位先生："感谢你救了我的孩子。"

英国绅士摇了摇头："这也应该感谢这个男孩。如果不是他反应迅速，结果可能会很可怕，真让人后怕。"

之后，婴儿的母亲坚持要亚瑟收下她刚从市场买来的花，素不相识的人们也纷纷过来与亚瑟握手，一时间场面有点混乱。亚瑟感到有点眼花缭乱，他只是着急地想赶紧回家。终于，母亲带着婴儿离开，人群也渐渐散去，只留下了亚瑟和那位奇怪的绅士。

男人倚靠着书店的橱窗，若有所思地用一支没有点燃的烟斗轻轻敲着自己的嘴唇。他的目光与亚瑟相遇，眼神十分犀利。

"你扶住了那个要摔倒的女人，是吗？"他说，"这么说，你反应很快？"

"不，先生，"亚瑟回答，他被这个陌生人审视的目光看得心里发毛,"我看出她快要晕倒了。"

"哦?怎么看出来的?"

"嗯,我看到她的衣服很新,还看到她脸色惨白,好像有些呼吸困难。她刚生了孩子,但腰身却很苗条。所以我猜想,她出来买衣服的时候可能进店里买了一件——"说到这里,亚瑟压低了声音,"束腰内衣。"

他对这类事情了如指掌,他希望绅士不要感到诧异,他毕竟和五个姐妹同住一个房间,而且他妈妈刚在几个月前生下了小康斯坦斯。

亚瑟清了清嗓子:"可是,给她穿束腰内衣的人显然把衣服勒得太紧了。据说,这种内衣会限制空气流通,还会导致——"

"昏厥,"绅士替他把话说完,"确实如此。"

附近纽因顿教堂的报时钟响了,亚瑟倒吸了一口气。

"请原谅,失陪了。"他一边说,一边弯腰捡起刚才扔在地上的那包羊肉,"我得回家了。"

男人摘下帽子向亚瑟致敬。"你今天表现出了很强的洞察力,"他说,"也许你自己都没有意识到。"

亚瑟还没想好怎么回答对方最后这句奇怪的话,男人就消失在了人群中。但亚瑟注意到他身上还有一个奇怪的细节。他刚才上山时是右手拄拐杖。可是现在离开时，拐杖却紧握在他的左手里。

第三章

最重要的事

太阳快要落山的时候,亚瑟一头冲进了家门。傍晚时分,五个姐妹像猫一样蜷缩在前厅的各个角落,所以她们一下子全都扑到他身上也就不奇怪了。

玛丽伸出小胳膊搂住他的脖子,蹒跚学步的卡罗琳抱着他的腿,在他膝盖上咬了一口——表示亲热——但有点疼。

两个姐姐安和凯瑟琳在火炉边织袜子,在她们中间的摇篮里,躺着小宝宝康斯坦斯。

"你回来晚了。"安说,把手里的活计扔到一边。她不喜欢缝缝补补,"我们一直揪着心!"

"凯瑟琳说可能是在肉铺里排队,"玛丽猜道,"但我说你大概是被强盗绑架了。那是不是很刺激?"

"你到底为什么回来晚了,亚瑟?"凯瑟琳问,火光映照着她严肃的表情,"这些是什么东西?"

"花!"卡罗琳尖叫道,跳起来想去够那个石南花和蓟花的礼品花束,"给我的花!"

小宝宝看到卡罗琳就咯咯笑,逗得玛丽也跟着大笑。亚瑟也咧开了嘴。他还没来得及脱掉靴子呢。

"吃晚饭的时候我再跟你们细说。"他说,"我最好先把这个交给妈妈。"

他举起肉铺老板给的纸包。他踢掉靴子,把花递给卡罗琳,然后去厨房找妈妈。妈妈的脸被炉子上锅里冒出的热汽熏得通红,乌黑的头发从辫子里散落出来。

"哦,亚瑟!"她说,脸上露出了温暖的笑容,"回来得正是时候。"

"少了点,"亚瑟把那一小块肉递给她,说道,"抱歉,只能买这么多。"

妈妈的笑容没有变,但眼神里有一丝异样。"我习惯了过紧日子,"她说,"而且,吉利斯太太带来了一些他们剩的土豆。我们可以吃一顿大餐了!"然后她压低声音说:"你去问问爸爸跟不跟我们一起吃饭,好吗?"

亚瑟努力让语气显得轻松:"没问题。"

妈妈转身去看蒸锅时,亚瑟在走廊里蹑手蹑脚地走向一扇只开了一道缝的门。他往里看了看,爸爸正坐在书桌前,双手抱着脑袋。

他头发乱蓬蓬的,肩膀耷拉着。墙上贴着他用来寻找灵感的各式各样的剪报,还有他自己画的小仙女、小妖精和其他神奇生物的草图。

他周围的地板上,散落着揉皱的纸团和几只空玻璃瓶。

旁边的画架上是一幅怪物的素描,牙齿垂到它的西服背心上。道尔先生是一名童书插画家,目前正在为新版《美女与野兽》创作插图。至少这是他应该做的事。

困扰亚瑟爸爸的不是水痘或肺结核之类的身体疾病,而是一种精神疾病,这使他变得郁郁寡欢,与亚瑟曾经熟悉、如今仍然深爱的那个男人判若两人。

"爸爸?"他问,"你跟我们一起吃晚饭吗?"

"今晚不行,孩子,"道尔先生一动也没动,"我的工作很多,没有胃口。"

亚瑟早就知道会得到这样的回答，但仍然渴望原先的爸爸能够回来。他退出房间，轻轻把门关上。

因此，道尔家的晚餐桌旁只坐了六个人——如果算上小宝宝就是七个。他们都长着打卷的栗色头发，浅褐色的皮肤，每个人的左脸颊上都有一个酒窝。

道尔太太把稀汤寡水的炖菜舀进一个个碗里，给每个孩子撕下一小块面包。亚瑟注意到她什么也没有给自己留。

虽然炖菜很稀，面包也不新鲜，但晚餐确实是一场盛宴。餐桌周围回荡着欢声笑语，摇曳的烛光映着姐妹们的笑脸，他讲述婴儿车溜走的经过时，妈妈吃惊得倒吸了一口冷气，这些都让亚瑟感到深深陶醉。

"再讲一遍，"凯瑟琳皱着眉头说，"你是怎么知道那个女人快要晕倒的？"

"说说那些大马吧！"玛丽要求道，她最喜欢听灾难故事了，"真的一匹也没有受伤吗？"

大家几乎可以忘记桌首那个空空的座位，那个阴影里的沉默幽灵。

吃过晚饭，安和凯瑟琳继续缝补袜子，亚瑟抱着卡罗琳和玛丽爬上摇摇晃晃的楼梯,来到孩子们一起住的卧室,把两个妹妹抱到床上。

然后他在她们身边坐下,给她们讲《侠客和剑客蒂莫西·泰伊的行侠故事(以及惨痛悲剧)》的下一章,这是亚瑟有一天晚上编出来哄玛丽入睡的故事,妈妈以前也编故事哄亚瑟入睡。

卡罗琳轻轻打起了呼噜,玛丽也闭上了眼睛,亚瑟回到厨房,妈妈正在洗碗,亚瑟深吸了一口气。

"我明天想去找弗雷泽先生要一份工作,"他说,"他店里好像需要人手。"

亚瑟以为这对妈妈来说是个好消息,然而妈妈愣住了。当她转身面对亚瑟时,圆圆的脸庞显得很痛苦,一双眼睛却透着严厉。

"亚瑟,"她坚决地说,"绝对不行。我知道你有更大的抱负。我对你也有更高的期待。你应该留在学校。"

"你晚餐时应该有面包吃,"亚瑟争辩道,"安和凯瑟琳应该有新袜子穿。这个家里总得有人去挣钱。"

妈妈摇了摇头:"但是你,亚瑟——你是注定要去做大事情的。"

亚瑟用肩膀轻轻推了推妈妈的肩膀:"可是,妈妈,家庭才是最重要的啊。"

他说的是真心话。然而,那天晚上躺在床上,他脑海里很快就挤满了白天拼命回避的那些想法。这个世界充斥着需要解决的各种谜团。

这些问题不该由你回答,他坚决地告诉自己,现在不是时候。大概永远也轮不到你了。

最后,他睡着了。

但是他睡得很不安稳,而且第二天一大早突然被一声巨响惊醒,那响声震得整栋房子都在摇晃。

第四章

一份邀请

嘭！嘭！嘭！

有人在敲门，像是要把门砸坏似的。

嘭嘭嘭嘭嘭！

亚瑟掀开被子，跌跌撞撞地冲下楼梯。

"发生了什么事？"妈妈问道。

"我也不知道。"亚瑟谨慎地回答。

道尔太太把睡衣裹在身上，慢慢地走到门口，把门打开一道缝。片刻之后，她把门开得大了一些。

外面没有人。

"是有人在搞恶作剧吧？"亚瑟猜测道。

妈妈弯下腰，从门口台阶上捡起了什么。"也许不是。"

她向亚瑟扬了扬手,亚瑟看见她手里拿着一封信。

信是写给亚瑟的。

"可是……我从来没有收到过信。"

即使是爸爸在伦敦的兄弟姐妹偶尔会寄来邮资昂贵、预示着不祥的信,也从来没有直接寄给亚瑟——都是只寄给妈妈。

"打开吧。"道尔太太催促道。

亚瑟接过信,打开蜡封,里面有两张纸,他抽出第一张。那是一封信,用黑墨水写在带金边的纯白纸上,字母写得潦草洒脱,仿佛在跳舞一样。

难道是他的幻觉,还是信纸上真有一股淡淡的火药味?他突然感到有点喘不上气。

"怎么了?"亚瑟的妈妈说,"信上写了什么?"

亚瑟读了起来。

致亚瑟·道尔少爷:

我很高兴地通知阁下,你已被巴斯克维尔学院录取为1868学年新生。巴斯克维尔学院是不列颠群岛最严谨、最具创新精神的学校,培养出了我们这个时代一些最杰出的人才。但由于我们所做研究的性质高度敏感、新颖独特，我们对外界严格保密。因此，除了直系亲属外，你必须对被录取一事守口如瓶。

那么——准备好挑战已知的一切了吗？

顺致诚意。

乔治·爱德华·查林杰教授

巴斯克维尔学院校长

附言：明天开学。

第五章

我们时代
最杰出的人才

前门仍然大开着,仿佛房子本身也被这封令人吃惊的信吓坏了。亚瑟抚摸着印在信纸上方的金色纹章,用手指感受着它的纹路,确信自己不是在做梦。

巴斯克维尔学院。这几个字使他激动不已。

"这也太神奇了!"妈妈叫道,"给我看看!"

她读到信尾时,又往信封里瞅了瞅:"看,还有一页纸!哦,上面是关于老师的信息。让我们看一下。J.H.华生医生,解剖学和生理学;黛娜·格雷,理论性科学教授;艾蒂安·杰拉德准将,语言学和马术技艺……"

亚瑟的心跳加快了。这段话使他脑海里浮想联翩：锃亮的橡木课桌，悬浮在阳光里的粉笔灰。

可是他为什么会被这所学校录取呢？他甚至都没有提出申请。

嘎吱一声，书房的门开了，打断了他的思绪。道尔先生慢吞吞地走了出来，身上仍穿着前一天晚上的衣服。他左脸颊上有炭笔的污渍，肯定是靠在一幅素描画上睡着了。

"你们提到准将是怎么回事？"

"哦，亲爱的，"亚瑟的妈妈说，"亚瑟被一所学校录取了。"

道尔先生的表情从困惑变成了怀疑。

"一所学校？但是亚瑟已经在上学了。"

"这是一所特殊的学校。叫巴斯克维尔学院。听上去很神奇。我刚读了他的那些老师的介绍。"

他的老师。就好像他们已经属于亚瑟了似的。

"艾蒂安·杰拉德准将，"爸爸在妈妈身后低声念道，"我好像在什么地方见过这个名字。但不可能……"

道尔先生又冲回书房。片刻之后他回来了，手里抓着一小片报纸，肯定是他从墙上扯下来的。他脸上怀疑的皱纹消失了，一双眼睛睁得大大的，流露出一种狂喜，亚瑟已经很长时间没有看到他这种表情了。

"看看这里。"道尔先生说着，用一根手指点着那幅素描，上面是一个大胡子男人，宽阔的胸膛上挂满了勋章。

"艾蒂安·杰拉德准将！参加过克里米亚战争。是个英雄。呀，他还指挥过围攻塞瓦斯托波尔的战役呢！"

"想想他会教给亚瑟多少东西吧！"妈妈十分激动地说。

"但他教不了什么。"亚瑟说，他终于关上前门，挡住了外面的冷风。

爸爸妈妈转过身来看着他。

"你这是什么意思，亚瑟？"妈妈问。

解剖学……理论性科学……马术技艺。说得多么美妙。但不是为我准备的，他想。"我们可负担不起那样的学校。"他说。

道尔太太把一只手轻轻放在儿子胳膊上："可是，亚瑟，你看。"

她把第二页纸递给他。

在教师介绍和学科名单下面有一则短信，笔迹和第一页不同，字体又小又密，十分工整。

亲爱的道尔先生：

匆忙之中，查林杰校长似乎忘记提及几个关键细节。请于明早六点准时到荷里路公园的教堂遗址报到。只带生活必需品。其他的我们都会提供。

最后一点，所有费用均由学校承担。由于我校学生几乎都在各自选择的职业道路上取得了巨大成功，过去几代校友的慷慨捐赠使我们能够为你免除学费。

我们期待着你的到来。

顺致诚意。

露易丝·哈德森太太
巴斯克维尔学院副校长

"看到了吗？"道尔太太说，"这是你大展宏图的好机会！"

希望牵动着亚瑟的心，但他仍然没法让自己完全接受。"我不能离开。"他喃喃地说，抬头看着妈妈。他不敢看向爸爸,"就算上学是免费的,这个家里也需要我。"

亚瑟眼角的余光看到道尔先生的脸涨得通红,他猜爸爸可能生气了。但是当爸爸说话时,嗓音是哽咽的。

"孩子,"爸爸说,抓住了亚瑟的一个肩膀,"我承认我不是一个合格的父亲。但是,我不允许你因为我的缺点而牺牲自己成功的机会。这所学校能使你有机会为这个家做许多事情,比我能做的多得多。我会尽力照顾好你的妈妈和几个姐妹。但是你……你必须去。"

亚瑟只迟疑了一下。然后他一头扑进爸爸怀里。道尔先生回应着儿子的拥抱,起初有些僵硬,然后便流露出温暖,这份温暖是亚瑟几个月来一直非常怀念的。

"去哪儿?"玛丽问。

亚瑟转过身,看见姐妹们都聚在楼梯上。

"亚瑟被一所神奇的学校录取了,"妈妈激动地说,"他要去跟我们这个时代最有智慧的人一起学习啦!"

直到这时,亚瑟才让自己相信这是真的。他真的要去……要去巴斯克维尔学院了!

家里一阵喧闹。玛丽开始叽叽喳喳地猜想亚瑟怎么去学校,似乎他一路上都会充满危险。"也许你是坐船去,然后碰到可怕的海盗。"她欢天喜地地自语道，"或者乘火车去，然后火车脱轨。你答应我，要把这一切都写信告诉我！"

小宝宝康斯坦斯被粗暴地塞进亚瑟怀里，她流着口水，面对这场骚乱吃惊地张着小嘴。

卡罗琳不同意亚瑟离开，用牙齿一口咬住他的膝盖，亚瑟疼得大叫起来。当亚瑟跳来跳去，想把腿挣开时，小康斯坦斯突然咯咯地大笑不止，口水也随之飞到了空中。

"够了，够了！"道尔太太喊道，擦去眼睛下面的一滴口水。好消息给她脸颊上带来的红晕还没有褪去，但她的语气十分坚决。"亚瑟明天就要出发了。我们必须做好准备！"

离家前的最后几个小时似乎是亚瑟这辈子最短促的。他迫不及待地想看到那所新学校，但又希望和家人一起好好享受这最后的一天。

他想抓住每一寸时光，但是这就像试图抓住阳光一样无果。时间不知不觉就溜走了，壁炉架上的钟的指针似乎也开始转得飞快。

晚饭前,道尔先生把亚瑟拉进书房,用颤抖的手递给他一幅素描。

"我想你可能愿意带上这个。"他喃喃地说。

素描上是道尔一家围坐在桌子旁的画面,是爸爸状态好的时候。道尔先生没有把人物画成呆板的样子,而是把他们都画得开怀大笑,好像刚讲了一个十分有趣的笑话。他把家人的卷发、笑容和酒窝都刻画得十分生动。

亚瑟低头盯着素描:"我很喜欢。"

"这样你就不会忘记我们了,"爸爸说,"也不会忘记我们多么为你感到骄傲。"

亚瑟不知道哪个分量更重——是爸爸的素描,还是他的这句话。

道尔太太为亚瑟和全家准备了一张亚瑟最爱吃的姜饼,是面包店老板巴罗克劳先生半价卖给她的,因为姜饼烤得稍微有点焦了。

亚瑟仿佛刚在床上躺下,嘴唇上还留着糖和生姜的味道,下一秒妈妈就轻轻摇醒了他。

"起床吧,孩子。"妈妈低声说,"该出发了。"

第六章

亚瑟王的宝座

道尔母子俩动身的时候,爱丁堡蜿蜒的街道上仍是黑黢黢、空荡荡的。亚瑟拎着毛毡旅行袋,里面装着他最珍贵的东西,除了妈妈熬夜缝补好的那件厚厚的羊毛外套——他把它穿在了身上。

赶到荷里路公园附近时,亚瑟缩紧身子,抵御清晨的寒气。

即使在黑暗中,那座公园也不难发现。它那陡峭的、开满金雀花的山坡,隐隐约约地耸立在城市的高处,准确地说,那是亚瑟王的宝座。亚瑟王的宝座是公园中央一座山峰的名字,以亚瑟王的名字命名。

许多夏日的清晨,亚瑟·道尔都在这里度过,挥舞着想象中的宝剑，假装自己就是那位传奇的同名国王——妈妈的许多睡前故事也都是关于这位国王的。

"到了。"亚瑟从山脚下望着上面说道，"快点，妈妈，不然要迟到了！"

信中说，那座古老教堂的废墟是会面地点，它坐落在山峰的半山腰。亚瑟一边往山上爬，一边伸长脖子看谁会等在那里。

当他们终于到达废墟时，东方粉红色的云霞已经宣告黎明的到来，也意味着六点钟快到了。

尽管光线十分微弱，亚瑟也看到废墟旁并没有马车在等待他。周围什么也没有，只有几只羊远远地盯着亚瑟和他的妈妈。

难道是道尔一家误会了那封信的意思？或者更惨，学校最终决定不录取他了？

"这里除了我们没有别人。"亚瑟说，微风吹乱了他的头发。

"他们在路上呢。我敢肯定他们只是晚来一会儿。"妈妈回答。

"但如果——"

亚瑟猛地停住话头，微风汇聚成了一股大风，在残垣断壁的缝隙间呼啸。他突然看清楚了三件事。

第一，虽然教堂废墟周围的风刮得越来越猛，但另一侧山坡上的树却一动不动。不知什么原因，风只局限于这一面山坡。

第二，如果乘长途汽车，可以在更方便的地方会合，乘火车或轮船更是如此。这就意味着，他一定是要以别的方式开始这趟旅行。

第三，正在接近他们的那朵巨大的云，其实根本不是云。

"是飞船！"他叫了起来。

果然，一个巨大的椭圆形气球正飞快地朝他们飞来，如同一条突然跃起的白鲸。气球底部挂着几十根红色的粗绳，把气球和下面一艘闪闪发亮的木船固定在一起。

飞船越飞越近，最后亚瑟看到它的侧面印着信中出现的那种纹章。那是一个盾牌，上面装饰着一只缠着常青藤的圣杯，以及互相交叉的一把金钥匙和一把宝剑。

纹章下面印着几个拉丁语词：探索科学。

"它要降落在我们头顶上了！"亚瑟的妈妈抓着他的

胳膊惊呼道。

确实，飞船此刻位于他们头顶的正上方，眼看就要把他们压成肉泥了。

但它突然停了下来，在空中悬停了一会儿，然后有什么东西从船舷上甩了出来。一架绳梯展开，最底层的那一级正好落在亚瑟的膝盖前。

"太奇妙了。"亚瑟低声说。

船舷的栏杆上露出一张脸。亚瑟看不清他的五官，因为后面的阳光使它处于黑影里。"早上好，道尔太太。"一个低沉的声音喊道，"如果你不介意的话，我就不下来做自我介绍了。我的膝盖不如以前灵活。如果小道尔先生能爬上来，我们就可以上路了。"

妈妈伸长脖子，眯起眼睛看着那个男人，惊讶不已："我没有想到——我是说，一艘飞船。它安全吗？"

"我向你保证，非常安全。"男人用坚定而礼貌的语气回答，尽管道尔太太说话声音很低，几乎是耳语，"亚瑟会得到很好的照顾。"

"也就是说……也就是说，该告别了。"妈妈说。

亚瑟还没来得及回答，妈妈就把他紧紧搂在怀里，搂得他几乎喘不过气来。"保重,我的儿子。"妈妈在他耳边低声说道,"给我们写信。"

"我会的,妈妈。"亚瑟喘着气说,"那就再见了。一定要把这事告诉玛丽。她会很开心的。"

然后亚瑟转过身,开始顺着梯子攀上飞船,攀向有朝一日他会去往的所有地方。

第七章

飞行

亚瑟爬着爬着，感觉内脏缩成了一团，他不知道这是因为自己脆弱的神经，还是因为磨损的绳梯在他手里疯狂晃动。每当他以为自己已经站得很稳时，旅行袋就会撞击绳梯，使它再次摇晃起来。

早上天气很冷，但他的手掌开始出汗，要抓稳绳梯就更难了。

只剩三级了……

只剩两级了……

突然，亚瑟汗津津的手掌抓脱了。

"啊!"他喊道，感觉自己向后凌空腾起，离下面坚硬的地面足有三十英尺。

突然他感到有人紧紧抓住了他的手腕，猛地向上一拉，把他粗暴地扔到飞船的甲板上。

"你没事吧，小子？"那人问。亚瑟冲他眨巴着眼睛。救他的那人怒气冲冲地俯视着他。他的皮肤是一种黑得发亮的古铜色。

他个头不是很高，但拥有引以为傲的宽阔胸膛，硕大的头颅上，黑色卷发十分威武，与同样威武的络腮胡子相呼应。他的脸棱角分明，好像是用石头凿出来的一般。

"怎么样？"那人问。

"还——还好。"亚瑟结结巴巴地说，"是的，先生，我没事。"

"那你还等什么？快爬起来，把绳梯往上拉。我们要迟到了。"

男人跺着脚朝船舵走去，亚瑟马上按他的吩咐做了。

他刚把绳梯收回来，突然飞船一阵颠簸，使他踉跄着后退。等他重新站稳时，眼前只看见那些云团突然向他们笼罩过来。

一种全新的、狂喜的感觉充满亚瑟的心田，驱赶走了恐惧。这不是睡前故事，也不是《格列佛游记》中的某一章。他只要一伸手就能拂过那些云团。他是在飞——真的在飞!

"小子!"男人喊道,"过来帮我打开这个安全气囊!"

太阳在云层后面出现了,暖融融地照着亚瑟的脸。他简直不敢相信,这个粗暴的家伙就是刚才对妈妈说话和蔼可亲的那个人。但亚瑟脸上还是绽开了笑容。"好的,先生!"

亚瑟经过四个巨大的锚——飞船两边各有两个——来到船头,充满敬畏地盯着头顶上方气球的巨大腹部。

"很好。"他走近时,船长说道,"从现在开始就由你来掌舵吧。我一整夜都没睡。在我们到达学校之前,我需要小睡一会儿。"

他退后一步,露出一大堆复杂的滑轮和操纵杆,中间是一个舵轮。"掌……掌舵?"亚瑟问,"但我不知道怎么做。"

船长没有理睬他,而是猛地拉开飞船地面的一个活板门。"我们往正南方向飞。"他一边喊,一边走下楼梯,去了下面的船舱,"进入英格兰时叫醒我。"

"可是——"

活板门"砰"的一声关上，只留下亚瑟独自站在飞船甲板上，他吃惊地大喘着气。

甲板下面传来了响亮的鼾声。

这是一种考验，还是这个男人疯了？

不管怎样，亚瑟都得驾驶这艘飞船了。他深吸一口气，稳了稳心神，走向舵柄。"你能做到。"他低声鼓励自己。

他打量了一下周围的情况。舵轮上方悬挂着一个大罗盘。罗盘指向西南方向。他把舵轮稍微往左调了调，罗盘就指向了正南方。

嗯，还是蛮容易的。

舵轮旁边贴着一张手绘地图，上面用潦草的字体写着地标，亚瑟认出这笔迹跟他录取通知书上的一样。他眯着眼睛辨认那些地标。爱丁堡标出来了，还有利物浦、曼彻斯特和伦敦。

在英格兰的西北角，有一片着色的森林，上面画着一座小型建筑的草图，标着"巴斯克维尔学院"。

亚瑟目光转向北部。在英格兰和苏格兰之间，有一条不规则的线，标着"哈德良长城"。

亚瑟读过这段古长城的故事，这是罗马人在统治英国时期修建的防御工事。他感到松了口气。只要看到那段长城,他就知道已经接近英国,该叫醒船长了。

舵轮的另一边是各式各样的滑轮和操纵杆,有些贴着标签,有些没有。一根大操纵杆系在一些把飞船和气球相固定的绳子上,亚瑟猜想它一定控制着飞船和气球之间的距离。

另一根操纵杆上标着"H",但亚瑟想不出它是做什么用的。

在很长一段时间里,他俨然一位船长站在船头,眺望着浩瀚的大海,为飞船下面掠过的荒野和山脉发出惊叹。时不时地可以看到比硬币还小的城镇。

他突然看到一个黑乎乎的蛇形物,顿时心跳加速。是哈德良长城,还是一条河?不,是一条轨道,有一列蒸汽火车正在轨道上轰隆隆地行驶。

但飞船似乎比火车跑得还快,这就奇怪了。飞船应该是很慢的。这时亚瑟仔细思考了一下,一般来说,飞船最多只能不停歇地飞几英里,不管……

突然,地平线上的什么东西吸引了他的目光。乌云在前方聚集,一道闪电穿过云层,像一根亮晶晶的针刺穿了灰色的羊毛。

亚瑟的目光又回到那根标有"H"的操纵杆上。他突然意识到了"H"代表着什么。

氢。

氢是所有元素中最轻的——比空气还轻。

怪不得飞船的气球里灌满这种气体。它很便宜、很轻，而且非常易燃。

又一道闪电划过天空，雷声震得飞船摇晃不止。他们正朝着风暴飞去。如果闪电击中气球，它就会爆炸，变成一个火球。

"哦，天哪。"亚瑟低声道。他考虑把船长叫起来帮忙，但如果这是一场考验，那可能就意味着自己的失败。此外，他怀疑时间不允许他到甲板下面去叫人。他必须迅速采取行动。

"动动脑筋，亚瑟。"前面，暴风雨席卷了整个天空。飞船不可能绕过去。他也许可以让飞船掉头往北飞，但乌云还是会很快就把他们吞没。

唯一的出路是向下冲。只要亚瑟能让飞船快速俯冲下去，就能避免被闪电击中。

这件事做起来不难。气球里的氢气越多,气球就越轻,他们就飞得越高。反过来,氢气减少,就会导致他们下降。但是来得及躲开闪电吗?

亚瑟别无选择,只能先做了再说。又一道闪电划过天空。闪电离得很近,亚瑟甚至能感觉到电荷的噼啪声。他伸出手,把氢气的操纵杆尽量往下拉。

有很长一段时间,他觉得自己悬在空中。

雷声在四面八方咆哮,像一群饿狼在逼近。

亚瑟惊恐地喘不过气来。

接着,飞船开始在云层中迅速下降,他感到胃里突然有一种失重的感觉。

"太好了!"亚瑟叫道,"成功啦!"

飞船在下降,下降,下降,不断地下降,直到天空变亮,雨声逐渐变得微弱。当又一道闪电划过时,亚瑟只能透过头顶上空的风暴云层,隐约看到它微弱的电光。

他做到了!

然而他刚松了口气,突然意识到一件事,立刻又紧张起来。

飞船还在下降,而且下降的速度越来越快。

亚瑟赶紧伸出一只手，把操纵杆使劲往上推，希望能把更多的氢气注回气球里。

但是操纵杆纹丝不动。

他们此刻是在一片农场的上空。亚瑟能看清下面吃草的小奶牛，它们安然悠闲，根本没有意识到巨大的气球正迅速地撞向它们。他又推了推操纵杆，使出了全身的力气。然而一点用也没有。

他后退几步助跑，用肩膀使劲去顶那根顽固的操纵杆。

但它还是纹丝不动，倒是亚瑟的肩膀被撞得生疼。

至少玛丽能听到灾难故事了，他想，只是我可能没法亲口讲给她听了。

就在亚瑟想到这个可怕的念头时，他的目光看见了刚上飞船时经过的那四只铁锚中的一只。

如果不能让气球变得更有浮力，也许可以减轻飞船的重量。他跌跌撞撞地走过甲板，从系锚处解下了第一只锚。他用尽全身的力气才把它推过栏杆。没时间看着它落向地面了，因为飞船突然失去平衡，向右倾斜。亚瑟在甲板上滑向对面的锚，这时"砰"的一声巨响，第一只锚落地了,紧接着地面的奶牛发出不满的哞哞声。

他用力又将第二只锚抛出另一侧的栏杆外,然后来到船尾,解开那里的两只锚。此刻飞船在上升了,但速度不够快。前方有一个大谷仓。如果他们继续往那个方向飞,就会撞上谷仓。

就在亚瑟把最后一只锚扔过船舷时,他听到了木头与木头相撞的刺耳声音。太晚了,他们撞上了谷仓!他倒在地上,听天由命。

他一直梦想着过一种充满冒险的生活,却从没想过他的生命会这么短暂。

突然,撞击声停止了。接着他们又升高了一些。亚瑟感到了如释重负后的眩晕。他们肯定只是擦到了谷仓的屋顶!

他还没来得及把气喘匀,活板门就"砰"的一声打开了,船长再次出现。

"看在毕达哥拉斯的分上,这是怎么回事?"他吼道。

他看了一眼周围的情况,踉跄着走向舵柄,用他身体庞大的重量顶在氢气杆下面,使它弹了上去,飞船再次飞回了上面的云层。暴风雨就像谷仓一样,消失在了他们身后。

"我说，小子，"船长说着，把喷火的眼睛转到亚瑟身上，"你差点把我的飞船撞毁。更可恶的是，你把我吵醒了。"

"刚才有一场暴风雨。"亚瑟解释道，"我知道如果被闪电击中，飞船就会起火，所以我让飞船降到下面去。但是操纵杆卡住了，我没法让飞船升上去，就只好把那些锚抛掉了。"

亚瑟屏住呼吸。船长会听信这个解释吗？他会不会掉转船头，把自己直接送回爱丁堡？

男人瞪着他看了很长时间，然后叹了口气。"那根该死的操纵杆，"他嘟囔道，"我一直想把它修好。恐怕我只能派人去把那些锚收回来了。那么，我们到哪儿了？"

亚瑟透过云层指着下面刚出现的一片断壁残垣，它弯弯曲曲地绵延向前，一眼望不到头。哈德良长城！

"我们刚到英格兰，先生。"

"是吗？"船长耸了耸宽阔的肩膀，"嗯，我想，好歹比变成一堆冒烟的灰烬强。不过从现在起，还是我来掌舵吧。"

"那么我通过考验了?"

"什么考验?"

亚瑟眨了眨眼睛,强忍住一阵轻松的大笑。他终于要去巴斯克维尔学院了。而且,他还独自驾驶过一艘飞船。

"先生?"亚瑟说,"刚才我看见一列蒸汽火车。我们的速度好像比火车还快。但这是不可能的,对不对?飞船不会这么快吧?"

男人脸上第一次露出了笑容。亚瑟吃惊地发现,他的一颗门牙似乎是银子做的。

"我的飞船就可以。"他说。

"怎么会呢?"

"你需要有先进的动态物理学知识才能理解,而且你必须融入'闪电圈'才能学到这些。"

亚瑟不知道"闪电圈"是什么,不过刚才差点葬身火海,他还是别再听到什么关于闪电的事了。"可是……如果人们看到我们,会怎么想呢?"亚瑟说出了自己的疑问。

男人粗声大笑。"他们可能会以为自己疯了,"他说,"他们大多数人确实疯了——他们早该意识到这点了!"

亚瑟一度怀疑他的这位同伴才是疯子。

"你也住在学校吗?"亚瑟问。他希望这个问题听起来不算无礼,只是他实在无法想象一个这么粗鲁的大汉,竟然会跟那样一个富有声望的学校扯上关系。他更有可能干着马车夫一类的工作,开着飞船为学校跑跑秘密差事。

船长哼了一声:"我想是的,因为学校由我经营。难道我没有做自我介绍吗,道尔?"他看着亚瑟,又咧开嘴笑了,阳光照得他那颗银牙一闪一闪的。

他伸出一只长满老茧的大手:"我是乔治·爱德华·查林杰,"他说,"巴斯克维尔学院的校长。"

第八章

巴斯克维尔学院

亚瑟吃了一惊,但还没来得及定下神来,飞船已经开始俯冲。

"扶稳了,道尔!"校长大声说。

他们似乎沿着一条蜿蜒穿过山谷的河流前进。下面,云影在柔和的翠绿色山坡上飘过。山与山之间,秋天的树林让位给了琥珀色的荒原。

离地面已经很近了,亚瑟能看到下面一个小村庄的屋顶的瓦片。接着一个急转弯,他们进入了一片茂密的森林。

有一条窄窄的小路穿过树林,最终通向一条砾石车道,车道两旁的黎巴嫩雪松互相交织,构成拱形。车道一直延伸到一片高低起伏的庞大庄园，庄园主楼是一座巨大的石头宅邸。

从空中看，庄园就像少了一条边的正方形，山墙巍峨耸立，烟囱多得数不清。外墙上布满藤蔓，闪耀着鲜红和橘黄的色彩。

在庄园的一边，一棵巨大的歪脖树不可思议地从一个玻璃圆屋顶钻出来，顶部的树枝牢牢地缠住了宅邸的一个烟囱。在清新的阳光下，庄园的窗户冲着亚瑟闪烁。

"就是这里，对吗？"他叫道，"巴斯克维尔学院！"

"一点不错。"校长看了看怀表，喃喃地说，"时间很紧。"

随着他们越飞越近，亚瑟看到庄园的西翼有一大排玻璃屋。玻璃屋后面是一座精心打理的花园，花园里有迷宫般的砾石小径，迂回曲折地穿过树篱和花坛。

庄园后面的草坪上，零散地分布着许多农舍、马厩和附属建筑，它们的规模和维修状况各不相同。其中一处的烟囱里冒出鲜艳夺目的绿紫色的烟。

查林杰把飞船降落在一个巨大的类似谷仓的建筑外，其大部分被森林遮盖。即将降落时，一只嘴巴带钩、翅膀很短的大鸟像发了疯似的,摇摇晃晃地在他们前面飞过,逼得查林杰猛地往左打舵。

亚瑟曾在一本名为《爱丽丝漫游奇境》的书里见过一张这样的鸟的插图。但这不可能……

"迪迪!让开!"查林杰叫道。

"先生,那是一只渡渡鸟吗?"

"它是你能找到的最接近渡渡鸟的生物了。据我们所知,它是整个渡渡鸟家族的最后一只。"

突然,"砰"的一声,他们降落在了地面!亚瑟感到全身都在震动。

"我们到了,"校长说,"巴斯克维尔学院。好,我失陪了。"

"呃,校长?"

亚瑟刚才看到附近竖着一块大牌子。上面写着:禁止入内!前面是极其危险的沼泽。现在请向后转,以免被泥炭变成石头。这是一条危机四伏的路。

校长顺着亚瑟的目光望去。"没什么可担心的,道尔。"他说,"我们必须想办法不让别人窥探。"

"查林杰!"

一个男人大步朝飞船的泊位走来,他穿着外国军服,腰间挂着一把宝剑。

"准将?"查林杰回答,他跳下飞船,重重地落在地面上,不出声地骂了几句,把一只手叉在腰上。

"我们有要事找你。"那人用纽因顿学院法语老师的口音吼道。他看见了亚瑟,接着又看了一眼,"哦。我以为你身边没有人呢。"

"显然,你搞错了。"查林杰也冲他吼道,"什么事,艾蒂安?"

亚瑟知道这一定是艾蒂安·杰拉德准将,爸爸非常崇拜的那位克里米亚战斗英雄。他感到嗓子里透不过气来。

准将又抬头看了一眼亚瑟。然后,他用低得多的声音回答:"出了……又一起事件。"

查林杰的脸色阴沉下来。两个男人大步走开了,亚瑟手忙脚乱地收拾起行李,笨拙地从飞船上爬了下来。等他站稳脚跟时,校长和准将已经走向庄园前门的台阶了。奇怪,亚瑟想,不知道这是怎么回事。

他走近庄园时,看到庄园被一群滴水兽守卫着。有些是黑豹或狮子的形状,其他的像是海怪或凶恶的妖精。

还有一个肯定是一只正在挖鼻孔的猴子。

亚瑟的目光移到前门上方,此时校长和准将刚进去把门关上。亚瑟看到他在信中见过的那个纹章刻在石头上。还有那些拉丁语词……

"探索科学。"亚瑟喃喃地说。

"以探索,得新知。"近旁传来一个声音,"这是巴斯克维尔学院的校训。"

亚瑟吃惊地看到一个人——一个女孩——站在他旁边。她身后拖着一个大箱子,上面贴满标签。她比亚瑟矮一点,宽肩膀,圆脸庞,皮肤是栗褐色的。她的眼睛又大又亮,帽子下的头发乌黑——前边打着卷,后边梳成一条漂亮的辫子。

"你是这里的学生吗?"亚瑟下意识地问道。

女孩冷冷地看着他:"当然。"

亚瑟没想到女孩也可以在巴斯克维尔学院读书。这当然也说得通。如果这所学校真的只招收最优秀的学生,那么其中肯定有很多是女孩。他想到自己的几个姐妹——凯瑟琳的逻辑思维能力无懈可击,玛丽有着无穷的想象力。

亚瑟做了自我介绍，然后伸出一只手跟女孩握手。女孩伸手握住他的手时，亚瑟闻到了一股味道，让他想起了家。

"我叫艾琳，"她说，"艾琳·伊戈尔。"

艾琳说话带着一种陌生的口音。她的衣着在亚瑟看来也很奇怪。她穿着一条合身的红色连衣裙，袖口镶有金纽扣，下摆是层层叠叠的荷叶边。奇怪的是，前边的裙摆在膝盖处，可以看到下面的裤子，裤腿塞在闪亮的黑靴子里。她的胸衣上别着一块金怀表。

亚瑟突然对自己的毛毡旅行袋和刚补过的大衣感到有些自卑。"你显然经历了一场漫长的旅行。"他说，"我想你去过美国吧？"

艾琳皱起了眉头："你想得对，你是怎么猜到的？"

他指了指她的行李。"喏，你有一个扁平行李箱，"他说，"说明你可能是坐蒸汽火车或轮船来的。但是你的手上有一股生姜的味道，生姜是治疗晕船的常用药。也就是说，你是坐船来的。你手表上的时间调错了。晚了五个小时。你肯定是真的晕船了，才没顾上在旅途中调换时间。"

女孩本能地摸了摸怀表："你哪里知道，我这辈子从没有这么庆幸双脚踩在了陆地上。"

亚瑟咧嘴一笑，想起了自己的旅程："我明白你的意思。"

"你也是坐船来的吗？"

"可以这么说。"

他们一起走上台阶，亚瑟抓住艾琳沉甸甸的箱子一头。"你父母是外交官还是什么？"他问。

"你为什么会这么想？"女孩严肃地盯着他。

"你箱子上贴着这么多标签。你一定经常旅行。"

"实际上他们是歌剧演员。我跟他们一起参加巡回演出，但他们认为我应该在某个地方安顿一段时间了。所以我就来了这里。"

"歌剧演员。"亚瑟重复了一遍，他从来没有去过歌剧院，"哇！太棒了！"

"相信我，并没有听起来那么光鲜亮丽。"

亚瑟眼角的余光发现了一点动静，这分散了他的注意力。有个人影骑在一匹黑马上，在庭院边的树丛中隐约可见。骑士披着一件墨绿色斗篷，身形僵硬，一动不动,显得很奇怪。只有马尾巴甩动的嗖嗖声暴露了他们。尽管兜帽拉得很低,遮住了骑士的脸,但亚瑟还是有种异样的感觉,似乎那人正直直地盯着他。

"看,"他低声说,转向艾琳,"你认为那是谁?"

"在哪儿?"艾琳问。

亚瑟惊讶地眨了眨眼。就这一转脸的工夫,马和骑士就消失在了阴影里。

他还没来得及再说什么,庄园的门突然被打开。站在门口的是一个脸色苍白、身材丰满的女人,面颊红扑扑的,额头光洁明亮,灰白色的卷发不肯待在发髻里,大半都散落了出来。她穿着一身黄色衣服。"请把行李留在这里,"她上气不接下气地说,"会有人把它们送到你们的房间。你们是最后到的,恐怕时间已经很紧了。"

亚瑟和艾琳目瞪口呆地站在那里,盯着女人的同伴,那个从她裙子后面探头张望的一头灰色的庞然大物。

"那是一只——"

"狼?"艾琳小声地替他把话说完,只见那动物张开嘴打了个哈欠,露出棺材钉一样又长又尖的牙齿。

"哦,是的,这是托比亚斯,"女人说,"简称托比。

校长对动物学很感兴趣。你们应该看看这些年来他带回的动物。"

"比如迪迪?"亚瑟问。

"确实。我现在特别喜欢托比。多么可爱的'小羊羔'啊。顺便介绍一下,我是哈德森太太,副校长。你们一定是伊戈尔小姐和道尔先生吧。好,请这边走。在我的客厅里会面。"

她转过身,托比也站了起来,默默地跟在她身后,亚瑟这才松了口气。托比个头很高,哈德森太太走路时可以把小臂搭在它的背上。

"女士优先?"亚瑟问,心里仍想着那些跟小羊羔完全不搭界的牙齿。

"用不着。"艾琳回答,也露出了狼一般的笑容。

第九章

格洛弗和袋袋

亚瑟走进镶着橡木板的宽敞大厅。正前方有一段弧形楼梯,哈德森太太和她"亲爱的小羊羔"消失在了左边的一扇门里。亚瑟和艾琳跟着她走进一间大客厅。

客厅里已经聚集了约莫二十个学生,他们三三两两地坐在沙发上或壁炉旁聊天。大多数人的衣服比亚瑟考究得多。

但我敢打赌,他们的妈妈没有一个熬夜给他们缝补大衣。亚瑟一边想着,一边爱惜地用双手抚平身上的羊毛大衣。

哈德森太太的客厅用深浅不一的黄色装饰,显得富丽堂皇,壁纸上绘着一丛丛藏红花的图案。房间里已经摆好银质茶具,还有几盘饼干和蛋挞。亚瑟的肚子咕咕叫了起来。

他和艾琳回到茶几旁,眼巴巴地看着同样是黄色的蛋挞。

"我感觉到了聚会的主题,"他对艾琳说,"是柠檬,你觉得呢?"

"恐怕是菠萝吧。"一个怪里怪气的声音传来。

一个特别高、特别瘦、特别阴沉的男孩独自站在桌子旁,他穿着一身黑衣服。头发也是黑色的,而且像乌鸦的翅膀一样油亮。

他的皮肤是茶色的,鼻子上低低地架着一副小圆眼镜。

"菠萝?"亚瑟跟着说道。他听说过菠萝,但从未尝过,甚至没有见过。

"是啊,它们是种在温室里的,"男孩回答,"还有其他热带水果。我自己更喜欢柠檬。顺便介绍一下,我叫格洛弗·库马尔。"

"我叫艾琳·伊戈尔,"艾琳伸出一只手,格洛弗有气无力地握了握,"这位是亚瑟……"

"道尔,"亚瑟补充道,"我说……太神奇了!整个地方,跟我以前见过的都不一样。你觉得我们什么时候开始上课?"

格洛弗耸了耸肩。"我对时间不怎么在意,"他说,"每一秒都是我们迈向不可避免的终点的又一步。说到终点,你们想看看我收藏的墓碑拓片吗?"

他拿出一个笔记本,里面塞满了大大小小的纸。艾琳和亚瑟互相对视了一眼。

"你……收集墓碑拓片?"亚瑟问。

"是啊,"格洛弗说,"自从妈妈不让我收集动物骨头之后。知道吗,当时我特别失望。"

"也许你可以改天再给我们看。"艾琳礼貌地说,"我们正想去弄点吃的。"

格洛弗耸了耸肩,把手伸进口袋,掏出一颗柠檬硬糖塞进嘴里,懒洋洋地走开了。

亚瑟转向艾琳:"我从没见过这么——"

"格洛弗确实有点古怪,"一个女孩说,她正在给自己拿一个不配套的瓷茶杯,"不过一旦你跟他混熟了,他就是一个开心果。"

女孩红扑扑的面颊上布满雀斑,一头粗硬的红色卷发。亚瑟听出她说话带有爱尔兰口音。她穿的衣服非常古怪,好像整个儿是用各种口袋缝在一起做成的。有几个口袋里还露出了一些东西——橙色的纱线、迷迭香枝条、银色的线圈。

"我叫玛丽,"她说,"但是朋友们都叫我袋袋。"
"我明白为什么。"艾琳说。

袋袋让亚瑟想起了自己家里的玛丽。他心情惆怅地想,此时此刻道尔家里的其他人在做什么呢?

袋袋笑了起来:"女孩也应该有口袋,你不觉得吗?不然我们能把癞蛤蟆、毛毛虫和其他重要东西放在哪儿呢?"

"你喜欢老鼠?"亚瑟笑着说,指着从她肩头一个口袋里探出来的粉红色小鼻子问。

"没错。"袋袋递给老鼠一点饼干屑,它就又消失了。
"你在这里多久了?"艾琳问。

"昨天刚来。你们是早就知道自己要来,还是意外地收到了录取通知书?"

"对我来说是个意外。"亚瑟回答,"我是昨天才收到信的。"

袋袋吃惊地睁大了眼睛:"昨天?天哪,我几星期前就收到了。不过完全出乎意料。我还以为我上一所学校的女校长不太喜欢我,至少不喜欢我带到课堂上的那些发明呢,但肯定是她替我提出了申请。"

亚瑟皱起了眉头。为什么他比其他学生晚几个星期才收到录取通知书?又是谁把他的名字告诉学校的?

"我比较有想法,"艾琳说,"我父母告诉我,是他们替我提出了申请。"

"哦,就像那个吉米一样。"袋袋指着一个深灰色头发、橄榄色皮肤、耷拉着肩膀和一群学生站在一起的矮个子男孩说道。那些男孩都穿着漂亮的外套,女孩穿着艳丽的连衣裙。"他父亲原来是这里的学生,现在是个商业大亨,所以吉米稳操胜券。"

亚瑟仍然望着房间那头的那个男孩,这时吉米突然转过身,迎住了他的目光。两人久久地凝视对方,彼此打量。

他们同时点了点头。

"跟他站在一起的,都是伦敦圈里的人。事实上,他们收到录取通知书都不会感到意外。哈丽特·罗素的母亲是一位公爵夫人，还是宫廷女侍！哈丽特声称她的枕套是维多利亚女王用过的。那个是塞巴斯蒂安·莫兰，他父亲是议会议员。"

袋袋此刻指着一个下巴突出的金发男孩，他在那群人中显得格外显眼。隔着这么远的距离，亚瑟也能看到他的鼻子被打断过，但似乎已经治好了。

塞巴斯蒂安也转过身来看了看几位新人。他朝亚瑟笑了笑，但眼睛里有一种狡猾的神情。

亚瑟想起自己的爸爸，可怜巴巴地在家里伏案创作。"这里每个人的父母都是富人或名人吗？"

"我不是！"袋袋回答，"格洛弗也不是。我们许多人来自很普通的家庭。哦，看——那是艾哈迈德·赛义德。华生医生上次去阿富汗的时候，艾哈迈德的父亲好像救过他的命。艾哈迈德对地质学特别着迷。这种石头、那种石头。"

一个穿着白色长袍、蓝色马甲的瘦小男孩朝他们挥了挥手。袋袋继续在教室里转来转去，一一介绍他们的新同学。并不是只有艾哈迈德和艾琳来自国外，似乎每个同学都有一个显赫的家庭，一项出色的才能，或一种有趣的强烈爱好。亚瑟本来纳闷他的录取通知书为什么收到得这么晚，此刻他开始怀疑自己可能根本不应该收到。

"你没事吧？"艾琳低声说，"看你的脸色，就好像有人刚从你的坟墓上走过。"

"没事，"亚瑟语气轻快地回答，"我只是累了。"

"有人说到坟墓吗？"格洛弗问，他又溜达了回来。

这时，客厅的门突然又打开了，查林杰校长冲进房间。哈德森太太拍拍手示意大家安静。

"校长！"艾哈迈德叫道，"你的外套！"

校长低头看了看，他的口袋着火了，他嘟囔一声，把火拍灭，看上去完全不在意，似乎低头发现自己衣服着火是常有的事。艾琳强忍住笑声。

"好吧。"校长说，洪亮的声音传遍了原本严肃的客厅，"欢迎来到巴斯克维尔学院。你们会发现这里的做法和其他所谓的学校完全不同。我们不会把时间浪费在语法课上，也不会关心那些规矩礼仪。"

学生们紧张地咯咯笑了起来。哈德森太太疲惫地叹了口气，与旁边坐着轮椅的一个瘦弱、苍白、腰板笔直的男人对视了一眼。男人会意地看了看她，抚摸着自己端庄的小胡子，眼睛里闪烁着戏谑的光。

"在这所学校，创新和创造力会受到奖励。没有唠唠叨叨的女家庭教师，也没有爱数落人的助教在背后盯着你。我们要明白，为知识服务必须承担风险。我们希望你们能承担这些风险。"

亚瑟感到校长似乎朝他微微点了点头。他的心快乐起来。也许查林杰对他在飞船上的表现非常满意，只是当时没有表露出来。

哈德森太太清了清嗓子。

"好的，好的，我就要说到这事了，"校长说，"但是，即使在巴斯克维尔这样的地方，也有一些规章制度需要你们遵守。我们不打屁股、不扇耳光，也没有任何其他体罚，因为根本不需要。如果你们违反这里的规定，后果自负。"

他的目光在房间里扫视，似乎在问有没有人敢反对他。亚瑟看到塞巴斯蒂安旁边的男孩笑嘻嘻地用胳膊肘捅了捅他。塞巴斯蒂安目不转睛地盯着校长。

"现在我要向你们介绍我们尊敬的教师，"查林杰说，"华生医生，解剖学和生理学教授。"

坐在哈德森太太旁边的男人点了点头。

"杰拉德准将……"

那个把校长从飞船上拽走的胖男人正要走上前来，突然——

轰隆！

一声爆炸，震得客厅的窗户咔咔作响。学生们倒吸了一口气，有几个还尖叫起来。格洛弗扬起眉毛，第一次露出了感兴趣的神情。

"爆炸……"查林杰校长咆哮道，"不会又来了吧！"

他二话不说，大步走出了房间。

第十章

进入拳击场

"我想我会喜欢他的。"校长走后,袋袋说。

"他说没有令人讨厌的家庭教师和助教,这话我喜欢。"艾琳微笑着回答。

"我喜欢他说的关于风险的话,"亚瑟说,"从来没有人告诉我孩子要承担风险。"

哈德森太太拍着手叫他们安静下来:"好吧,校长被他的一个,嗯,实验耽搁了,我们就继续参观吧。"

他们蜂拥走出房间时,亚瑟抓起一个菠萝蛋挞塞进嘴里。他闭上眼睛,甜蜜浓郁的味道在他的舌尖上跳跃。他从未尝过这样的美味。

他再次睁开眼睛时,哈德森太太正在大厅的走廊尽头打开一道双开门。

"这是我们的图书馆，"她说，"假以时日，你们会熟悉里面的许多珍贵藏书的。"

亚瑟往里一看，那是一个宽敞的房间，摆满了一排排数不清的书，从地板一直堆到高高的拱形天花板，他激动得心怦怦直跳。一个角落里放着一个马车大小的地球仪，天花板上画着一幅镀金的星空壁画。狭窄的楼梯通向二楼和三楼，穿着深紫色制服的学生们分散地站在房间里。三楼和天花板之间的空间被分成一些越来越矮的楼层，就像一块被重物压扁的蛋糕里的一层层，可以通过弯弯曲曲的楼梯到达，虽然那些楼梯看起来不太稳当。一位留着凌乱银色卷发的老人，在一张长木头桌后面的扶手椅上睡着了。

"这位是昂德希尔先生，我们尊敬的图书管理员。昂德希尔先生？"哈德森太太叫道。没有回应，她又喊了一遍，这次声音更大。老人的眼睛眨了眨又闭上了。

哈德森太太沮丧地叹了口气："哦，没关系。我们走吧。"

亚瑟转身想和艾琳说话，却发现那个叫吉米的男孩站在他旁边，如饥似渴地盯着那些藏书。

艾琳拉着他往前走，因为哈德森太太已经把他们领进了东翼。亚瑟跟在后面，注意力被一个他之前没有留意的细节吸引住了。庄园的前门缺了一格窗户，似乎玻璃被砸碎了。

他注意到吉米在看着自己，便转过身去。

"所有的课都在这里上。"哈德森太太大声说，把他们领进主楼的深处。她虽是一个短腿的女人，但走得很快，"除了马术课和生物课，这两门课是在操场和温室里上。给你们提供一日三餐的餐厅位于西翼尽头。太阳落山后是宵禁时间……"

亚瑟心不在焉地听着。透过旁边的一扇扇窗户，他瞥见一些稀奇古怪的东西。一个房间里摆满了奇怪的标本——一只深红色和蓝绿色的飞蛾，有鹰那么大，被钉在一个玻璃柜里，架子上摆满了用甲醛罐保存的生物，还有一具人体骨骼，虽然早就没有了眼睛，但似乎仍在盯着他们。另一个房间被薄雾笼罩。里面有两个人面对一张圆桌坐着，手牵着手，吟唱圣歌。

"他们是不是在搞什么降神仪式？"艾琳低声说。

格洛弗站得离窗户很近,他的呼吸使玻璃蒙上了一层雾气。突然,一个满脸怒容的男孩出现在窗户另一边,一块厚重的窗帘猛地被拉上了。

在隔壁的房间里,一位身穿白色长罩衫、侧面有黑色纽扣的老妇人,正忙着解开缠在一起的各种电线。她抬起头笑了笑,苍白的脸上闪着一双明亮的蓝眼睛。她的头顶上,一些玻璃钟用绳子吊在天花板上。玻璃钟里闪烁着微小的电光。

亚瑟吃了一惊:"那是——"

"电。"艾琳低声说。

接着亚瑟觉得有人在后面推他。他转过身,发现托比用长鼻子顶了顶他,正一脸期待地盯着他。

"我们应该跟大家一起走。"亚瑟喃喃地说。

"最后,这是我们的礼堂,"亚瑟和艾琳赶上来时,哈德森太太正在说,"我们用它来——啊,斯通教授,你来了。"

哈德森太太把学生们领进一个光线昏暗的大房间,一排排的座位通向同一个舞台。舞台上有一个拳击台。一个身材魁梧的男人站在里面,戴着拳击手套,对着空气一通乱打。他转过身来面对他们,亚瑟看到他的红脸膛上布满了紫色伤疤,活像一只斗牛犬的脸。

"啊,哈德森,你给我带来了新鲜血液!"他高兴地喊道,"非常非常精彩。把他们领过来吧,让我掂量掂量。"

学生们紧张地拖着脚向前走。

"他是一名教授?"哈丽特——那个家里有维多利亚女王枕套的女孩——低声说。

斯通教授擦去额头上的汗,低头打量着他们。

"我们要学拳击吗?"袋袋尖声问。她兴奋得浑身发抖。

"当然。"斯通教授回答。

"可是……为什么?"哈丽特问。

教授靠在绳子上笑了:"拳击并不全是力量和速度,小姑娘。哦,我知道人们怎么说。拳击手只是一群野兽。但是要想在拳击场上活下来,必须思维敏捷,随机应变。在压力下茁壮成长,明白吗?学会拳击,你就能在危急关头保持头脑冷静。"

"有些人只是避开危急关头。"哈丽特喃喃地说。

"事实上,"教授咧开嘴笑着说,"在哈德森太太领你们去看自己的房间之前,我想我们也许还来得及较量一两个回合。然后你们可以自己决定。"

"我愿意报名，先生。"一个平静的声音传来。大家都转过身，看着塞巴斯蒂安·莫兰走上前来，脸上带着一副戏谑的表情。这也难怪，他比其他人都高出将近一头呢。谁能指望在拳击场上打败他呢？亚瑟猜想塞巴斯蒂安鼻子骨折就是他以前打架的结果。

"太好了！"斯通教授叫道，"谁愿意在另一边跟他较量？"

大家都沉默着。就连袋袋也没有勇气站出来。

亚瑟俯身凑向艾琳。"这到底是一所什么学校？"他低声说。

"我想，就是你要么成功，要么失败的那种。"她小声回答。

就在这时，亚瑟感到身后有人推了他一把。他向前一个趔趄，转过身来，以为又会看见托比。不料站在那里的却是那群伦敦人。他们都目不斜视地盯着前面，但有几个人在偷偷发笑。吉米站在不远的地方，眼睛看着地面。

"好啊！"斯通喊道，"又有了一名志愿者。"

亚瑟愣住了，然后慢慢转回身看向舞台，斯通教授正直勾勾地盯着他。他意识到其他人也是。

　　站在亚瑟另一边的格洛弗微微鞠了一躬。"我真诚地期待读到你的讣告。"他说。

第十一章

棋逢对手

亚瑟吃惊得喘不过气来。他在家时经常跟住在对面的男孩打架，因为他们总是欺负邻居家那几个更幼小、更贫穷的孩子。塞巴斯蒂安让他想起了那些仗势欺人的男孩。艾琳捏了捏他的肩膀。"我支持你。"她低声说。

"我也是！"袋袋说，"给他们一些教训！"

亚瑟打消了疑虑，迈步走上了拳击台。

"拳击比赛规则。"斯通吼道，分别扔给塞巴斯蒂安和亚瑟一副软垫手套，"戴上手套。比三个回合，每个回合持续三分钟，或直到有一人倒地十秒。弟兄们，各就各位。"

塞巴斯蒂安站在他那一角，双臂伸到身前，摆好出拳的姿势，脸上对亚瑟露出冷笑。亚瑟的心怦怦直跳，他也举起了手臂，但双手紧紧捂在脸上，胳膊肘弯曲。他想知道被一拳打在下巴上是什么感觉。但不等这个想法在脑海里扎根，他就把它赶了出去。集中注意力！他告诫自己。

斯通大步走到拳击台中央。"准备好了吗，伙计们？那就开始——战斗！"他按了一下铃，然后就跳开了。

塞巴斯蒂安和亚瑟慢慢走向对方，互相打量着。塞巴斯蒂安伸出双臂的姿势是为了让对手保持距离，不敢上前。但这会使他自己来不及迅速缩回双手，打击对方。不幸的是，塞巴斯蒂安虽然个子很高，但脚步似乎出奇地快，他不停地在拳击台上来回移动，使亚瑟很难接近并发起攻击。突然，塞巴斯蒂安冲上前，直击亚瑟的肩膀。亚瑟被打得喘不过气来，一时失去了平衡，然后他挺直身子，摆出一个勾拳，想去击打塞巴斯蒂安的右太阳穴。但脚步轻盈的塞巴斯蒂安轻松闪过，向亚瑟抛来一个轻蔑的冷笑。

"失败并不可耻。"塞巴斯蒂安喃喃地说，两人继续兜着圈子对峙，"嗯，其实也没什么。听着，我甚至可以让你白打一拳，保全你的一点面子。"

他放松双臂，把它们放低，远离头部。"来吧，道尔，"他怂恿道，"这可能是你唯一的机会了。"

亚瑟在脑海里看到了塞巴斯蒂安希望发生什么。如果他上钩，塞巴斯蒂安就会在自己跳起来击打他的下巴时，狠狠击打自己暴露出来的腹部，没准儿还会把他打倒在地，听凭塞巴斯蒂安的摆布。

塞巴斯蒂安在玩游戏，亚瑟不妨陪他玩一把。

"白打一拳？"他问。

塞巴斯蒂安点点头："来吧。"

亚瑟跳了起来，似乎要在对手脸上打一拳。接着他更迅速地蹲下身，闪到一边，正好感觉到塞巴斯蒂安的拳头从他左肩擦过。就在塞巴斯蒂安暴露自己的那一刻，亚瑟朝他的肋骨打了一拳。

塞巴斯蒂安疼得身体一缩，两个胳膊肘落下去保护自己的胸腔。亚瑟突然有了个主意，但他只有瞬间的思考时间。然后——

哇！

亚瑟只是分神了一刹那，但这足以让对手狠狠地挥拳击打他的脸。幸运的是,亚瑟处于高度警戒的姿态,这意味着他的手套承受了大部分冲击力。不过,这重重的一拳还是使他大脑慌乱了几秒。亚瑟摇摇晃晃,人群发出惊呼,但他还是站稳了脚跟。只要他能站立着挺到——

突然,铃声响了,斯通冲进了拳击台。

"这是第一回合。"他喊道,"打得漂亮,伙计们。站到角落里去,准备第二回合。"

塞巴斯蒂安冲欢呼的人群得意地一笑。亚瑟强迫自己不去理会肩膀上的疼痛,把注意力转向塞巴斯蒂安的左手,那只手仍护着他的肋骨。

亚瑟笑了。

当斯通摇响铃铛,开始第二回合比赛时,亚瑟已经有了一个计划。

这次他们没有绕圈对峙。亚瑟一头扑进了战斗,瞄准塞巴斯蒂安的腹部。塞巴斯蒂安挡住了这一拳,但是很勉强。

亚瑟打出同样的第二拳时,塞巴斯蒂安抵挡得就比较轻松了。亚瑟第三次出拳,塞巴斯蒂安似乎已经放松下来。"我有点烦了。"他说,然后用右臂出击。亚瑟闪身躲开,差一点挨了那一拳,"我从来就不喜欢跟苏格兰人打交道。"

亚瑟强迫自己不去理会塞巴斯蒂安的轻蔑,眼睛一直盯着他的胸肋处。一次又一次,他对准那里出拳,塞巴斯蒂安每次都挡住了他,随即从侧面回击。第二回合结束时,亚瑟脸涨得通红,累得上气不接下气,塞巴斯蒂安却悠闲地回到他的角落,似乎要去享受一顿丰盛的下午茶。

"最后的第三回合!"斯通大声说道。

亚瑟和塞巴斯蒂安慢慢走向对方。"你应该第一回合就接受我的建议,"塞巴斯蒂安低声说,"我当时就会把你撂倒在地,给你省去一些难堪——"

没有等他说完,亚瑟就把拳头使劲往回一缩,准备再次击打他的肋骨。塞巴斯蒂安垂下双臂,抵挡他显然已经预料到的一击,亚瑟迅速转移目标,不偏不倚地击中了塞巴斯蒂安的太阳穴。男孩的眼睛突然睁得老大,接着双腿一软,扑通一声倒在了地上。

斯通立刻来到他身边，大喊着计数。

数到十的时候，斯通抓住亚瑟的手，举到空中："女士们、先生们，我们的赢家诞生了！"

亚瑟感到胜利的喜悦涌遍全身，他笑了，把一只软垫手套举到空中。他筋疲力尽，浑身疼痛，但心头充满了狂喜。

围观的学生们鼓起掌来，有几个人的反应比其他人更热烈。

斯通放开亚瑟，用一只大手拍了拍他的后背，差点把他拍翻在地。亚瑟向塞巴斯蒂安伸出一只手，想扶他站起来。

"你没事吧？"他问。

塞巴斯蒂安盯着亚瑟看了一会儿。然后他举起一只手臂，让亚瑟扶他站起来。他伸出另一只手让亚瑟跟他握手。"打得好。"塞巴斯蒂安说，声音大得全场都能听见。

亚瑟刚想把胳膊抽出来，却被塞巴斯蒂安紧紧地攥住了。

"我想这就是在阴沟里长大教给你的东西。"他咬着洁白完美的牙齿，喃喃地说，"我也有一些东西要教给你。"

哈德森太太从人群后面走了出来，亚瑟已经完全忘了她还在房间里。"好了，如果这里的事情已经结束——"

她话还没说完，另一个学生从人群里走上前，举起了一只手。

是吉米。

"什么事？"哈德森太太有点不耐烦地问。

"我想试试，"吉米语气平静地说，"在拳击台上。跟他打一场。"

他指了指亚瑟。

亚瑟打量着男孩，不明白吉米为什么会提出这个要求。他似乎并没有敌意。事实上，他似乎一直在偷偷地研究亚瑟。

"就是这种精神！"斯通叫道，"想跟我们本届冠军较量一番，证明你的勇气？"

"怎么样，哈德森？"斯通问，"我们还有时间再比一场吗？"

"不行，没时间了。"哈德森太太干脆地说。

"那我们就比一个回合吧！这点时间不算什么——但也许意义重大！——三分钟。"

哈德森太太无奈地叹了口气，重新坐回到座位上。斯通挥手示意吉米进入拳击台，接着他又摇响了铃铛。

吉米举起双拳，紧紧蜷缩着身子，就像亚瑟一样，有一股似乎随时可能爆发的能量。他比亚瑟个子矮，身材单薄，一双灰色的小眼睛专注地盯着亚瑟。

他用舌头舔了一下嘴唇。这是吉米给亚瑟的唯一警告，紧接着他就扑了上来，亚瑟勉强来得及躲过吉米想要打出的一拳。

他们的目光再次相遇，亚瑟感到一种奇怪的连接，仿佛有一股电流在两人之间流动。他们绕着对方兜圈。

"刚才你想让塞巴斯蒂安看到你累了，是不是？"吉米轻声问。他打出一拳，被亚瑟挡住了。

"有时候人们会低估我，"亚瑟回答，"有时候这对我反而很有利。"

这次是亚瑟对准吉米的肚子打了一拳。吉米似乎提前感觉到了，往后一跳，亚瑟的拳头只是擦了他一下。

"你一直瞄准同一个地方，一次又一次，就好像忘记了还有别的地方可以瞄准。其实你并没有忘记，是让他忘记。"

"我没有强迫他做什么,我只是——暗中鼓励。"

吉米笑了,但不是塞巴斯蒂安那种自鸣得意的笑。而是一种欣赏的笑。

接着,他又打出一拳,这次是用左拳。低语声像风一样在人群中飘过。两个男孩同时改变姿势,开始朝相反方向转。

他们更像是在跳舞而不是打斗。

两人一直目不转睛地盯着对方。三分钟肯定快要到了,可是谁也没有打出像样的一拳。吉米似乎一直在把亚瑟吸引得越来越近,为的是——

就在吉米用左拳出击的一刹那,亚瑟也挥出了自己的左拳。他觉得他的手套碰到了吉米的脸颊,同时自己脸上也挨了一拳,被打得倒向一边。紧接着,他的头撞到地上。他似乎在那里躺了很长时间,但也许只有短短几秒,眼前直冒金星。当他不再感到天旋地转时,呻吟着强迫自己坐起来。

他吃惊地看到吉米也躺在地上。两人都在同一时间打中了对方。两个男孩面面相觑,眨巴着眼睛,震惊不已。然后吉米严肃的眼睛开始闪烁,他咧开嘴笑了。

人群在欢呼——显然这是一场精彩的表演。

"你的左勾拳真厉害。"吉米说。

"我也可以把同样的话送给你。"亚瑟说。

"我们好像还没有正式介绍过自己。"他们站起来后,吉米说道。

"我叫亚瑟·道尔。"亚瑟说着,摘下手套,伸出一只手。

"我叫詹姆斯,但朋友们都叫我吉米。"亚瑟这位强大的对手说,"吉米·莫里亚蒂。"

第十二章

带风景的房间

"今天就到这里吧,斯通。"哈德森太太大声说,"我们当然不希望1857年的挤压事件重演。"

"啊,当时也没那么可怕。"斯通回答。然后他皱起眉头,补充道:"好吧,除了被他们压在下面的那个孩子。他后来一直有点不正常……"

如果是一小时前,这句话可能会吓到亚瑟。但是他现在明白了,巴斯克维尔学院是一个完全不一样的地方。他发现自己已经开始喜欢它了。

哈德森太太催着他们穿过庞大的庄园,去参观西翼,可是他们走到大厅时,校长用洪亮的嗓音把她叫了进去。校长的声音里透着一丝担忧,是亚瑟此前没听到过的。

哈德森太太把其他人领出去时，亚瑟留在了后面。他透过客厅的门缝，隐约辨认出查林杰校长和华生医生、杰拉德准将凑在一起的身影。他们在低声讨论着什么。亚瑟又往前靠了靠。

他捕捉到了"安全措施"和"采取任何手段"等字眼，接着听见一声持续不断的尖叫。他低下头，看见托比正用那双带着指责的黄眼睛盯着他。亚瑟不需要再被警告第二次。狼转过身，轻轻地朝前门的台阶走去，亚瑟紧跟在后面。他走过时，用手指抚摸着雕刻华丽的橡木前门，仔细地打量着那扇破碎的窗玻璃。

亚瑟回到同学们身边时，哈德森太太正忙着跟一个路过的男孩说话。他看起来大约十六岁，一头乱蓬蓬的金发，戴着一副大眼镜，眼睛睁得大大的，露出惊讶的表情。他的每根头发都竖着，这使他看上去像一朵晕头转向的大型蒲公英。

"带他们去塔楼，"哈德森太太指示他，"给他们介绍一下情况。他们是一年级新生，布鲁诺。你肯定能管好他们。"

"没——没问题。"那个叫布鲁诺的男孩说，"愿意为你效劳。"

不过他的语气好像完全没有把握。

"很好。"哈德森太太回过头来看着他们,"现在布鲁诺会带你们去参观塔楼。你们先安顿下来,然后到餐厅去吃晚饭。"

她风风火火地从他们身边走过,返回了庄园。

"啊。"布鲁诺说,眨巴着眼睛,似乎仍然对眼前出现这么多人感到震惊,"是的。好。我们走吧。"

"塔楼是什么?"艾琳问。

布鲁诺指着一座隐约可见的石头建筑,它矗立在西边的庭院边缘,朝树林的方向倾斜,看着有点吓人。"全体一年级新生和部分二年级学生住在塔楼。因为你们还不能选择圈子。"

"圈子?"艾琳问。

"学术研究圈。共有五个——铁圈、黎明圈、闪电圈、精神圈和城堡圈。如果你对化学、冶金或工程感兴趣,可以加入铁圈。黎明圈是一个比较大的社团,包括所有的生命科学,生物学、解剖学、动物学——诸如此类。喜欢数学、物理和天文学的聪明学生可以加入闪电圈。精神圈是最小——也是最奇怪的社团,这是我的看法,他们研究无法解释的东西,比如幽灵和算命之类。其他所有的人,那些将来从商从政的女生和男生,都会加入城堡圈。这是一个包罗万象的圈子——他们学习语言、音乐、军事、历史、马术科学等与国王搭话聊天所需要知道的一切。大多数富家子弟、公爵的儿子和国会议员的女儿,最后都会进入城堡圈。但我不是。我是一名昆虫学家,所以我在黎明圈。学生一旦被某个圈子接纳,就要搬去与领导这个圈子的教授住在一起。"

"什么是昆虫学家?"亚瑟问。

布鲁诺转过身,好像受到冒犯似的瞪了亚瑟一眼:"哦!当然是研究甲虫的人。甲虫可比人类有趣多了。"

艾琳咬着嘴唇不让自己笑出声。

亚瑟越来越兴奋地想着那些圈子。它们听起来都很诱人。他怎么能只选一个呢?即使是精神圈,虽然听起来很奇怪,但也有一定的吸引力。然而,朋友们对于选择圈子似乎都很积极。

艾琳和吉米立刻开始谈论起城堡圈似乎很实用。格洛弗开始向布鲁诺打听关于精神圈的问题,问他们是不是真的成功联络过死者。

"铁圈，"袋袋痴痴地说，"这肯定很适合我。虽然闪电圈听起来也很令人兴奋……"

"可以两个都加入。"布鲁诺说，"有些学生在后来几年里会在不同的圈子间横跳，加入不止一个圈子。但这并不容易。光是作业的数量……"

也许那就是我，亚瑟想。他想学习所有的一切。

布鲁诺没有走那条蜿蜒的小路，而是一头扎进高高的草丛，直接向塔楼走去。即使塔楼没有向一边倾斜，也仍然是一座奇怪的建筑，在这片乡村尤其显得怪异。它是一座圆形的塔，上面爬满了常春藤，所以乍一看会误以为是一棵巨树的树干。几个烟囱从塔顶冒出来，但塔上没有钟也没有铃铛。

他们来到塔楼的底部，有一扇看起来很古老的木板门，门上有一个铁把手。"好吧，我得走了。"布鲁诺说，"真的不能让我的那些解剖标本再等下去了。很高兴——准确地说是我希望——好吧，保持联系。"

布鲁诺怪模怪样地迅速鞠了个躬，迈出几大步后，笨拙地冲回了大厅。

木板门很低，大多数学生得低下头才能进入塔楼。

他们走进黑暗的前厅时，艾琳不禁打了个寒战。房间里只有一条破旧的地毯、一张点着煤气灯的桌子和一张铺满银丝长毛的天鹅绒躺椅，其他什么也没有。他们面前有一扇门，上面刻着铭牌，但亚瑟不用看就知道是哈德森太太的名字。躺椅上的长毛显然是托比的，这意味着狼可能睡在躺椅上。它肯定在守护女主人的房门，不然为什么要这样？

"感觉这里就像一座坟墓。"艾琳说，双手交叉抱在胸前。她旁边一个黑头发女孩惊恐地睁大眼睛张望四周。

"不完全是，"格洛弗在他们身后说，"坟墓比这里有趣得多。我曾经把自己关在一个坟墓里待了三天。"

"为什么我一点也不惊讶？"亚瑟问。

左边，有一道螺旋形的楼梯通向上面。他们一个接一个地走上石阶，鞋子的咔嗒声在周围回荡。很快，他们发现自己来到一个圆形平台上，两边各有一扇门。其中一扇门半开着。房间里有一个女孩坐在床上，用放大镜仔细查看一本大厚书里的什么东西，亚瑟从没见过那么厚的书。

"哦。"女孩说着抬起头来，"你们一定是新来的一年级学生。在找你们的房间吗？"

几个人点了点头。

"你们得继续往上走，"她说，"你们的房间都在顶层，在所有二年级学生的上面。"

他们一边继续往上爬，一边查看经过的那些门上的小铭牌，寻找自己的名字。

"难道只有我一个人觉得塔楼越来越窄、越来越陡了？"艾琳气恼地说。

到了下一个楼梯平台，艾哈迈德和格洛弗找到了自己的房间，对面住的是塞巴斯蒂安和一个叫罗兰·斯坦利的马脸男孩。

哈丽特和那个神经质的黑头发女孩——亚瑟从门牌上得知她叫索菲娅·德莱昂——在下一个楼梯平台离开了。剩下的人已经寥寥无几。

到了下一个楼梯平台，亚瑟大步走到那扇孤零零的房门前，看了看上面的名字。

亚瑟·道尔

詹姆斯·莫里亚蒂

他转过身，对吉米笑了笑，吉米正从他身后看着牌子。"看来就是你和我了。"亚瑟说。

吉米点点头："好像是的。"

艾琳和袋袋继续往楼上走。"晚饭时见。"亚瑟喊道。

"但愿我们真能找到自己的房间。"艾琳回答。

"我认为我们现在应该作为朋友互相了解一下，"吉米说，"而不是作为对手。"

亚瑟大笑起来："我很高兴是你，而不是像塞巴斯蒂安那样的人。"

话一出口，他立刻希望能把它收回，他想起吉米就是跟塞巴斯蒂安同类的人。

但吉米似乎并不在意。"我家人认识他很多年了，"他回答说，"没错，他是个讨厌的势利鬼。特别是对外人。抱歉——我并不是说你是个——"

"没关系，"亚瑟说，他们现在扯平了，他松了一口气，"我就是一个外人。这是我第一次来英格兰。"

吉米吃惊地睁大了眼睛："第一次？"

"我在伦敦有亲戚，"亚瑟急忙补充，"我的叔叔和姑姑。"

"但你从来没去看望过他们？"

亚瑟觉得自己的脸颊开始发烫，"他们……非常忙。"他说。

他不能把真相告诉这位新朋友——他父亲那些富裕的兄弟姐妹不愿意再跟道尔先生有任何瓜葛。他们觉得他病恹恹的样子给家族带来了耻辱。

"我们最好进去吧，"吉米还没来得及问别的，亚瑟就说，"哈德森太太提到晚餐，我都快饿死了。"

此外，他还迫不及待地想看看自己的新家。

这是一个半圆形的小房间，有两扇窗户。每扇窗户下面塞着一张书桌，桌子两边各有一张狭窄的小床。门边有一个洗脸盆，一个朴素的烧煤的壁炉，两个窄小的衣橱，每个衣橱里都有一套紫红色西装、一条配套的领带和一件白衬衫。房间宽不到三步，长不到六步。这就是亚瑟想象中船舱的样子，只不过窗外不是蔚蓝色的海水，而是一片绿色的藤蔓。

亚瑟对外面的景色很好奇，就走到窗前，推开窗户。他拨开常春藤，看到夕阳照在杂草丛生的田野和蜿蜒的小路上，照得庄园的窗户闪闪发光。

"不错。"亚瑟轻声说。在家里时,窗外只能看到飘动的晾衣绳。

"确实不错,"吉米赞同道,"你觉得这是做什么用的?"

他指着两人的桌子之间,只见有一圈粗绳子,系在一个固定在地板上的铁锚上。

亚瑟仍然探身望着窗外,他刚开始猜想各种可能性,突然感到头顶上有个影子,抬头一看,什么东西从上面朝他脑袋直冲过来。

"啊啊啊!"有人粗声粗气地喊道,"准备投降吧……否则就去死!"

第十三章

奇怪的小偷

亚瑟赶紧从窗口缩回来,与此同时,一卷粗绳子从上面什么地方掉了下来,紧接着一双靴子映入眼帘,上面是一条紫色裙子,然后是一个顽皮的微笑和一只闪闪发亮的眼睛。

"袋袋!"当她从窗户爬进来时,亚瑟叫道。

"你应该说袋袋船长。"袋袋说,并眨了眨那只没有蒙着黑眼罩的眼睛。

袋袋刚落到地板上,另一双靴子就出现了,艾琳也爬进了房间,动作比袋袋文雅得多。她俩都换上了新校服,跟挂在男孩衣橱里的校服风格相同。袋袋穿着一条裙子,艾琳则选择了裤子。

"好吧,至少我们现在知道这绳子是做什么用的了。"吉米喃喃地说。

"建造这个地方的人一定很害怕失火,"艾琳说,"这也难怪。你能想象从那么多的楼梯跑下去逃生的情景吗?"她的目光落在吉米身上,"希望我们没有打扰到你们。"

"一点也没有。"亚瑟说,"我想这意味着你们找到了自己的房间。"

"就在你们的正上方,很方便。"袋袋说着摘下了眼罩。

"吉米,这是袋袋。"亚瑟说。

"是的,我们今天早上见过面。"吉米回答。他盯着袋袋,脸上的表情不知是愉快还是尴尬。

"哦,对了。这位——"

"我是艾琳。艾琳·伊戈尔。"艾琳伸出一只手,跟吉米握了握。

"你是美国人。"吉米说。

"半个美国人,"艾琳澄清道,目光专注地看着他,"我母亲是美国人,父亲是威尔士人。"

"可是,听你的口音一点也不像威尔士人。"

"也许是因为我从没有去过威尔士吧。你还有什么要说的吗？"

两人沉默了下来，但继续怀疑地打量着对方。亚瑟清了清喉咙，急于结束两个新朋友之间的紧张气氛。

"我和吉米最好赶紧换衣服去吃晚饭，"他说，"如果迟到，哈德森太太可能会派托比来催我们。我真不愿跟那样的家伙作对，它的……"

"牙齿太锋利了？"艾琳替他把话说完。

"没错。"

亚瑟和其他人看见了艾哈迈德和格洛弗，他们正要离开房间。亚瑟向艾哈迈德介绍了自己，并且在走回庄园的路上，一直听艾哈迈德讲述他从阿富汗到巴斯克维尔学院的旅程，其中包括：乘坐一艘差点翻的船；骑骆驼或骑马做危险的长途旅行；途中在意大利停留，参观庞贝古城的挖掘。

艾哈迈德讲述他去过的所有地方、经历的所有冒险，亚瑟听得入了迷，但心里也越来越嫉妒。吉米和艾琳在他们身后几步远的地方，似乎在比谁去过的地方最远。芝加哥、华沙和伊斯坦布尔——这些地方亚瑟就算知道，也只是在书里读到过。当吉米和艾琳发现他们都曾在巴黎同一家酒店餐厅用过餐时,两人之间的寒意立刻融化了,在那家餐厅里,接待他们的是同一个油腔滑调的服务员,他在以为没有人注意他的时候掏起了耳屎。

吉米曾经把亚瑟称为外人,此刻,当艾琳和吉米一起说说笑笑时,亚瑟真切地感到自己确实是个外人。他不像其他人那样可以分享有趣的经历。他直到那天早上才第一次离开苏格兰。

他们走到庄园的台阶前时,亚瑟才松了口气。他在快到台阶顶上时停了下来,终于意识到自己为什么对前门的碎玻璃感到不安了。

他从来没有偷过东西,虽然在绝望的时候动过这个念头。但他认识很多小偷。不管是掏口袋还是溜门撬锁,他们都知道最重要的是不引起别人的注意。

艾琳和吉米在他身边停住了。

"怎么了,亚瑟?"艾琳问。

"我刚到学校,查林杰校长就被准将匆匆叫走了。"他低声解释道,"他说又发生了一起'事故'。然后我看见他们在这里的台阶上说话,指着上面那扇窗户。参观结束后,我无意中听到几个老师在议论加强安全措施,还议论有没有东西被偷走。"

"入室盗窃。"吉米和艾琳同时说道。

亚瑟点了点头:"听起来是这样。可是……什么样的小偷会从前门闯进来呢?"

第十四章

餐厅

　　餐厅里充满了欢声笑语,弥漫着美食的诱人香气。这是一个很大的房间,有高高的橡木镶板,拱形天花板的顶部逐渐收拢。天花板上横贯着木梁,下面的桌子旁坐满了学生,他们传递着热气腾腾的菜肴。房间后面有一幅壁画,描绘的是普罗米修斯从众神那里盗火的场景。

　　"一年级学生坐在最远端。"一个系围裙的红脸女人——显然是炊事大娘——突然出现在他们身边,叫道,"你们可以把这些端过去。"

　　她把几个加盖的盘子塞给亚瑟和吉米。

　　其他一年级新生都坐在一张桌子的远端,那张桌子横贯整个房间。餐厅的其他地方散落着一些小桌子。有的桌上装饰着插满野花的小果酱瓶，还有的桌上摆着一堆堆书或奇怪的、闪闪发光的仪器。他看到的桌子不同，学生的种类也各不相同。有些人默默地坐着沉思，有些人则在打牌。坐在房间深处一张桌子旁——桌子下面散落着干草——的那些学生听了准将说的什么话，爆发出一阵大笑。

"我敢打赌，不同圈子的人都有自己的桌子。"艾琳说。

亚瑟点了点头，指着房间里不同桌子旁挂着的五面很大的纹章锦旗，每面旗子上都有不同的标志和拉丁短语，用白色丝线绣在深紫色的天鹅绒上。离他们最近的，是一个射出耀眼光芒的半圆形，一个被闪电劈开的三角形，以及一座顶上悬着一颗星星的宝塔。"看，"亚瑟说，"那些一定是黎明圈、闪电圈和城堡圈的标志。学生们的校服肩膀上都缝着同样标志的小肩章。"

他们经过塞巴斯蒂安和另外两个男孩身边时，塞巴斯蒂安大声招呼吉米。他们坐得离二年级学生最近，二年级学生占据着长桌的另一半。

"这里有位子。"塞巴斯蒂安说。他看了一眼亚瑟和艾琳，然后又看向吉米，"有你的位子。罗兰刚才跟我讲拉斯比庄园的猎狐人的故事，简直是传奇。我相信这个话题对你的……几位同伴来说不会有多大吸引力。"

"是的，"艾琳回答，"没有兴趣。"

吉米眨了眨眼睛。他没有说话，在那紧张的一瞬间，亚瑟以为他就要坐下去了。"谢谢你。"吉米最后说。他举起炊事大娘递给他的碗，"但我必须把这个端到桌子那头去。回头见，塞巴斯蒂安。"

塞巴斯蒂安对吉米淡淡一笑，没说什么，同时亚瑟克制住自己胜利的笑容，和艾琳、吉米在长桌的尽头坐了下来。

亚瑟打开盖子，看到了下面的面包卷，他自己拿了一个，然后分发给大家。面包卷落在他们的盘子里，发出不太诱人的砰砰声。

"我希望他们现在就让我们挑选圈子。"袋袋说。她若有所思地盯着一张桌子，桌旁坐着一个穿白色实验服的女人，就是亚瑟在参观庄园时瞥见过的那个，她身边坐着一群学生。他们似乎在你来我往地快速对话，就好像话题是一个刚从锻炉里烧出来的滚烫的铁球。他们的校服肩膀上有一个徽章，上面有一把锤子和一个玻璃烧瓶。

那一定是铁圈的桌子，亚瑟想。

"那是黛娜·格雷教授。"袋袋解释道，"我读过她的介绍。她正在研究电灯的制造。不仅如此！还有一切电动的东西，比如马车、自行车和烤箱……"

亚瑟舀起一勺糊状的豌豆，努力把思绪聚焦在这个话题上。但是除了食物，他很难集中注意力。他不记得上次吃到这么丰盛的一餐是什么时候了。

"你呢，格洛弗？"艾琳问，"你知道自己想学什么吗？"

"我想成为一名死亡学家。"格洛弗说。

"那是什么？"艾哈迈德问。

"专门写讣告的人。"

吉米皱起了眉头："所以你想研究……死人吗？"

格洛弗眨了眨眼睛。"有什么比死亡更迷人呢？"他渴望地看了一眼旁边的一张桌子，它比其他的桌子都小，铺着花边桌布，点着细长的蜡烛。有两个学生坐在桌子中间，他认出在参观学校时见过他们，当时他们在那个雾气弥漫的房间里一起唱颂歌。他们两边的座位都空着，两人挤在一起聊天。左边的男孩个子很高，但佝偻着背，皮肤苍白，五官灰暗。另一个留着棕色短发，看上去年纪小一些，但也可能是因为他那红扑扑的脸颊和小小的朝天鼻。

"精神圈。"格洛弗说，他看到亚瑟也在盯着他们。

"我们之前见过他俩，"亚瑟指着那两个人说，"好像在进行某种……仪式？"

那两个人与其他学生不同，他们从头到脚穿着白色的衣服，肩章上显示一只张开的手，手掌里有一只眼睛。

"一个二年级同学告诉我，他们叫托马斯·胡德和奥利·格里芬。"格洛弗说，"他们从不跟别人交往，但似乎有各种各样关于他们的谣言。说他们有某种超能力，还说他们能看到另一个世界的东西。"

亚瑟感到后背上掠过一丝寒意，他把目光从这两个奇怪的男孩身上移开。

"嗯，"吉米说，看上去有些怀疑，"我想，在这里真的差不多想学什么都能学到。"

"你爸爸在这里上过学，是吗？"亚瑟问，"他现在做什么工作？"

"他是个商人。"吉米含糊地说,"你爸爸呢?他是做什么的?"

"他是个艺术家。"亚瑟回答。

"具体做什么?"艾琳问。

"插画家。他正在给新版《美女与野兽》画插图。"

已经画了好几个月,却几乎没有什么进展。

"那太令人兴奋了!"袋袋说,"我爸爸是养羊的。他可能不富有,也不出名,但我们生产的羊毛是爱尔兰最暖和的!"

吉米和亚瑟的目光隔着桌子相遇。吉米的神情中有一种忧郁的东西,亚瑟自己也有这种感觉。他们之间似乎有一些默契。亚瑟也许隐瞒了父亲的实情,隐瞒了自己家里有多穷,但吉米也有一些事不愿提及。

"那种事在这里不重要,对不对?"艾哈迈德问,"在这个地方,我们可以成为自己想成为的人。"

亚瑟发现自己在点头。艾哈迈德说得对。他不是来自一个富贵奢华的家庭,但这又有什么关系?他和其他人一样有想法、有梦想。也许他没有环游过世界,但这种情况总有一天会改变。他对此充满信心。他必须让这成为现实。

　　他的故事就要从现在、从这里、从巴斯克维尔学院开始了，只有他自己才能去书写它。

第十五章

华生医生的花招

第二天不是从敲门声开始,而是被爆炸声惊醒的。

亚瑟和吉米都从床上跳起来,在晨曦中睡眼惺忪。

"发生了什么事?"吉米嘟囔道。

亚瑟掀开被子,走到窗前。他看见一个穿军装的身影骑着马疾驰而过,吹着一支法国号角。杰拉德准将可能是想吹一首歌,但那难听的声音让亚瑟直想捂住自己的耳朵。他"砰"地关上窗户。

"我想这大概是我们的起床号。"亚瑟说。

吉米哀叹一声,用被子蒙住了头。

"快起来,不然我们就吃不上早饭了。"亚瑟说,"我几乎可以肯定我闻到了培根的味道。"

那天吃早饭时,空气里有一种紧张不安的气氛。夜里大家要么睡得像个婴儿(或者像个死人——用格洛弗的话说),要么压根儿没有睡着。袋袋屁股只沾了一点椅子边,她熬到半夜,又在校服上增加了几个口袋。和哈丽特同屋的那个文静姑娘——索菲娅·德莱昂——一直低头看着自己的盘子。

早饭快吃完时,哈德森太太拿着一本打开的笔记本,匆匆走到长桌的最前面。

"你们这学期的课程表如下。十磅糖,然后是五加仑——不,不,这完全弄错了。"她开始翻看笔记本,"啊,是的,找到了。早饭后,你们立刻到华生医生的房间报到,学习人体生理学……"

她念了一遍他们当天的日程安排,其中包括格雷教授和斯通教授的课,还有一位名叫洛林教授的自然界概论。

哈德森太太没有再做任何指示就把他们赶出了餐厅。"有人知道我们要去哪儿吗?"艾哈迈德喊道。

亚瑟记得在一间教室里瞥见一具骷髅。那肯定是华生医生的教室吧?

"我好像知道。"他说。

他领着大家穿过大厅，经过一间间已经坐满学生的教室，来到那个放着骷髅的房间。门大开着，华生医生正坐在一张桌子后面，把一支钢笔蘸入墨水瓶里。

亚瑟清了清嗓子："你好，先生。"

华生医生抬起头。"啊，"他温和地微笑着说，"你们来了。我正打算叫准将组织一支搜寻队呢，他非常喜欢干这些事。请进吧。"

他推着轮椅从桌子后面出来，来到房间中央，亚瑟和其他人都坐了下来，盯着架子上一排排浑浊不清的罐子。其中一个罐子里有一只人手。

"大家最好别胡闹，"艾哈迈德喊道，"我们都被监视着呢！"

他指了指房间后面一批装着眼珠子的玻璃罐。

亚瑟意识到自己的眼睛睁大了，他突然感到庆幸：他的眼睛还好好地待在原处。

"时间久了，你们就会习惯的。"华生医生语气欢快地说，"现在你们可能觉得很可怕，但是对这些标本的研究有助于了解人体是怎么工作的，以及它能创造什么样的奇迹。"

亚瑟打量着同学们，他们忽而惊恐，忽而着迷。但是……是不是有人失踪了？

"你指的是什么奇迹，先生？"塞巴斯蒂安问。

"我认识一些妇女，她们在危急时刻表现出了不可思议的力量。"华生医生说，"还有一些男人，他们受了本该致命的重伤却活了下来。这个房间里的每个人都有一种神秘的能力，能感知即将来临的危险。想想当你们觉得自己受到监视时，手臂上竖起的汗毛。是啊，我的膝盖也能非常准确地预知正在酝酿的暴风雨。这一切都归因于精神和身体之间的神秘联系。"

就在这时，门开了，索菲娅·德莱昂出现了，她脸色苍白，气喘吁吁，脖子上裹着一条象牙色围巾。

"非常抱歉，先生。"她尖声说，"我……好像迷路了。"

"事实上，我认为你来得正是时候，"华生医生回答，目光落在了她的围巾上，"我正准备向同学们介绍弗朗兹·梅斯麦的理论。有人听说过他吗？"

亚瑟举起一只手。他在以前从学校图书馆借来的一本书里读到过梅斯麦的介绍。"弗朗兹·梅斯麦发明了动物磁场的概念,"他解释说,"他认为每个生物的体内都有一种力量,可以被用来治愈疾病。可是他——"

"不错。"华生医生赞同道,"这又把我们带回到——你叫什么名字?"

亚瑟皱起了眉头。华生医生为什么要打断他的话?

"索菲娅·德莱昂。"那个女孩回答。

"太好了。现在,德莱昂小姐,我能请你摘下围巾,让我检查一下那片皮疹吗?"

索菲娅吃惊地抬起头,然后慢慢地点了点头。

亚瑟探身向前。华生医生怎么知道她长了皮疹?

索菲娅解开围巾,露出脖子上醒目的红色斑点。

"你经常出这种疹子吗?"华生医生问,"当你感到焦虑的时候?比如在新学校的第一天?"

索菲娅又点了点头。

全班同学都沉默了,华生医生指着黑板下面一个类似坩埚的东西。坩埚里伸出一些乱七八糟的铁棒。

"一种常见病。"华生医生说,"现在,如果你允许的话,我想演示一下梅斯麦的方法,帮你摆脱这些疹子。我只需要你抓住其中一根铁棒。"

他指了指他们中间那个奇怪的仪器。索菲娅小心翼翼地向前走了一步,伸出一只手。亚瑟注意到华生医生的手在坩埚里消失了一下,然后抓住了另一根铁棒。

"太好了。现在你只要垂下目光,就这样,然后为我做一个深呼吸。把你的目光集中在铁棒上,我要用里面的磁力在我们之间传递能量。"

华生清了清嗓子。当他再次说话时,声音变得更缓慢、更低沉。

"巴斯克维尔学院欢迎你,你很安全。"他喃喃地说,"你即将开始你青春年华中最美妙的时光。对不对?"

华生医生继续说着,索菲娅的眼皮开始耷拉下来。

"是的。"她做梦一般地说。

"不需要因为来这里而感到焦虑,是不是?"

"是的。"

亚瑟身旁的艾琳倒吸了一口气。亚瑟顺着她的目光看向索菲娅的脖子,只见那里的皮肤正从红色变成粉红色。

"那么你感觉放松下来了吗?"华生问。

"是的。"索菲娅又说。

粉红色褪去，变成了浅褐色。其他人也注意到了，都在窃窃私语。

"很好，德莱昂小姐。我想已经够了。你可以把手放下来了。"

索菲娅的手从铁棒上滑下，与此同时，华生医生打了个响指。索菲娅眨了几下眼睛，环顾四周，好像不太记得自己身在何处。她用手指摸了摸脖子。"消掉了吗？"

"确实是的。"华生回答。

"你……你治好了我！"索菲娅叫道。

她的声音不再颤抖。

"你可以坐下了。"华生医生热情地点点头说。

亚瑟皱起了眉头。他刚才要说的是，在梅斯麦提出动物磁场理论以后的几十年里，这种理论已被广泛否定。但华生医生打断了他，华生肯定很清楚这点！

然而，他们都亲眼看见索菲娅的皮疹消退了。刚才她还满心焦虑和恐惧。此刻她坐在那里，看着房间里那一排排可怕的罐子，脸上却是一副安详的神情。

"有人对我的小演示有什么疑问吗？"

"这里面有什么花招吧，"艾哈迈德说，"是不是？"

他说出了亚瑟想说的话。

华生医生脸上闪过一丝微笑,挥挥手让艾哈迈德起立。"来,"他说,"你自己看。"

艾哈迈德咧嘴一笑,大步走上前,抓住了一根铁棒。

"现在,请垂下目光。仔细听我的声音。"

亚瑟仔细地注视着,随着教授的声音越来越缓慢、低沉,艾哈迈德的眼神开始变得呆滞。他又一次看到华生医生把手伸进坩埚,瞬间又回到了铁棒上。

"好了,赛义德先生,你还记得我们第一次见面的那天吗?"

艾哈迈德点点头。亚瑟想起艾哈迈德的父亲在阿富汗认识华生医生。

"当时我给你唱了一首歌。我相信那是你学会的第一首英语歌。你现在能给我们回忆一下吗?"

沉默了一会儿,艾哈迈德突然唱起了歌。

"一闪一闪亮晶晶,满天都是小星星!我想知道你是什么!"

全班哄堂大笑。就连华生医生也轻声笑了。

"可以了。"艾哈迈德唱到第一段末尾时,华生医生说。他打了个响指，艾哈迈德怔住了，嘴巴还张得大大的。华生医生开始礼貌地鼓掌，几个同学也一起鼓掌，艾哈迈德迅速地鞠了一躬。

亚瑟的眼睛仍然盯着坩埚。

"先生，"当艾哈迈德回到座位上时，亚瑟说，"能给我们看看坩埚里是什么吗？"

华生医生饶有兴趣地看着亚瑟。他嘴角抽搐了一下，把手伸进大坩埚，抽出了什么东西。

华生医生举起一个很大的黑白色旋转玩具，懒洋洋地弹了一下，玩具旋转得更快了，黑色和白色的部分模糊在一起，有一种……

"催眠的效果，"亚瑟说，"你就是这么做的！"

"确实如此。"华生医生说，脸上露出了灿烂的笑容，"你是怎么知道的？"

"我看见你摆弄了一下坩埚里的什么东西。"亚瑟说，"另外，我知道弗朗兹·梅斯麦的观点很久以前就被证明是错的。但他使用的一些技巧确实有效，比如催眠，也叫催眠术。'催眠'（*mesmerizing*）这个词就是由他的名字（*Mesmer*）来的！"

教室里所有的目光都集中在亚瑟身上,他突然感到自己的脖子也热得发烫了。

"等等,"袋袋说,"华生医生催眠了他们?"

"是的。"亚瑟回答,"他让我们都以为坩埚有某种神秘的治愈力量,其实真正有力量的是华生医生说的话。那种力量让艾哈迈德在全班同学面前唱歌,让索菲娅的皮疹消失。"

"所以这其实不是一个骗局,"吉米说,"是身体和精神之间的联系,就像华生医生说的那样。"

大家都扭过身来看着索菲娅,她显得很惊讶,但并没有不高兴。

"哦,太好了,华生医生!"她拍着手说。

华生医生鞠了一躬。"道尔同学说得对。弗朗兹·梅斯麦的动物磁场理论很久以前就不可信了。"他说,"然而没有人能否认他确实帮助过他的患者。最终,科学家们意识到,他的力量不是来自他那些奇怪的仪器,而是来自他让患者进入催眠状态的能力,在那种状态下,患者的思想更容易接受各种建议。他使用一种低沉、平静的语调,以及某种视觉辅助手段,让患者的眼睛感到疲劳。

一旦他们处于这种状态,梅斯麦就会引导患者疗愈自己,患者也会不知不觉接受他的建议。"

"那艾哈迈德呢?"袋袋问,"他什么毛病也没有!"

"是的。"华生医生慈爱地看了看艾哈迈德,说道,"但我知道他是个天生的表演者。我相信只要稍加鼓励,他就会开始表演。"

艾哈迈德笑了。

"你们在巴斯克维尔学院开始学习的时候,必须记住这一点。思想的力量远超我们的认知,唯一的局限,是我们自身的狭隘。现在,请大家把注意力转向我的朋友拿破仑……"

华生医生把轮椅挪到墙角的那具骷髅前,开始讲解肌肉骨骼系统,同学们都忙着记笔记。

下课时,他挥手把亚瑟叫到他的书桌前。

"道尔同学,你识破了我的小把戏,干得漂亮。我们常常被生活的舞台道具分散了注意力。"他朝坩埚做了个手势,"我们错过了那些道具想通过转移我们注意力来隐藏发现的真相。"

"谢谢你,先生。"亚瑟说,"刚才的演示非常精彩。"

"你过奖了。"医生回答。他犹豫了一下。"知道吗……你让我想起了一位非常要好的朋友。"

"是谁,先生?"亚瑟问,"你怎么——"

他本来想问华生医生是怎么知道他的名字的。因为华生医生刚才问了索菲娅的名字。

然而就在这时,索菲娅来到亚瑟身边,向华生医生表示感谢,留下亚瑟在一旁兀自纳闷。

第十六章

让魔法变得可知

全班学生鱼贯走进格雷教授的实验室时,袋袋似乎快要神经崩溃了。

"深呼吸,袋袋。"艾琳说,"她并不是一个神。"

"但她就是像神一样。"袋袋反驳道,终于长吁了一口气,"她了解电,那仿佛是一种魔法力量。"

"神是不施魔法的,"吉米说,"女巫才施魔法。"

"我想我年轻的时候被骂得更难听。"一个低沉而柔和的声音传来。

吉米顿时脸色苍白。大家转过身,看见格雷教授坐在门边的一个凳子上。她身材苗条,坐姿端正,虽然满脸皱纹,却精神抖擞。她的蓝眼睛向他们闪烁着光芒。

"非常抱歉,教授。"吉米说,"我不是说——"

"请原谅我的朋友。"袋袋打断了他,"嗯,他其实还不是我的朋友。我们昨天刚认识。事实上,我都不确定我是不是喜欢他。哦,对了,我叫玛丽。玛丽·莫斯坦。大多数人都叫我袋袋。你随便怎么叫我都行。"

袋袋摇摇晃晃地行了个屈膝礼,结束了这番奇怪的自我介绍。

"我认为袋袋这个名字很好。"教授说,"你暂时还不必嫌弃你的这位朋友。科学就是让魔法变得可知。所以,你可以说女巫是最早的科学家。请坐吧。"

华生医生的房间里摆满了装在罐子里的标本,而在格雷教授的实验室里,则放着一些闪闪发光、亚瑟完全看不懂的笨重装置。每个座位前面都有一个玻璃瓶,里面装着一些水,用软木塞塞住,每个软木塞里伸出一根电线。

"你们看到了什么?"格雷教授问,脚步轻盈地走到前面。

"就是一个玻璃瓶,"艾琳说,"里面装了些水。"

"还有别的吗?"

"有一根电线穿过软木塞。"哈丽特大声说。

"我数到三,"格雷教授说,"我数的时候,你们轻轻抓住铁丝的末端。一——二——三。"

亚瑟刚捏住电线,就感到自己的手一阵剧痛。他赶紧把手抽回来。从同学们的尖叫声中,他知道他们都有同样的感受。格雷教授连眼睛都没眨一下。

"现在,"她说,"谁能告诉我瓶子里还有什么?"

袋袋举起一只颤抖的手。"有电,"她说,"这些瓶子是莱顿瓶。"

"很好。你能告诉我们这是什么意思吗?"

袋袋扬起了下巴:"莱顿瓶是一种储存静电的装置。电线把电传导到玻璃瓶中,电就被关在里面,一旦我们的手指接触到电线,就会被电流击中。"

"很好。"格雷教授说,袋袋得意地笑了。"电是存在于我们周围的众多看不见的力量之一,它以无数种方式塑造着我们的生活。而我们刚开始梦想着怎样塑造它。在这个教室里,我们要学习这些力量。我们要学习炼金术的过程——把普通的、看不见的东西,比如摩擦力,转换成不寻常的东西,比如突如其来的闪电。在这间教室里,你们要学会心怀梦想,因为没有一个纯理性的头脑能够想象出我们有朝一日可能生活的未来——在那里,我们可以用知识以无限的方式重新塑造这个世界。这样的未来正在到来,希望我们能有幸活着见到它。"

格雷教授说话的时候,亚瑟发现自己十分认真地听着她说的每一个字。他想起了袋袋说过的一个有电灯和电车的世界,他想象着自己回到爱丁堡时,发现那里到处都是嗡嗡作响的奇妙机器。他想象着天空中挤满了飞船,就像查林杰校长的那种;街道上熙熙攘攘的人们不再被疾病困扰,因为他们的心灵已经把他们治愈。

这是一个多么灿烂辉煌的梦想啊!

后来,同学们都去吃午饭了,袋袋留了下来,请格雷教授在她几年前出版的一本关于女科学家工作的小册子上签名,袋袋已经把这本小册子读了几十遍。她出现在餐厅时,亚瑟正对着第一口滚烫的牛排腰子馅饼吹气。

"你们绝对不会相信,"袋袋说着,一屁股坐在了艾琳和格洛弗中间,"格雷教授快要离开了。她教完这个学期就会退休!"

"唉,她确实很老了。"艾琳说,"所以,这事我可以相信。"

"但你们能相信我的运气吗?"袋袋感叹道,"这么多年来我一直渴望见到她。现在我来了,她却要走了。还有馅饼吗?"

艾琳把盘子推给袋袋:"你可以吃我的。说真的,牛排腰子馅饼?我情愿用我的左胳膊去换一个火腿三明治。"

"至少她邀请我加入她的研究小组了。"袋袋一边说,一边大口吃着艾琳的那份馅饼,"我下课后要帮助她做实验。我必须在她离开前尽可能多学一些东西。"

"就是这种精神。"亚瑟说。

"说到精神,"格洛弗闷闷不乐地说,"你觉得我们什么时候能上灵学课?我非常渴望开始与死者交流。我已经准备了一长串问题要去问威廉·莎士比亚和叶卡捷琳娜大帝了。"

亚瑟和吉米的目光隔着桌子相遇。然后两人同样迅速地把目光移开,生怕会忍不住笑出声来。

"欢迎来到温室。"半小时后,同学们慢慢走进温室,洛林教授说道。洛林教授是一个矮小、精瘦的男人,谢顶,头发乱蓬蓬的，指甲里满是污垢。

"太壮观了。"艾琳喃喃自语，打量着这个洞穴般的大房间。在他们面前，一棵巨大的、疙里疙瘩的大树从玉石地砖中间冒出来，一直伸到玻璃圆顶天花板上，它的树枝把大多数玻璃都挤碎了。房间里的其他地方长满了一丛丛跟人差不多大的蕨类植物，还有缠结在一起的面目狰狞的网状藤蔓。

"正如你们已经看到的，"洛林教授接着说道，"巴斯克维尔学院是数百种植物、菌类和动物的家园，其中一些是世界上其他地方找不到的。"

亚瑟想起了不太像渡渡鸟的迪迪，查林杰校长说它是同类中的最后一只。

洛林教授的语速很快，好像舌头跟不上他的思想。

"所有的动物——至少是危险的动物——都关在我们的生态场里，所以你们不用担心鳄鱼会跳出来吃午后茶点。"他发出一声响亮的"啊哈"。亚瑟认为是笑声。"不过，我们的许多植物是有毒的，甚至是致命的。它们大多被限制在毒药花园里，但有一些必须种植在其他区域。注意，它们看起来人畜无害。即使是最毒的植物，比如毒芹，也经常会被误认为是防风草或胡萝卜。"

"这也太……不方便了。"袋袋说。

"除非你有仇人需要除掉。"有人低声嘟囔道。亚瑟转过身，看见塞巴斯蒂安正直勾勾地盯着自己。

吉米翻了个白眼。"别理他。"他说，"你昨天拳击打败了他，他还耿耿于怀呢。"

"我并不担心。"亚瑟说。事实上，塞巴斯蒂安这么长时间都没有在赛场外继续找他单挑，他还感到很意外呢。他期待了一整天，但塞巴斯蒂安的心思似乎完全放在了功课上。"不过……如果塞巴斯蒂安请我喝茶，我想我是不会去的。"

洛林教授做了个手势，示意同学们跟着他穿过一条连接温室和玻璃暖房的狭窄通道。他穿着一双橡胶靴，走起路来吱吱作响，在身后留下一串模糊的泥脚印。

从黑黢黢的通道出来后，亚瑟觉得他们好像降落在了另一个大陆。这里空气浑浊，湿度很大，弥漫着绿色植物的清香。他们仍然站在一条走廊里，但走廊的墙壁完全是玻璃的。每隔一段距离，两边都有门通向一系列的玻璃暖房。

"每间暖房都特意模拟一种不同的环境，"洛林教授解释道，"或者迎合某一特定类型的物种。我们有热带和亚热带暖房、沙漠暖房、兰花暖房、沼泽暖房、食肉植物暖房等，一共有三十个。"

"食肉植物，先生？"艾哈迈德说，"那些植物会吃……肉？"

"主要是吃昆虫。有些还吃老鼠甚至鼩鼱。记住，这只是我们发现的物种。"

亚瑟拼命集中注意力，但还是被他们经过的那些小玻璃暖房分心了。有一间暖房几乎完全被一大桶水占据，水面上覆盖着各种颜色的睡莲。还有一间暖房里有许多细长的植物，它们的针叶伸向四面八方。有些暖房色彩斑斓。还有一间暖房的半空中飞舞着几百只半透明的蝴蝶，每只蝴蝶的翅膀都像一扇小小的玻璃窗。

"这些是我们的生态场，"洛林说，"是动物而不是植物的家园。你们在这里可以看到我们最有趣的住户之一。"

他在一间特别大的暖房前停了下来。亚瑟往里面看了一眼，接着又看了一眼。在一簇簇棕榈树中间，坐着一个身材魁梧、头发打着小卷的女孩。坐在她对面的是一个大家伙，琥珀色的大眼睛，鹰钩鼻，全身覆盖着红褐色的毛发。

"来见见福仔，"洛林说，骄傲地挺起了胸膛，"我们的常驻黑猩猩。我们叫它福仔，是因为它是从马戏团被解救出来的，它的饲养员差点把它打死。"

这可怜的动物如果根本不需要被拯救，它会更幸运，亚瑟忧伤地想。

福仔和女孩之间摊着什么东西。

"先生，"亚瑟说，几乎不敢相信自己的眼睛，"他们是在打牌吗？"

洛林点了点头："自从福仔来到这里，辛妮德就一直是它最亲密的伙伴。那时福仔还只是个婴儿。辛妮德一直在研究它的智力。福仔特别擅长玩记忆游戏，不过还没有掌握惠斯特牌的窍门。"

"我们可以见见它吗？"艾琳问。

"当然不行。"洛林说，指着门上一个"请勿入内"的牌子，"黑猩猩除了拥有惊人的智力，还比人类强壮五倍。它们被激怒时会变得非常具有攻击性。所以我总是把福仔的栖息地锁起来,除非辛妮德和它在一起。现在,请你们把注意力转向这边——"

亚瑟不情愿地转过身,和格洛弗一起跟在队伍后面,这时突然听到身后传来一声喊叫。

"福仔,不要!"

大家同时回过身。福仔栖息地的门此刻大开着,黑猩猩站在门口,一双眼睛来回扫视。

"是谁把门打开的?"洛林教授咬牙切齿地说,侧身走向教室前面。

"啧啧,亚瑟。"一个声音在亚瑟耳边喃喃地说,"你怎么能做这么鲁莽的事?"

塞巴斯蒂安站在那里,一脸无辜地看着这一幕,罗兰在他旁边偷笑。

"我没有——"亚瑟结结巴巴地说,"等等。是你打开的,对不对?"

"我们亲眼看到是你做的,"罗兰说,"所以是二比一。"

亚瑟感到怒火中烧。他朝塞巴斯蒂安迈出一步,但就在这么做的时候不小心撞到了格洛弗,他的笔记本掉在了地上。

"我的墓碑拓片！"纸片飞得到处都是，他惊叫道。

艾琳想去抓他的胳膊："格洛弗，别管它们了！"

可是没等她抓住，格洛弗已经向前冲去了。

福仔冲着男孩龇牙咧嘴，男孩跪在离黑猩猩几英尺的地方，慌乱地捡着他的纸。格洛弗一抬头，顿时吓得呜咽起来，把拓片紧紧地抱在胸前。

如果没有人赶快采取行动，格洛弗就会成为那个需要讣告的人了。

第十七章

好运降临

"知道吗,突然死亡的人往往不能完全进入幽灵世界。"格洛弗呜咽着说,嘴唇在颤抖。然后他发出了介于尖叫和呻吟之间的声音。

"安静点,孩子。"洛林教授压低声音嘟囔道。

"福仔,回到里面来。"辛妮德喊道。她脸上变得血色全无。

可是福仔似乎没有听见。它又向前迈出一步,露出了牙齿。

艾琳倒吸一口冷气。格洛弗呜呜咽咽。就连塞巴斯蒂安此刻也显得有点害怕了。

想一想,亚瑟,想一想。

他不相信黑猩猩真的想攻击格洛弗。但是刚才格洛弗向前冲时，使大猩猩受到了惊吓——它已经有一大堆理由害怕人类了。要是有办法让福仔冷静下来，知道自己是安全的就好了。

有了！

他拼命回忆华生医生说的梅斯麦的那套办法。他使用一种低沉、平静的语调，以及某种视觉辅助手段，让患者的眼睛感到疲劳。

"你的怀表能借我用用吗？"他对艾琳说。

"什么？干吗？"

"相信我吧。"

艾琳从翻领上摘下怀表，递给亚瑟。既然黑猩猩能像人类一样玩牌，那它是不是也能被催眠呢？

亚瑟很快就会知道了。

"福仔！"他叫道，努力使自己的嗓音显得低沉、坚定、平静。

黑猩猩转过身，冲亚瑟露出牙齿。

"没关系，"亚瑟缓缓地说，"你是安全的。你没有危险。"

他一边说，一边举起怀表，拎着表链让它左右晃动。

福仔似乎并没有被说服。它紧接着就向亚瑟冲了过来。

快跑！亚瑟脑海里一个声音在尖叫。

可是他无处可逃。福仔挡住了他们来的路。他只能坚守阵地。

他不停地摇晃着怀表。

"这里没有人会伤害你，"他尽力模仿华生医生的语调，"再也不会有人伤害你了。"

黑猩猩逼近时，亚瑟鼓起了勇气。成败在此一举。

"现在放慢脚步，"亚瑟喃喃地说，"停下来，福仔。"

听到自己的名字，黑猩猩突然停了下来。亚瑟能感觉到大猩猩的热气吹在他的脸颊上。福仔终于对怀表产生了兴趣。它好奇地眯起眼睛。亚瑟不停地来回摆动怀表。黑猩猩的眼睛跟着它动。

"很好，福仔，"他用抚慰的语气说，"继续看着怀表。就这样。"

大猩猩脸上的怒容消失了。它的眼睛开始变得呆滞。起作用了！与此同时，辛妮德慢慢走出福仔的栖息地，朝它走来。

"来吧，福仔，"她轻声细语地说，"我们把这副牌打完好吗？我相信你很快就要赢我了。"

"跟辛妮德一起去吧，"亚瑟说，"你希望跟她一起去。"

福仔眨了眨眼睛，然后慢吞吞地转回身，走向门口，辛妮德轻轻抚摸了一下它的胳膊。

福仔一回到它的栖息地，洛林教授就立刻把门关上，迅速地上了锁。

格洛弗站起身，接着又瘫软在地。艾哈迈德冲过去扶住他。

亚瑟终于让自己颤抖地呼出一口气。

洛林转过身来面对学生们。他的脸涨得通红。他把目光锁定在亚瑟身上。"你……"他开口道，"刚才……真是……"

"绝对太精彩了！"袋袋喊道。

"可是，先生。"塞巴斯蒂安插嘴道。他的下巴剧烈地抖动着。"是亚瑟——"

"救了格洛弗的命。"艾琳一边替他把话说完，一边拿回了自己的怀表，动作比亚瑟预料的粗暴一点。他想起那怀表是艾琳父亲送给她的。从表的重量来看，它很可能非常值钱。

福仔和辛妮德又面对面坐在那里了，就好像什么事也没发生过。辛妮德抬起头，对亚瑟淡淡一笑。

"你……你救了我。"格洛弗眨巴着一双大眼睛看着亚瑟说，"如果没有你，我会成为一道影子，永远在大地上徘徊。"

"没事，不用客气。"亚瑟说，脸颊涨得通红。

"为亚瑟欢呼三声吧！"艾哈迈德说。

"绝对不行。"洛林教授厉声道，"我们不能再打扰福仔了。下课，解散。"

"可是，先生！"罗兰还想说话。

同学们已经推着他和塞巴斯蒂安在走廊上往回走了。

"一年级新生，"亚瑟听见洛林教授在喃喃自语，"一年级新生总会闹出点事情来。"

第十八章

巴斯克维尔的未解之谜

亚瑟大无畏的勇敢事迹很快就不胫而走，第二天早上，似乎每个人都听说了。吃早饭时，二年级学生让亚瑟坐在长桌的中间，只为了听他把这个故事再讲一遍。亚瑟在以前的学校甚至不愿意在同学们面前发言，所以当查林杰校长打断他，说有话要跟他说时，他松了一口气，剩下的故事由艾哈迈德替他讲完。亚瑟和校长大步走出房间时，许多双眼睛都盯着他们。亚瑟无意中一抬头，惊讶地发现就连精神圈的那对怪人——托马斯和奥利，他们似乎通常都陷在自己的世界里——也在他走过时盯着他看。

"道尔，"他们一走到大厅，校长就用洪亮的声音说，"我听说你催眠了洛林的黑猩猩，它差一点就把库马尔撕成碎片了？"

"是的，先生。"亚瑟说。

"最好不要让我再听到你做这么愚蠢的事了。"校长说。然后他压低了声音，"不过这是洛林和哈德森叫我说的。其实你倒是省了我的麻烦，我不用给那孩子的父母写一封难以启齿的尴尬信了。我真希望当时能亲眼看到那一幕。"

校长已经大步走开了，这时一个高得惊人的女孩向亚瑟走来，她深色的卷发剪得很短。"喂，我能借用你一下吗？"她说，"接受一次采访。只会耽误你第一节课的几分钟。"

"采访？"

"我叫阿菲亚，是城堡圈的。我在校报工作。"她解释道，"辛妮德告诉我，是你催眠了那只黑猩猩。我想写一篇报道。"

亚瑟有点犹豫。但他脑海中突然浮现出塞巴斯蒂安的脸，他仿佛看见了塞巴斯蒂安在读到亚瑟英雄行为报道时脸上的表情。更妙的是，他想到父亲会把这篇报道和其他剪报一起钉在书房的墙上。也许这会让父亲想起自己许下的承诺，在亚瑟离开时好好地照顾家人。

"好吧，"他说，"只要不占用太长时间。"

女孩咧嘴一笑："跟我来。"

她领着亚瑟上了亚瑟还没去过的二楼。他们经过几间教师办公室的门，其中一扇门的上方挂着干草药，铭牌上写着"阿加莎·福克斯"。在这个名字下面，有人还贴了一个牌子，上面写着：**福克斯教授和仙女们一起离开了。**

"那个牌子是……"

"是认真的吗？哦，是认真的。"阿菲亚说，"福克斯教授是教灵学的——她是精神圈的负责人。她经常一离开就是几个星期，回来时声称自己去了另一个世界。有一次我想用这个理由逃掉洛林教授的课，结果他罚我给豪猪洗澡。尽管如此，福克斯教授的圈子似乎还是每年都在扩大，当然，跟另外四个圈子相比仍然很小。你会看到那些人。他们有的喜欢穿白衣服。"

亚瑟正要回答，突然传来一阵叮叮当当的声音，吓了他一跳。阿菲亚笑了起来。"那是钟表俱乐部。"她一边解释，一边打开左边的门，露出一个摆满钟表的房间，每个钟表都在用自己独特的声音报时。

"钟表俱乐部？"亚瑟疑惑地说。

"喜欢摆弄钟表的人，"阿菲亚说，"贝克勋爵——这所学校最初的主人——似乎对钟表有点着迷，根据协议，他的收藏品必须永远保存在这里。所以我们有一个钟表俱乐部，不过我相信已经至少三十年没有人加入了。"

亚瑟打量着那一排排的钟。有雕刻精美的布谷鸟钟和布满灰尘的船型钟，还有金色的壁炉钟和银色的大座钟，地板中央甚至还有一个巨大的日晷。房间的每一处都挂满了钟，只是远处那面墙的中间有一个大大的空缺。

最后一个钟报时停止后，亚瑟立刻听到一声口哨，他转过身，发现阿菲亚已经走到走廊中间，正不耐烦地挥手催促他。

阿菲亚大步走进一个大房间，亚瑟跟上了她。进去后，亚瑟的目光立刻被角落里一个巨大的黑色机器吸引住了。它的形状有点像一个从未见过马的人雕刻出来的马。一个托盘，一侧有一根操纵杆，下面有个轮子。顶上栖息着一只金鹰。

"那是我们的印刷机，"阿菲亚说，"美国人设计的。他们酷爱自己的鹰，是不是？我们就坐在这里吧。"

她用脑袋示意了一下房间的另一头。那儿有几张长长的木头桌子，每张桌上都点着煤气灯。大多数桌上散落着文件。一个高大的卷发男孩把脚翘在一张桌子上，正在读一本名为《观察家》的杂志。

阿菲亚重重地坐在最后一张桌子旁，开始在抽屉里寻找："我要找到我最喜欢的钢笔。没有它我就找不到灵感。"

她在抽屉里翻找时，亚瑟看了看后面的那面墙，一块软木板上钉着几份过期的《巴斯克维尔号角报》。在它们上方，有人钉了一页报纸，上面拦腰写着一个词：**悬案**。

他凑上前，浏览着那些文章。其中一篇是关于在学校周围的树林里多次看到小精灵的报道。另一篇是关于洛林教授心爱的牡丹花圃里发生的神秘爆炸事件（"是牡丹花恶作剧玩过了火，还是植物在搞歹毒的阴谋？"）。

有两篇文章钉在一起。尽管一篇写于1789年,另一篇写于1825年,它们的标题却非常相似。第一篇的标题是"**二年级学生因被掉落的肖像砸中而病休**",第二篇的标题是"**教授险些被画像砸死,在精神错乱中仓皇离校**"。

"很有趣,是不是?"一个男孩的声音响起。亚瑟转过身,看到那个读杂志的男孩正盯着自己。他说话带有爱尔兰口音,脸上挂着戏谑的笑容。"同一幅画不是砸在一个人身上,而是落在相隔三十多年的两个不同的过路人身上,这个概率有多大?"

"两次都是同一幅画?"

男孩点点头:"是一幅巨大的贝克勋爵肖像画,他当年很讨厌这幅画,而且这不无道理,这根本就不是一幅好画。"

阿菲亚笑了起来:"奥斯卡说得对。肖像的眼睛似乎盯着两个不同的方向,脸上的表情就像被人踩了脚趾一样。但是根据传说,如果你路过这幅画的时候说它的坏话,勋爵的鬼魂就会把画从墙上推下来报复你。"

"真的?"亚瑟问,"这就能解释为什么在两个不同的年代,两个不同的人差点被同一幅画像砸死了?"

奥斯卡扬起了眉毛:"别让老爵爷听见你这样贬低他的鬼魂。"

亚瑟一直对鬼魂可能在活人中间游走的想法很感兴趣。可是竟然会有鬼魂故意伤害侮辱他画像的人,这似乎不大可能。

"两名受害者离开后都没有回来,"阿菲亚说,"他们可没有你的朋友格洛弗那么幸运。当时没有人在场救他们。说到这个……"

她终于找到了她最喜欢的钢笔。她把笔在墨水瓶里蘸了蘸,开始做笔记,亚瑟又把故事讲了一遍。

亚瑟回答完阿菲亚的所有问题后,她放下笔,向后靠在椅背上。"我想我已经知道了我需要的一切。"她说,"怎么,还有别的?"

亚瑟犹豫了一下。有件事一直困扰着他,要不是他忙于适应巴斯克维尔学院的生活,这件事还会占据他更多的心思。在所有吸引他的事情中,最令他着迷的是一个未解之谜。"实际上,"他说,"还有一件别的事。"

"哦?"

"你听说过一起入室盗窃案吗?"他问,"几天前发生的？"

阿菲亚跟奥斯卡交换了一下眼色。"你怎么知道的？"阿菲亚问。

"嗯，首先，前门的窗户被打碎了。"

"但那不能排除其他可能。"奥斯卡说，"比如一个板球，一只迷失了方向的知更鸟。"

"我还听到几位教授在议论这件事。"亚瑟坦白道。

阿菲亚的脸色变得明朗了。"哦，"她说，"好吧，暂时不要告诉别人，好吗？我正在进行一项调查，不希望这个故事在登报前就泄露出去。"

看来亚瑟的判断是对的。"有什么东西被偷了吗？"他问。

阿菲亚凑过来一点。"嗯，奇怪就奇怪在这里。"她说，"没有发现东西失踪。既然不打算偷东西，为什么要大费周章地闯进来呢？"

亚瑟皱起眉头，思索着："除非他们想找什么东西却没有找到？"

"可能吧，我想。"阿菲亚耸了耸肩，"不管怎样，他们仍然把这件事看得很严重。"

"什么意思？"

阿菲亚指了指窗户，上面安装了两根铁条。

"昨晚有人装的。庄园里的每一扇窗户都装上了。"

亚瑟盯着铁条，奇怪之前怎么没有注意到。

他们刚走到门口，门突然开了，出现了一张熟悉的面孔。

"格洛弗！"

"哦，你好，亚瑟。"格洛弗说。

"格洛弗·库马尔？"阿菲亚问，"原来你就是亚瑟救的那个人！我本来打算晚点再去找你的，但这样更好。我现在就可以采访你了。"

"采访？但我还没有申请呢。"

阿菲亚皱起了眉头："申请什么？"

"我是来问《巴斯克维尔号角报》需不需要一名死亡学家。"格洛弗回答。

阿菲亚的眉头皱得更紧了。

"就是写讣告的人。"亚瑟解释道。

"哦……嗯，我们人手已经很充足了。"阿菲亚说，"苔丝负责'亲爱的苔丝'专栏，温妮负责读者意见，奥斯卡负责艺术与文化。"

格洛弗低下头叹了口气。亚瑟恳求地看了阿菲亚一眼。"求你了。"他不出声地说。

"好吧。我想你可以给我们看一点你写的东西。"阿菲亚不情愿地说。

格洛弗又挺直了胸膛。"谢谢你!"他叫道,"我会给你写一篇你读过的最精彩的讣告!"

然后他冲出房间,发出一声亚瑟认为可能是高兴的尖叫。亚瑟看着他跑过走廊,跟一个从福克斯教授办公室出来的高个子白衣男孩撞了个满怀。男孩气呼呼地瞪着格洛弗,似乎要骂他,这时奥斯卡插了进去。

"托马斯,放过这些小孩子吧。"他喊道,"你只能怪你自己。你应该在你的水晶球里看到这一幕的。"

男孩对奥斯卡哼了一声,格洛弗尖叫着道歉,然后就跑开了。

"等一等!"阿菲亚叫道,"采访的事怎么说?哦,算了,他已经走了。"她转向亚瑟:"他有点古怪,是不是?他要给谁写讣告呀?我是说,暂时还没有人死去呢。"

她被自己的话逗得哈哈大笑,但亚瑟瞥了一眼铁条外的窗户,后背掠过一丝寒意。这些铁条是为了保护学校不受外面人的侵犯。但那些人想要什么呢?为了得到它,他们会做出什么事来?他想起自己刚来时在森林里看到的那个骑黑马的骑士。他们也是这个谜题的一部分吗?

那句话在亚瑟的脑海里回响:暂时还没有人……死去呢。

第十九章

三叶草

有点不太对劲。

第二天凌晨亚瑟醒来时，察觉到空气中有一种异样的感觉，好像有人刚来过这里。而且是什么把他给唤醒的呢？准将还没有吹响起床号。

亚瑟坐起来时，听到一种纸张起皱的声音。他挪开枕头，惊讶地发现了前一天晚上没有的东西。

一封写给他的信。

亚瑟眯起眼睛，在昏暗的光线里辨认那些字。信是用翠绿色墨水写在硬邦邦的羊皮纸上的。

在不到一星期的时间里，亚瑟发现自己第二次收到一封出乎意料的请柬。

我们诚挚地邀请阁下于今日午夜出现在三叶草成员面前。请携带一枚三叶草作为入场券。

切勿告诉任何人。

"你也收到了一封,是吧?"

亚瑟从请柬上抬起头,看到吉米也醒了,正低头盯着一张完全一样的纸。

"三叶草是什么?"亚瑟问。

"一个秘密社团,"吉米回答,"有点像通往成功和权力的一条捷径。我父亲曾经是那里的会员,所以我知道我会收到邀请。只是没想到来得这么快。"

他说话时啃着手指上的一根倒刺,似乎为什么事而忧心忡忡。

"秘密社团?"亚瑟疑惑地说,"是不是有口令和仪式的那种?你说它是通往成功的捷径,这是什么意思?"

"嗯,许多会员毕业后,会成为政治家、将军和法官之类,然后他们再帮助毕业后的其他会员也成为同样的人,不断传承。"

亚瑟想,用这种方式来选择社会的"掌权者",似乎不太公平。但是……他要帮助自己的家人，一条通往成功的捷径正是他所需要的。

"他们为什么看中我？"他问。

"也许他们听说了你救格洛弗的事。"吉米一边回答，一边把双腿从床上滑下来，伸了个懒腰，"但是不要高兴得太早。他们还没有决定是要你还是要我。"

"可是请柬——"

"是一个测试，"吉米说，"而且只是第一步。你注意到他们没有告诉我们在哪里见面吗？"

亚瑟皱起了眉头。他一时兴奋，没有注意到这个细节。

"好吧，我们最好弄清这个聚会地点在哪里，"亚瑟说，"并且在去吃早餐的路上找到一枚三叶草。"

可是有人抢先完成了任务。几分钟后，亚瑟和吉米从塔楼里出来时，看见草坪边有一个熟悉的人影，蹲在高高的草丛里。

"艾琳！"亚瑟惊叫道，"你该不会——"

艾琳猛地抬起头。"别嚷嚷！"她压低声音说。

"你在寻找三叶草，是吗？"他们来到她身边，亚瑟低声说。

艾琳回头瞥了一眼。时间还早,周围没有其他人。"我们不该谈论这件事。"

亚瑟咧嘴一笑:"这么说,你确实收到请柬了!"

亚瑟松了口气,他不用对朋友隐瞒自己收到请柬的事了。

"你找到了吗?"吉米问,他用靴子在草地上踩过,低头寻觅。

"一根也没有。"艾琳气恼地说,"他们让杂草长得太高,三叶草都长不出来了。我已经找了很长时间。"

"这附近一定有。"亚瑟说,"我们会找到的。"

"这还是比较容易完成的部分。"吉米说,"最难办的是弄清今天夜里去哪里。"

"我想这个社团肯定有一个十分隐蔽的会所。"亚瑟若有所思地说,"你父亲没有告诉你在哪儿吗?"

"他什么也不肯告诉我。"吉米喃喃地说,"他只说希望我能被接受。"

亚瑟突然明白了吉米为什么显得这么焦虑。

"我们会搞清楚的。"他说,"别担心。我也需要入会。我很快就要养家糊口了,所以需要尽可能得到所有的帮助。"

吉米和艾琳都惊讶地抬起头。

"你父亲肯定会养家的吧?"吉米问。

亚瑟沉默了一会儿。他一直很小心,不与新朋友过多地谈论自己的家庭。他真的能信任他们吗?

他想起入校的第一天下午,他跟着塞巴斯蒂安走上拳击台之前,艾琳捏了捏他的肩膀。又想起那天晚上,吉米拒绝跟塞巴斯蒂安和罗兰坐在一起。

"我父亲病了。"他终于说道,"他……喝酒太多,这干扰了他的工作,所以家里没有多少钱,日子越来越难,除非我能想办法挣钱,这就是我来这里的原因。为了确保我有一天能找到一份工作,照顾好我的家人。"

艾琳抓住亚瑟的胳膊,轻轻地捏了一下。"对不起。"她说,"我不知道你父亲的事。"

"你很了不起,"吉米也说,"想要照顾家里所有的人。"

"是啊。"艾琳赞同道,"但有件事你说错了。这不是你来这里的原因。"

"什么意思?"

"你来这里,是因为你有能力在这个世界上创造一些奇迹。有人看到了你的能力,认为不能浪费。所以他们录取了你。"

亚瑟感到自己的嘴角露出一丝忧郁的微笑。艾琳让他想起了母亲的话。"我一直相信你注定会大展宏图。"

"你肯定会有办法照顾你的家人,同时做出一些很辉煌的业绩。"艾琳继续说道,"你看,你才来几天,就救了格洛弗的命。"

"至少没有人强迫你进入家族企业。"吉米踢着一块石头说。

亚瑟正要问家族企业具体是什么,但还没来得及开口,吉米又说话了:"你呢,艾琳?你父母想让你接他们的班吗?"

"不。"艾琳一边回答,一边又蹲了下来,"幸亏如此,因为在唱歌方面我可不是百灵鸟。他们只想让我做自己开心的事。"

"他们目前在哪里?"吉米问。

"巴黎。他们说每星期都会给我写信。啊哈!"

她分开两丛杂草,露出一簇在夹缝中奋力生长的三叶草。

她递给亚瑟和吉米每人一片三叶草,亚瑟突然发现附近的树林里有动静。

"你们看到了吗?"他问另外两人。

紧接着,什么东西从森林里冲了出来。

呱呱呱呱!

那只不太像渡渡鸟的迪迪拍打着无力的翅膀,朝他伸出长长的脖子以示抗议。亚瑟哈哈大笑。

"我还以为那里有人呢。原来只是迪迪。"

他对两人说了查林杰告诉他的这只鸟的事。

艾琳摇了摇头。"想想就让人感到很难过。"她说,"作为同类的最后一个,该是多么孤独啊。鸟窝里没有蛋,还有什么意义呢?"

直到这一刻,亚瑟才意识到自己曾有多么孤独,背负着父亲的秘密。现在艾琳和吉米知道了,他觉得他们之间好像有一层面纱被揭开了。

"说到蛋,"吉米说,"我都快饿死了。"

于是,亚瑟把三叶草仔细地塞进口袋,和两位新朋友肩并肩地去吃早餐了。

早餐的前半段，他们悄悄地交换着意见，讨论三叶草总部可能在哪里。旧船库？马厩？某个地方的一间阁楼或地窖？与此同时，袋袋正给格洛弗解释她画的一张复杂的电流图，格洛弗的眼睛盯着一只在桌上嗡嗡乱飞的苍蝇。也就是说，他俩的表现完全正常。亚瑟认为这说明他们可能没有收到请柬。

所以，他难过地想，我还是必须对我的朋友们保守秘密。唉，他感到很无奈。没办法，他必须把自己家人放在第一位。

"砰"的一声，门开了，查林杰校长走了进来，打断了他们的窃窃私语。大家都安静下来，转头看去。校长脸上满是烟灰，他张开嘴，打了一个大大的哈欠。

"我不会耽误你们吃早餐，"他说，"我可不想进炊事大娘的黑名单。"

炊事大娘在墙角勉强地笑了笑。

"我只是来宣布瓦伦西亚·费尔南德斯的到来。"

几个人吃惊地倒吸了一口气，其中包括艾琳。亚瑟完全不知道查林杰校长说的是谁。

"费尔南德斯博士是一位著名的古生物学家，"校长继续说道，"也就是说，她专门研究恐龙。她在世界各地组织挖掘，刚从她的家乡阿根廷附近的岛屿探险归来。我提出让她使用我们的设施，对她所发现的文物展开研究，作为交换，她会教几节课，并在本学期的期末办一场讲座。"

校长张了张嘴，像是还想说点别的，但又似乎打消了这个念头。"就这些吧。"他说，"趁麦片粥还没凝固，快喝。"

餐厅里充满了兴奋的窃窃私语。艾琳和吉米也在交换他们从报纸和宣传册上收集到的关于费尔南德斯的零碎信息。亚瑟听到她的来访也很兴奋，但他知道，如果想搞清楚三叶草今天晚上的聚会地点，就只能把跟这位探险家见面的事暂时放一放。他清了清嗓子。

"我们还有工作要做呢，"他说，"一分钟也不能浪费。"

第二十章

绿骑士

华生医生的课上到一半,同学们正轮流寻找脉搏,用听诊器互相听对方的胸部,吉米突然想到一个主意。

"我们需要一张学校地图。"他低声说,"如果能搞到最初建造时的平面图就更好了。我们可以看看平面图里有没有地图上没有的东西,比如某种密室或秘密机关。"

"好主意。"艾琳说,"但是上哪儿去找这样的东西呢?"

"什么东西?"一个声音喃喃地问。

几个人转过身,看见华生医生就坐在他们后面,脸上挂着愉快的微笑。

"对不起,华生医生。"亚瑟赶紧说道,"我们刚才在讨论，嗯，学校里有没有我们不知道的捷径。这样我们可以更快地赶来上课。"

"是这样吗？"华生皱起眉头问道，"天哪，你们多么勤奋啊。"

亚瑟拼命控制脸颊上泛起的红晕。

"我们想知道在哪里能找到学校的地图。"艾琳继续说道。她说话时带着令人钦佩的自信，但亚瑟注意到她的手指在不安地摆弄怀表的表链。

"我明白了。"华生说，"好吧，那样的话，你们最好去图书馆的地图区看看。好像是在顶楼吧。对了，你们的听诊器用得怎么样了？都找到自己的脉搏了吗？让我们看看。"

没等亚瑟反应过来，医生已经轻轻握住了他的手，把一根手指按在他的手腕内侧。

"天哪。"他说，"你的脉搏很快，道尔同学。如果你想对老师撒谎而不被发现，就得尽量让自己保持平静。精神控制物质，记得吗？现在我建议你们继续学习吧。你们听过肠道的声音吗？它们是一组音色惊人的管风琴。"

他们在午餐时间来到图书馆,里面几乎空无一人。上面几层的书要走摇摇晃晃的弧形楼梯才能拿到,它很像塔里的那道楼梯,只是更陡、更窄。他们爬得越高,空气里的霉味越重。亚瑟深深地呼吸着上千本皮面旧书的气味。真是太好闻了。

快到顶上时,艾琳停了下来。

"我感到有点头晕。这些人就没听说过正常的楼梯吗?让我稍微——"

但是她话没说完,就被头顶上方传来的脚步声打断了。

"我告诉你,"一个苦恼的声音传来,"这些地图我已经看过一百遍了。"

"我也告诉你,绿骑士说得很清楚,尽快找到它并保证它的安全有多么重要。"一个低沉得多的声音回答,"如果不能在他回来之前保护好——"

"用不着你提醒我。"第一个声音——是一个女孩的声音——嘀咕道,"但我不可能发现根本不存在的东西。我们只能继续寻找。"

说话的两个人踏上楼梯,楼梯发出吱吱嘎嘎的声音。

吉米、艾琳和亚瑟尽量悄没声儿地爬下来,躲在他们到达的第一个楼梯平台上。亚瑟很想看清说话的人是谁,但又不想让对方看到自己。他们飞快地冲向最近的一个书柜尽头——一路低着头,以免头顶碰到低矮的天花板——然后弯腰躲在书柜后面,就在这时听到了那两个人走过的声音。亚瑟探出头,正好看见一绺黑发在楼梯上消失。

亚瑟、吉米和艾琳面面相觑。脚步声消失时,亚瑟从楼梯边探头看了一眼,希望能瞥见他们刚才听到的说话人的影子。然而下面并没有人出现。

"肯定还有别的出路。"艾琳说,靠在亚瑟旁边的楼梯扶手上,"你们觉得是怎么回事?难道他们也在寻找三叶草总部?"

亚瑟摇了摇头:"我认为不是。他们谈到要为绿骑士'保护'一件东西……在另一个人回来之前。"

"这位绿骑士到底是什么人?"

"你没读过《高文爵士与绿骑士》吗?"吉米问。

艾琳茫然地看着他:"什么爵士?"

"是一首诗。"亚瑟解释道,"绿骑士是亚瑟王传说中的一个人物。"

"我想你一定知道亚瑟王吧?"

艾琳冲吉米翻了个白眼:"是的,我听说过他。不过你知道,我们家在大西洋的彼岸,对国王和骑士并不感兴趣。"

"哦,但那些故事很精彩,"亚瑟说,"我妈妈经常在我睡觉前读给我听。故事里充满了冒险和骑士精神。我曾经梦想长大后当一名骑士。"

"但现在已经没有骑士了,"吉米回答,"至少没有那种骑士。"

"对。所以绿骑士一定是某个人的代号。"艾琳说。

"是谁的代号呢?"亚瑟问,脑子飞快地转动着。

他脑海中浮现出一个披着斗篷、骑在马背上的身影,隐藏在森林的阴影处。

他身上的斗篷是绿色的。

他把自己看到的告诉了另外两人:"你们说,那个人会不会就是所谓的绿骑士?"

"也许吧。"艾琳说,"可是他要的东西是什么呢?他们想保护什么?不想让谁得到?"

亚瑟倒吸一口冷气。"入室盗窃！"他惊叫道，"也许那个入室盗窃的人就是想偷走绿骑士——不管他是谁——想要保护的东西。"

"这倒是个想法。"吉米说，"但谁知道他们谈论的是什么东西。我们还有自己的谜题要解呢，记得吗？"

"记得。"艾琳附和道，"我们需要拿到那些地图。"

亚瑟知道他们是对的。

但他也相信，绿骑士跟那起入室盗窃肯定有联系。他一定要把这事弄个水落石出。

在剩下的午饭时间里，亚瑟、吉米和艾琳一直在仔细研究他们能找到的每一张学校及其庭院的地图。庄园的原始平面图年代太久，边缘都卷起来了，似乎随时会在亚瑟手里散成碎片。平面图上显示二楼东翼的走廊后面有一个神父洞，在伊丽莎白一世的新教统治时期，这个洞可能是用来隐藏天主教神父的。可是它太小了，容不下一个秘密社团那么多的人。就算是一位神父待在里面久了也不舒服。

餐厅下面有一个菜窖，但这肯定不是什么秘密。炊事大娘肯定整天都在那下面忙活。而且，秘密社团的成员肯定希望在一个不会沾上土豆皮的地方见面。

"他们需要一个隐蔽但宽敞的地方。"亚瑟说。

"可能是一个其他人都不想去的地方。"艾琳补充道。

"看看这个。"吉米说。

他把一张褪色的大纸卷摊在他们用来做研究的桌子上。乍一看似乎是一张地图。

然而再仔细一看,却发现是两张地图。

一张是庭院地图,从池塘和林中空地的形状可以辨认出来。但图上没有建筑物。第一张地图上面盖着第二张地图,是画在半透明的薄纸上的。这张地图标出了通向一个中央大房间的一系列隧道和滑道。

"这是一个矿井!"亚瑟说,"巴斯克维尔学院是建在一座矿井上的!"

"不知道是什么矿井,"吉米说,"但显然已经被遗弃了。"

"所以它很私密,"亚瑟若有所思地说,"空间很大。没有其他人会愿意去那下面。那会不会就是三叶草总部的所在地呢?"

"说实在的,我不这么认为。"艾琳说,"我敢肯定总部就在这里。"

她已经小心翼翼地掀开卷角的学校地图,指着画在森林边缘的一间小屋。小屋下面,有人用绿色的小字体写了什么。

Domum Trifolium Incarnatum

"是拉丁文。"她说。

"什么意思?"亚瑟着急地问。

吉米抬起头,他这一天第一次露出了轻松的微笑。

艾琳也笑了,"意思是'三叶草之家'。"她说。

第二十一章

三叶草之家

那天晚上,亚瑟和吉米吃过晚饭回到房间,根本没有打算睡觉。甚至衣服都懒得脱。过了一会儿,他们听到轻轻的敲门声,开门一看,是艾琳。她的怀表显示差一刻午夜十二点。

亚瑟走了出去,但艾琳摇了摇头。"托比睡在楼下呢,"她低声说,"我们不可能从它身旁通过。必须走另一条路。"

她抓住固定在地板上的绳子一端,示意吉米打开窗户,把绳子扔出去。接着她就消失在了窗外。

轮到亚瑟的时候,他确认了一下口袋里的三叶草还在,才深吸一口气,从窗户爬了下去。

就这样,三个人紧紧抓着绳子,顺着塔楼的墙壁往下爬，窸窸窣窣地穿过那些常春藤，经过正在熟睡的同学们的窗口。

一下到地面，他们就在漆黑的夜里悄悄行走。天空阴云密布，他们不敢带蜡烛，只好借着建筑物的影子辨认方向，跌跌撞撞地往前赶。有一次，亚瑟确信自己听到身后有脚步声，可是当他转过身时，却看不清黑暗中有任何人。

尽管如此，他还是有一种被跟踪的异样感觉。

最后，他们来到庭院的东北角。前方，骷髅般的树木向天空伸出枝杈。亚瑟凝视着黑暗，想辨认出一间小木屋的形状。

"现在怎么办？"艾琳问。

"嘘，"吉米压低声音说，"听。"

一阵轻柔的吟诵声，几乎可以被当成微风吹过树枝的声音。可是亚瑟侧耳细听时，分辨出了单词的节奏。

"是从那边传过来的。"他小声说，指着森林里一片树木茂密的地方。

他们走进树丛中，潮湿的树叶在脚下嘎吱作响，艾琳突然撞到了什么东西。

"哎哟！"她叫道，"这是什么？"

光线微弱，亚瑟勉强能看清周围有一些圆乎乎的物体，横七竖八地从地面冒出来。

"我们好像是在墓地里。"他喃喃地说。

他打了个寒战，想道：被埋在这里的会是谁呢？

"那么，这个地方不对吗？"吉米问。

"我不这么认为。"亚瑟回答，"如果你不想被人看见或打扰，还有比墓地更好的见面地点吗？看！"

他相信自己瞥见前面一个黑乎乎的东西里有烛光闪过，他本来以为那是一大片灌木丛。他躲开墓碑，领着另外两个人朝那边走去。

他们走近时，那个东西变得清晰稳定了。它上面爬满了常春藤，可是亚瑟伸出一只手时，却摸到了常春藤下面的石头。他的余光看见一抹微光，顿时心跳加快——一个门把手。

"就是这里！"他说，大步朝那扇门走去，"我们成功了！"

他朝其他人笑了笑。

"这很容易被当成一座古墓，"艾琳低声说，"格洛弗准会喜欢。"

亚瑟的笑容迟疑了。他不愿意别人提醒他：他的朋友们并不是全都收到了这个秘密社团的请柬。

"怎么样？"吉米不耐烦地说，"我们还等什么？"

亚瑟抓住门把手推了推。门很轻松就打开了。他刚看到昏暗的灯光下有几个人影，紧接着就感到有人把什么东西套到他头顶上。顿时四周一片漆黑。

"欢迎，"一个声音低沉地说，"来到三叶草之家。"

"把你们的三叶草交出来。"一个女孩说。亚瑟在口袋里翻了翻，举起自己的三叶草，然后感觉有人把它拿走了。

"恭喜你们，"第一个声音又说——是一个男孩的声音，"你们每人都有资格——"

身后的门"吱呀"一声打开，他立刻停住话头。

"啊，"男孩说，"我们好像又来了一位客人。"

这声音听起来有些耳熟，但亚瑟想不起来是谁。

"喂？"新来的人叫道。

亚瑟立刻听出了这个声音。他真希望自己没听出来。

"塞巴斯蒂安。"吉米在他左边低声说。

塞巴斯蒂安只比他们晚到了几分钟,这难道是巧合?还是他在跟踪他们?也许他自己懒得去寻找三叶草之家,他可能一直是这么计划的,只要有人找到了路,他的工作就有人替他完成了。亚瑟双手攥成拳头,他受不了别人作弊。

"已经过了午夜,"第一个男孩的声音又响了起来,"把门锁上。"

身后传来了插销被插上的沉重声音。

"现在,"男孩继续说,"我们认为你们每个人都有可能进入三叶草之家。你们每个人都通过了入会的第一道障碍。祝贺你们。我们有一位受邀者未能接受挑战。"

谁?亚瑟猜想。另外,我究竟是在哪里听到过这个声音呢?

"你们中的一些人,可能在收到邀请之前从未听说过我们。其他人可能听到过谣言。你们中的一些人甚至有家人曾是我们的会员。但是我向你们保证,你们谁都不知道我们真正的伟大之处,你们谁都无法想象我们所拥有的力量和影响力,除非你成为我们的一分子。但是要成为三叶草的成员,你必须证明自己当之无愧。"

亚瑟感到有一道火光从他脸上掠过。

"我们挑选成员，不是像其他精英组织那样根据信仰或阶层。"男孩说，"我们只选择那些性格坚毅的人。这就是为什么你们每个人都要接受三项测试，每一项代表三叶草的一片叶子。我们要考验你们的勇气、荣誉感和忠诚度。任何一项测试没有通过，就不能加入我们的队伍。我向你们保证，我们会考验你们的极限。一旦通过，就会被吸收进三叶草。在这里，跟我们在一起，你奢望中的战利品将唾手可得。而没有我们，你可能永远都无法企及它们。"

突然之间，亚瑟无比渴望成为三叶草的一员，他几乎能品尝到这种渴望的味道。它就像哈德森太太的菠萝馅饼一样甜美诱人。这些年来，亚瑟一直忍着不让自己做梦。他这样的孩子做梦有什么用呢？然而现在，他终于有机会随心所欲地做梦了。

"我要把我们的圣杯递给你们每个人。如果你们接受摆在面前的挑战，就把它喝了吧。否则，今晚就离开这里，永远不要回来。"

亚瑟舔了舔嘴唇。他等了一会儿，听到有人慢慢走到了他前面。

"你选择喝吗?"那声音低语道。

"是的。"亚瑟说。

当冰冷的圣杯碰到亚瑟的嘴唇时,他终于意识到在哪里听见过这个男孩的声音了。那天在图书馆里就是他在说话,在低声谈论着绿骑士!

不知道是因为这突如其来的意外发现,还是因为嘴里的液体有一种可疑的醋味,亚瑟突然咳嗽起来。声音在房间里回荡。吉米在他旁边用胳膊肘捅了捅他,这使他咳嗽得更厉害了。

"你们都选择了接受挑战。"男孩说,"现在,你们必须等待我们的召唤,接受你们的第一项测试。它随时可能以任何形式出现。睁大你们的眼睛,竖起你们的耳朵,做好准备。"

亚瑟等着男孩继续说下去,给他们更多的指示。但周围突然变得非常安静。他感到自己被带到了外面,听到旁边有其他人走动的声音。几分钟后,声音消失,四下里一片寂静。

"还有人在吗?"亚瑟大声问。

没有回应。

亚瑟掀开脸上的面罩，发现自己一个人站在漆黑、空旷的夜色中。

第二十二章

两封信的故事

亲爱的妈妈：

很抱歉我这么长时间才给你写信。谢谢你的来信，我是星期五收到的。真不敢相信我已经来这里快一个月了。很高兴大家一切顺利，爸爸的绘画也有了进展。康斯坦斯长出第一颗牙齿了吗？如果是的，我希望她不要像卡罗琳那样爱咬人。

对我来说，巴斯克维尔学院非常合适。我有很多朋友，和大家相处得都很好，除了……

亚瑟停下来，钢笔迟疑地悬在桌面的信纸上方。时间很晚了，吉米在床上响亮地打着呼噜。烛光摇曳地照着亚瑟写的那些话，它们在纸上显得有些歪斜。他本来想写"除了一个叫塞巴斯蒂安的男孩"，但又改变了主意，他不想让母亲担心。他当然不会告诉母亲那个星期一早餐时发生的事：塞巴斯蒂安把他杯子里的水换成了卤水。亚瑟吐了艾琳和袋袋一身，害得她们去上华生医生的课时身上都还有一股刺鼻的气味，就像华生医生的两个腌制标本。想到这里，亚瑟把手里的钢笔捏得更紧了。

……除了我的功课一直让我很忙。我的室友是一个来自英格兰的男孩，名叫吉米。他父亲送给他一副国际象棋，我们喜欢在一天结束时对弈一盘。吉米有多年的下棋经验，所以总是会赢我，但我一直在进步。我和艾琳也是朋友，她是一个来自美国的女孩，父母是歌剧演员，还有袋袋……

写到这里，亚瑟又停了下来。他心情愉快地想，该怎么形容袋袋呢？他担心母亲不赞成袋袋随身携带小动物，甚至还携带微型炸药。事实上，他最近很少见到袋袋，她用越来越多的时间协助格雷教授做电学实验。他们下课后见到她时,她经常兴奋地把实验的进展告诉他们,并信心十足地说,他们有生之年一定能看到一架电动飞行器。

……袋袋对学业充满热情。哦,我差点忘了格洛弗,他是一个非常搞笑的男孩,但待人很不错。

亚瑟想起了前一天早上发生的事,不禁哑然失笑,当时格洛弗坐在他旁边吃早饭。

"我有件东西要给你,"格洛弗说着把一张纸推到亚瑟面前,"其实不是给你的。这是我给报社的试写稿,但我想你可能愿意看看。"

亚瑟低头看了一眼那张纸,接着又看了一眼。他是在看自己的讣告。

"昨天早晨,在历史悠久的巴斯克维尔学院,亚瑟·道尔被夺去了生命。当时道尔在讲一个笑话(其实并不好笑),他哈哈大笑,被一颗柠檬硬糖呛住,回天无力……"

亚瑟难以置信地继续读着。

"可是……我还没死呢！"他抗议道，"而且里面的很多内容都不属实。我没有一位格特鲁德姑妈，也没有一只宠物獾，而且我对室内音乐没有半点兴趣。"

格洛弗的眉头皱了起来："可是，我需要添加一些细节。不然读起来没什么意思。"

"宠物獾的主意是我给他出的。"袋袋插嘴道。艾琳和吉米开始读讣告，他们强忍着笑，肩膀抖个不停，"弗兰克是一只很棒的宠物。如果它不那么爱啃爸爸的脚脖子就好了。"

"确实写得很有趣，"艾琳读完后说，"但我不知道这作为你给报纸的试写稿是否合适。你需要一个更有意思的话题。"

"非常感谢！"亚瑟说。

"你明白我的意思。"艾琳接着说，"格洛弗需要一个不用他编故事的人。那个人要有辉煌的经历，取得过伟大的成就。"

"比如格雷教授！"袋袋喊道，"她这辈子到目前为止所做的事情，大多数人十辈子也做不到。而且她期末就要离开了,这差不多就像死亡一样。说不定他们还会把讣告登出来,作为对她的一种致敬呢。"

格洛弗的眼睛亮了。"没错!"他说,"太完美了。我去问问她愿不愿意接受采访。现在就去!我嘴里没味吧?"

格洛弗从口袋里掏出一个放柠檬硬糖的小罐子,往嘴里塞了一颗。"行了,"他说,"这下好多了。还有人想要吗?"

他把小罐子递给亚瑟,亚瑟想起自己讣告上的死因,礼貌地拒绝了。

亚瑟打了个哈欠。时间一定很晚了,但他想把给妈妈的信写完,因为已经耽误了很久。他又匆匆写了几行。

我在所有的课上都学到了很多东西。我真的很喜欢拳击,但最喜欢的课是华生医生的解剖学。他是一个非常和蔼可亲的人,他的课从不无聊。也许有一天我也会成为一名医生。到了二年级,我们要申请一个研究领域——在这里称为"圈子"——我还不知道该选哪个。它们都太有吸引力了!但我相信总有一天会弄明白的。

我正在尽我的努力让你感到骄傲。

永远爱你的儿子。

亚瑟

他叹了口气，把信放在一边，正要上床睡觉，突然听到外面楼梯上传来脚步声。一秒后，一个乳白色的信封从门缝底下塞了进来。

亚瑟的心猛地一跳。三叶草终于又来信了！自从在三叶草之家碰面之后，已经快三个星期了。要不是吉米和艾琳也没有接到消息，亚瑟可能认定三叶草已经改变态度，不要他了。

他两步就跳到房间那头，正要叫醒吉米，突然看到信封上的名字。他拿起信来更仔细地看了看。

这封信不是给他的。是给艾琳的，从法国寄来。

亚瑟打开门，但外面没有人。

这太令人困惑了。是谁给他留下了一封显然是写给艾琳的信呢？而且为什么呢？——这点也许更重要。

第二十三章

瓦伦西亚·费尔南德斯

第二天早上洗漱穿衣时,亚瑟把收到信的事告诉了吉米。

"你打开了吗?"吉米问。

"当然没有。"亚瑟说。他感到有点生气,吉米竟然以为他会偷窥朋友的隐私。

他们向庄园走去,空气里有一股寒意,天空灰蒙蒙的,预示着十一月即将来临。走进大厅时,一阵暖意扑面而来,亚瑟顿时感到舒服多了。

他们经过温室时,洛林教授急忙出来打开门,让身后的那个女人飘然而入。她穿着一件橄榄色粗花呢镶边的卡其色连衣裙,脚上蹬着一双溅满泥巴的靴子。她头上戴着一顶饰有孔雀羽毛的宽边帽。她的脸是茶褐色的,一头黑发在脑后盘成一个简单的发髻。

"那是谁?"吉米问,眼睛盯着那个女人。

亚瑟也忍不住盯着她看。一方面是因为她的衣着很奇怪,另一方面是因为她实在太漂亮了。

"那个,"一个声音说,"就是瓦伦西亚·费尔南德斯。"

他们不情愿地转过身,看见格雷教授站在他们身后,用犀利的蓝眼睛轮流盯着他们两个。

"那位来访的探险家?"亚瑟问。

"就是那个。"格雷说,"好了,如果你们盯着看够了,可以往前挪挪吗?你们挡住了走廊,我还有一个非常敏感的实验要做呢。"

"对不起,教授。"两个男孩同时说,赶紧让到了一边。

格雷教授会意地看了他们一眼:"没关系。她确实光彩照人,是不是?不过,我想你们会发现她的头脑比她的外表更引人注目。"

吉米和亚瑟都露出尴尬的神情。

格雷教授转向了东翼,吉米和亚瑟跟着洛林教授和瓦伦西亚·费尔南德斯往前走。洛林教授不停地扯着闲话,那位探险家饶有兴趣地打量着大厅里陈列的画像和文物。亚瑟突然想起他还没有看到那幅神秘的贝克勋爵肖像，它差点砸死了巴斯克维尔学院的两名老校友。

当吉米和亚瑟到达时，艾琳已经坐在她平常的座位上吹着茶杯里的热气了。

"你们看见了吗？"她边问边冲那张桌子点点头，瓦伦西亚·费尔南德斯还在那里被洛林教授纠缠着，"她是不是很惊艳？"

"是的。"亚瑟说，"但是，艾琳，我需要跟你谈谈。"

他把艾琳的那封信从桌子那边推过来。艾琳拿起信时皱起了眉头："这怎么会在你手里？"

"昨晚有人从门缝底下塞进来的，"亚瑟解释道，"也许以为那是你的房间？"

"但我们的房间门口都有铭牌呀。"艾琳说，"而且邮件都是送到信报箱的。"

她朝餐厅的门口点点头，门外有一排高高的、摇摇晃晃的架子，被分成一百个小隔间。每个学生都有一个，那确实是邮件通常送达的地方。

她取出信封里的信读了起来。读完后，她抬头看着亚瑟，耸了耸肩说："这只是我妈妈的一封信。没什么不寻常的。你看看吧。"

亚瑟低头看信。艾琳母亲的信里说，老鹰乐队一切都好，但他们在巴黎的演出取消了，他们很快就要去维也纳，开始排练一场新的演出。他们一到那儿就会给艾琳写信，让她知道新的地址。

亚瑟正要把信还给艾琳，突然注意到信纸顶部有一些模糊的凹痕。

他抬头看了一眼艾琳。她正在嘲笑袋袋，袋袋从她的一个口袋里掏出一小罐大黄果酱，开始往烤面包上抹。亚瑟俯下身，眯起眼睛仔细看那张信纸，把它转过来转过去，捕捉光线。那些凹痕，是写在另一张纸上的字母的轮廓，那张纸可能是直接压在艾琳这封信上的。

战争大臣，
伦敦白厅陆军部

亚瑟皱起了眉头。奇怪……他想。一对歌剧演员为什么要给战争大臣写信？

他放下信，想问问艾琳，却差点从座位上跳起来：一张窄脸正盯着自己，而刚才这个座位上还是空的。

"格洛弗！"亚瑟叫道。

"早上好，亚瑟。"格洛弗说，"你睡得好吗？夜里没有幽灵来访吧？"

亚瑟摇了摇头。

"好吧，"格洛弗闷闷不乐地回答，"我也没有。"

一上午忙着上课，亚瑟再也没有机会跟艾琳说话。那天下午发生了一件事，让他把那封信忘到了脑后。

他们走进温室，瓦伦西亚·费尔南德斯正和洛林教授一起坐在那棵疙里疙瘩的巨树下，旁边是几只旅行皮箱。同学们都在巨树的树冠下落座，那里摆着各式各样的长凳和垫子。

洛林教授开始介绍这位探险家，但她挥手示意他住口。"他们不是来谈论我的，洛林。"她说。亚瑟没有料到她的嗓音这么粗，不像一位女士，倒像一名水手。他猜测她就是一名水手。"他们想看看我发现的东西。"

她从箱子里拿出一件又一件工艺品。其中有岩石里的古化石，有亚瑟拳头那么大的牙齿，有古代的下颌骨和小头骨,还有一根手指骨,看上去跟华生医生那具拿破仑骷髅的骨头惊人地相似。

不过,最奇妙也最奇怪的还是那颗蛋。

费尔南德斯博士无比温柔地把它从箱子里掏出来,就像亚瑟妈妈抱起刚出生的康斯坦斯那样。

"这个,"她说,"是一件无价之宝。一枚保存完好的恐龙蛋。"

同学们都吃惊得喘不过气来。那颗蛋放在一个玻璃罐里,下面铺着柔软的棉花。如果费尔南德斯博士没有告诉他们这是一颗恐龙蛋,亚瑟可能会以为它是炊事大娘做的一个午餐小面包。两者都跟石头一样硬邦邦的,外表斑驳,扔过来会把人砸得生疼。

"但这种事怎么可能呢?"索菲娅问。

"我还不能确定,"费尔南德斯博士坦承道,"它是在地下深处发现的,被蓝色的黏土包裹着,我们仍然在对那种黏土进行识别。我的想法是,那种黏土具有某种防腐性能,但这个问题需要进一步研究。"

艾哈迈德很想近距离观察那颗蛋,不料从长凳上栽了下去,吓得费尔南德斯博士往后一跳。洛林教授责备艾哈迈德太不小心,并连连给费尔南德斯博士道歉。

"您现在打算怎么处理这颗蛋呢?"重新安静下来后,艾琳问道。

"又是一个好问题。"费尔南德斯博士回答,"我希望里面的东西能像蛋本身一样保存完好。"

"你是说——"亚瑟开口道。

"是的,我希望我找到的是恐龙胚胎化石。"她说,"如果我成功了,这将是有史以来发现的第一例。"

洛林教授突然从座位上站起来,开始鼓掌。

那天晚上,亚瑟的脑袋挨上了枕头时,才想起艾琳的那封信。可是,因为前一天夜里睡得不踏实,他已经很累了,还没来得及多想,就进入了梦乡……

……接着,似乎只在一秒后,他被人摇醒了。

"快起来穿衣服,"一个粗哑的声音说,"时间到了。"

"什么时间?"亚瑟说,仍然睡得迷迷糊糊。他眨了眨眼睛,让目光适应黑暗,想看清是谁叫醒了他。但不管那人是谁,都已消失在了漆黑的暗夜中。

"你的第一项测试,"那个声音说,"现在开始。"

第二十四章

逻辑的飞跃

亚瑟和吉米刚从房间出来,立刻被蒙上了眼睛,就像第一次跟三叶草接触时那样。在一片漆黑中,他们被领着走下塔楼的螺旋形楼梯。亚瑟紧紧抓着楼梯栏杆,虽然天气很冷,他的手掌却热乎乎、汗津津的。这一半是因为他急切地想知道第一项挑战是什么,一半是因为精神紧张。

记住华生医生的话,他对自己说,精神控制物质。保持冷静,仔细观察。

他不知道三叶草成员是怎么从托比身边偷偷经过的,也不知道此刻他们怎么从狼眼皮底下溜出去。走到一楼时,一股生肉的味道扑鼻而来——亚瑟多次光顾弗雷泽先生的肉铺，对这种味道很熟悉，他还能听到凶猛的啃咬声。托比是一只忠实的看门"狗"，但显然忠实的程度有限。

他们被带出塔楼，又转了几圈之后，吉米被要求把手放在亚瑟的肩头，亚瑟被要求把手放在前面那个人的肩头，然后开始往前走。

"艾琳？"亚瑟低声说，"是你吗？"

"是的。"艾琳压低声音回答，"你觉得等待着我们的会是什么？"

旁边有人叫他们闭嘴，几个人拖着脚慢慢地走。

他们走了很长时间，有时似乎还折回到走过的路上，这是为了不让他们记清自己的位置。每隔几分钟，亚瑟的心就难受地抽搐一下，似乎随时都会因为期待而爆裂。在三叶草之家，他们曾被告知要通过三项测试……分别测试他们的勇气、荣誉感和忠诚度。这是哪一项呢？

最后，脚下的草地变成了坚硬的、疙里疙瘩的泥土。荆棘绊住了亚瑟的裤脚。他听到头顶上有一只猫头鹰在叫。我们一定是在森林里。

他突然想起在树丛里看到的那个披斗篷的身影。难道他们要被带去见那个自称绿骑士的男人?

"哎哟!"艾琳抽了口冷气,把亚瑟从沉思中惊醒。

"哦,是的。"另一个声音说,"当心脚下。我们要往上走了。"

他们又拖着脚步往前走,后来亚瑟感到脚下是坚实而平坦的东西。他又走了一步,知道那是石头。

"别着急。"那个声音说。一只手把亚瑟往后推,迫使他松开了抓着艾琳的手,"一次一个,剩下的在这里等着召见。"

祝你好运,艾琳。亚瑟听到艾琳被带走的声音,默默地祝福她。

"我们在哪儿?"吉米在他身后小声问。

周围一定有三叶草的另一名成员留下来看守他们,因为吉米立刻安静了下来。

接下来的几分钟似乎无比漫长。亚瑟的胃里不停地翻腾,心跳得更厉害了。终于,他听到楼梯上传来了脚步声。但只有一个人。

"下一个是你。"那个看守说着,一把抓住亚瑟的胳膊,把他往前推。

"艾琳在哪儿?"

"这不关你的事。"

"她没事吧?她通过测试了吗?"

"快走。"

他们好像正在上楼梯。空气变得浑浊,有一股潮湿的气味。这显然是在一座建筑物里,可能是老建筑。这么偏远的森林里会有什么样的建筑呢?

不管是什么,肯定还有另一条出去的路,不然艾琳去了哪里呢?难道她还在上面?

也许是亚瑟的错觉吧,他突然觉得楼梯变得很陡。他们往上爬时,他一步步数着台阶。一,二,三……

十……

二十……

三十……

他数到四十七时,空气又变了。森林里那股清新的气息再次扑鼻而来,连同另一种熟悉的气味。但亚瑟太紧张了,想不起是什么气味。他不知为何联想到了自己的妹妹玛丽。

"开始!"他还没来得及想清楚那股气味,一个声音就响亮地说道,"你已经接受了三叶草的挑战,现在将要开始测试。如果失败,你就永远不能成为我们的一员。但如果通过考验,你就有机会成为一个伟大而强劲的链条中的一环。听明白了吗?"

亚瑟嘴里发干。他舔了舔嘴唇:"听明白了。"

眼罩被扯掉了。亚瑟眨了眨眼睛。他起初看不太清,但渐渐地开始辨认出一些形状。他站在某种圆屋顶上,旁边点着一根蜡烛。摇曳的烛光映照着两个戴面具的人的脸庞,他们站在一起盯着亚瑟。

"晚上好,亚瑟。"那个高个子说。亚瑟认定他就是自己在图书馆偷听到的那个男孩,也是引导他们第一次在三叶草碰面的那个男孩。他的声音有些油滑,这使亚瑟想起了他和凯瑟琳去看过的一个魔术师。那个魔术师想用花言巧语转移人们的注意力,掩盖他魔术并不高明的事实(亚瑟认为他没有成功)。

"今晚,我们要考验你的勇气。"另一个身影说,是一个女孩。亚瑟的心又猛跳了一下。这个声音他也听出来了,音色高亢而悦耳,像夜莺的歌喉,就是他们在图书馆听到的那个跟"魔术师"在一起的女孩。

她指着平台的边缘，那里的护墙已经坍塌。亚瑟慢慢地走过去看了看。他眯起眼睛，只能看到一个轮廓，似乎是一根木头，像一座临时搭的桥一样延伸到远处。他往下面看，什么也看不见。但他刚才数过台阶，清楚地知道他们有多高。四十七级台阶，摔下去会很惨。

"那根木头中间放着一片木头做的三叶草，"夜莺接着说道，"你必须走过去，捡起三叶草，然后顺着木头走到头，到达另一座塔。但是要当心。万一失去平衡掉下去……这可能就是你做的最后一件事了。如果你在拿到三叶草之前就返回，或者没有走到木头的另一头，就算失败。听明白了吗？"

亚瑟点点头。他握紧拳头，不让双手颤抖。

这可能就是你做的最后一件事了。他们肯定不是那个意思吧？可能吗？

"那就拿上这个，"夜莺命令道，递给他一支点燃的蜡烛，"开始吧。"

亚瑟转身面对黑暗。蜡烛的光亮能让他看清下面的木头，但也仅此而已。他先踏上一只脚，再踏上另一只脚，抬起另一条胳膊保持平衡。当他确定自己站稳脚跟后，又稍稍往前挪了一点。

木头在摇晃。

亚瑟的双腿也颤抖起来。

他咬紧牙关,迈出一步,又迈出一步。

他的心怦怦狂跳,似乎想把他拽向安全地带,但他还是强迫自己往前走。每迈出一步,他都想起自己的一个姐妹,想到如果他被三叶草录取,对她们来说意味着什么。

亚瑟一直非常专注地引导着自己的双脚,终于,他看到了一个小东西,一片亮晶晶的木制三叶草,放在木头的正中间,离得这么近,他差点踢到它。

他只需要弯下腰把它捡起来。

慢慢地……慢慢地……

他用手抓住三叶草时,一阵胜利的喜悦涌上心头。

有了!

最难的部分已经完成。现在他只需要站起来,继续走完木头的另一半。

可是他站起来时,木头似乎摇晃得更厉害了,它越摇晃,亚瑟越站立不稳,身子还没有完全站直,他就觉得自己开始踉跄。他要掉下去了,除非——

他赶紧弯腰伸手抓住木头,稳住脚跟。与此同时,他手里的蜡烛和三叶草都掉进了黑暗中。

"不!"他叫道。

然而已经晚了。三叶草不见了。

一切都结束了。他失败了。

他凝视着下面的黑暗,又想起了家里的姐妹们。

凯瑟琳、安妮、夏洛特、玛丽——

玛丽!

随着记忆逐渐清晰,他突然想明白了三件事。

"道尔!"魔术师叫道,"三叶草掉了。你完蛋了。"

"还没有。"亚瑟回答。

然后他深吸了一口气……纵身一跳。

第二十五章

亚瑟落水

亚瑟在黑暗中坠落,只有一刹那间考虑自己的三个观察是否正确。

第一,空气中的气味使他想起了玛丽,因为他联想到他们在爱丁堡的家附近公园里的那个池塘,玛丽总喜欢让亚瑟带她去那里喂鸭子。

第二,他丢下那片三叶草后,立刻听到一种细微的声音——像鸭子落在水面上发出的声音。

第三,魔术师说亚瑟必须带着三叶草回来,不然就没有通过测试。他可以做到这点——只是跟他们想的不一样。除非……除非他错了,除非他此刻正落向硬邦邦的地面。

他刚来得及问自己，姐妹们是想要一个没有通过测试的兄弟，还是想要一个死去的兄弟，紧接着他就一头掉进冰冷的水里，沉了下去。

一秒后，他浮出水面，大口喘着粗气。太好了！是的，他没有死，但他仍然需要找到那片三叶草。他冻得瑟瑟发抖，在水面上游动，却什么也没发现。接着，如同奇迹一般，一个硬邦邦的小东西滑进了他的手里。三叶草。他拿到了！

他高兴地叫了一声，开始向岸边游去。

他隐隐约约看到，在他应该到达的那座塔楼的底部，有一盏灯笼在燃烧。他浑身湿透，冷入骨髓，感到有黏糊糊的东西在他脚脖子周围游来游去，他小心翼翼地爬上岸，跑上塔楼的楼梯，把守候在塔顶的两个三叶草成员吓了一跳，其中一个差点从护墙上摔下去，幸亏被另一个挡住了。

"你应该从木头上走过来！"一个女孩的声音透过面具说道，语气愤怒而激昂，亚瑟立刻听出来了。是阿菲亚，曾经采访过他的那位报社记者。

"我的任务是过来把三叶草交给你，"亚瑟举起那个木制的信物说道,"我办到了,用我自己选择的方式。"

"但你怎么知道跳下去没有危险呢?"另一个身影问。

"我闻出来我们是在一个池塘附近,"亚瑟解释道,"三叶草落下去的时候,我听到了轻微的溅水声,那也许只是一个水洼或一条小溪,但我突然想到,像三叶草这样的社团,肯定不愿意让一年级新生在入会挑战中折断脖子,引起人们注意。所以……我就跳下去了。"

阿菲亚摇了摇头,但她说话时,亚瑟听出了她在微笑:"好吧,这无疑是一个创举。恭喜你通过了第一项挑战,道尔。"

"你做了什么?!"第二天早上他们去吃早餐时,艾琳惊叫道。

吉米示意她小声点。索菲娅、哈丽特和艾哈迈德就跟在他们后面。

亚瑟又把整个故事给她讲了一遍。

"那么,你把三叶草扔进池塘后,怎么知道还能找到它呢?"他讲完后,艾琳问,"你怎么知道它不会沉下去?"

"他们说它是木头做的,"亚瑟说,"如果它掉进水里,他们需要把它捡回来。不然拿什么去测试后面的人呢?"

"他们没准儿给我们每人都准备了一个。"艾琳说。

亚瑟皱起了眉头:"这我倒没有想到。"

"那池塘里可能有鳗鱼呢。"

"相信我,"亚瑟回答,"确实有。"

"你呢,艾琳?"吉米问,"你当时害怕吗?"

吉米走得特别慢,花了近半小时才走完那根木头。木头是用来取代一道早已垮塌的绳索桥的。显然,池塘上的桥从来没有什么真正用途,只是供当年贝克勋爵的孩子们玩耍的。

"这么说吧……我有保险绳。"艾琳说。

"什么意思?"亚瑟问。

"嗯,昨天夜里三叶草来叫我穿衣服时,我照办了。只是……我没有穿自己的校服,而是穿了袋袋的。我想她的衣服里可能有什么派得上用场的东西。我们往那边走的时候,我在那些口袋里摸了摸,找到了一截绳子。绳子的长度刚好可以绕过圆木,缠在我的腰上。我知道,如果我掉下去,绳子会把我吊住。其实根本不需要。事实证明，只要知道自己没有危险，在木头上就很容易保持平衡。"

"真机智！"亚瑟感叹道。

"是的。而且不会碰到鳗鱼。"艾琳眉间出现了细小的笑纹，"不过……这好像也算一种作弊吧。"

"他们如果不吓唬我们一下，怎么测试我们的勇气呢？"吉米问，"而且，亚瑟揭穿了他们的幌子。我们其实根本没有遇到什么真正的危险。"

艾琳仍然显得忧心忡忡："如果一个不会游泳的人掉下去呢？"

"我敢肯定他们已经安排了人，在必要的时候游过去救人。"吉米说。

"也许吧，"艾琳回答，"我只希望他们在下一次测试中诚实一点。"

"如果是一个秘密社团，就很难做到太诚实。"亚瑟说。

"是的，我想是这样……"艾琳说。亚瑟本来希望自己的话能让艾琳宽心，可她却摆弄起了自己的怀表，亚瑟注意到她感到不安时才会这么做。

此刻他们正上楼去庄园大厅，周围都是跟他们一起赶路的学生们。

"说到下一次测试，你们觉得会是什么内容？"亚瑟低声说，"会在什么时候？"

艾琳和吉米都转身示意他闭嘴，他们的谈话戛然而止。

吃早饭的时候，亚瑟饶有兴趣地在餐厅里四处张望，寻找线索，想知道那些吃饭的人中谁可能是三叶草成员。他的目光扫视着，捕捉无精打采的眼睛和强忍的哈欠——熬夜的铁证——突然，他从茶杯上发现阿菲亚正与他对视。阿菲亚赶紧捡起了刚才的话题。

问题是，除了阿菲亚，他没有取得太多的进展。他并不认识很多高年级学生，只有《号角报》的奥斯卡，以及第一天陪他们去塔楼的布鲁诺。还有照顾福仔的那个辛妮德。还有那对通灵者托马斯和奥利——他们此刻像往常一样挤坐在一起。亚瑟对其他高年级学生并没有多少了解。

任何人都可能是三叶草成员。好吧，也许痴迷甲虫的布鲁诺不是，但几乎每个人都有可能。

早餐吃到一半时，塞巴斯蒂安走进了餐厅，他脸色有点苍白，但脚步十分轻盈。亚瑟听见他语气欢快地祝哈丽特和罗兰早上好。看来塞巴斯蒂安也找到方法通过了三叶草的第一项测试。真遗憾。

亚瑟吃完最后一口培根时，哈德森太太走上前，提醒他们晚上有瓦伦西亚·费尔南德斯的晚宴和讲座。

"如果有正装可以穿上。"她说，"没有的话，穿校服也行。晚宴六点半准时开始。让我想想……还有别的吗？"

炊事大娘气呼呼地从餐厅那头朝哈德森太太挥动双臂，但哈德森太太正在查看笔记，似乎没有注意。

"你告诉我七点半开始的！"炊事大娘终于吼道，"七点半，不是六点半！七点半之前我不可能准备好。"

哈德森太太终于抬起头，眯着眼睛望向房间那头。"是吗？好吧，我想我就是这个意思。"她清了清嗓子，"你们都七点半到，一刻也不能晚。当然，早到也不行。我希望大家在钟敲半点的时候都坐在座位上，具体来说，半点是指——是指——"

"六点半？"有人喊道。亚瑟伸长脖子，看见奥斯卡正睁着无辜的大眼睛望着哈德森太太。但他的嘴角抽搐着,几乎无法控制自己的笑。

"没错。"哈德森太太说,"现在大家可以……"

托比也不甘示弱,仰起头来发出一声嗥叫,同学们纷纷站起身,房间里到处响着椅子摩擦地板的声音。

"是七点半!"炊事大娘徒劳地大吼一声,"七点半来,不然你们都只能吃空气!"

那天,亚瑟强忍住许多哈欠,兴奋的情绪开始消退,彻夜未眠的后遗症变得明显。一天的课程结束后,他只想回到塔楼,在床上睡一两个小时再去吃晚饭。然而,他强迫自己来到图书馆,爬上楼梯来到历史区。有几本关于亚瑟王传说的书他想翻阅一下。

在一个自称绿骑士的人的要求下,魔术师和夜莺在寻找某件东西,这不可能是巧合。读一读绿骑士的传说故事,也许可以让亚瑟得到一些线索,知道这个神秘人物是谁——想得到什么。

亚瑟惊讶地发现格洛弗已经在那里了,他正在埋头看一摞书,那摞书堆得很高,亚瑟只能看到他的头顶。

"来点轻松阅读?"亚瑟喊道。

格洛弗从那摞书顶上探头看了一眼。"做点研究，"他说，"为了写讣告。我请格雷教授接受采访，但她忙着做实验，一直推三阻四。我总得从某个地方开始吧。这些书里都提到了格雷教授，你能相信吗？其中三本书是她写的。我怎么才能把这些内容都塞进去呢？"

他没有等亚瑟回答，就又钻到了灰扑扑的书堆下面。

亚瑟抽出两本大厚书，一屁股坐在一张破旧的扶手椅上。他叫艾琳和吉米也一起过来，但他俩似乎都不太感兴趣，也不明白亚瑟为什么对这位神秘骑士这么关注。亚瑟也解释不清楚，他只是有一种感觉，认为绿骑士的出现非常重要，而且与入室盗窃的事有关。绿骑士在巴斯克维尔学院寻找的东西是什么呢？还有谁想要那东西呢？

亚瑟从母亲读的故事里知道，传说中的绿骑士是一个近乎超自然的神秘人物，他用狡猾的伎俩来考验其他骑士的勇气。

在那个最著名的故事中，他挑战亚瑟王的圆桌骑士之一高文爵士，要用斧头砍对方，然后自己也被砍了一斧头。可是当高文爵士砍掉绿骑士的脑袋时，骑士只是弯下腰，把脑袋从地上捡起来，重新安在脖子上。接着轮到绿骑士出击了。但绿骑士暂时放过了他的对手，因为高文爵士遵守诺言，已经证明了自己的勇气。

亚瑟仔细研究着面前这本故事书里的插图，观察着高文爵士盾牌上的那颗奇怪的星星的形状。

难道传说中的绿骑士是一位守护者？或是某种超自然的凶兆？

《圆桌的秘密：再看亚瑟王传奇》的作者奈尔斯·D.奈勒姆教授似乎对原来的绿骑士感到不解，就像亚瑟对潜伏在巴斯克维尔学院的绿骑士感到困惑一样：

> 所有传说中最神秘的角色也许要数绿骑士。在一些人看来，他是一个凶残的幽灵，拥有不自然和不正当的力量。而在其他人看来，他是美德和骑士精神的终极捍卫者。甚至人们对他的外表也不能达成共识，在一些故事中，这位骑士的外表没有什么特别之处，而在另一些故事中，他之所以叫绿骑士，是因为他的皮肤是绿色的，似乎长满了苔藓。这位骑士与绿色联系在一起，是因为绿色是自然和春天的颜色吗？还是因为绿色是毒药，甚至是死亡的颜色？

那天晚上，亚瑟离开图书馆时心里很不自在。他的问题一个也没有得到解答。但他知道了这位绿骑士确实与三叶草有关。至少魔术师和夜莺似乎是在为他工作。看来，关于三叶草，亚瑟也应该提出像奈勒姆教授提出的那些问题。这个社团就像绿骑士一样有着强大的力量，声称自己拥有许多美德——勇气、荣誉和忠诚。但它也像绿骑士一样，被笼罩在阴影中。

然而不知怎的，亚瑟忍不住觉得自己才是那个被蒙在鼓里的人。

第二十六章

一次误会

那天晚上,亚瑟和吉米一起走进大厅时,心里还在想着绿骑士和三叶草,但是一走进餐厅,他所有的烦恼都烟消云散,取而代之的是……局促不安。

这个长长的房间里到处都是各种绫罗绸缎和天鹅绒,闪烁着鲜绿色、鲜橙色和鲜红色的耀眼光芒。女孩们几乎都穿着晚礼服,许多男孩还穿上了燕尾服。

亚瑟尴尬地瞥了一眼自己身上的校服。哈德森太太说不一定要穿正装,但他突然非常希望自己能有比这寒酸的紫色西装更好的衣服。

"我不知道每个人都穿得这么正式。"他喃喃地说。

"并不是每个人都穿得很正式,"吉米说,"还有其他人也穿着校服呢。看，布鲁诺就是。还有格洛弗。精神圈的那些人也还是穿着那种奇怪的白衣服。袋袋也穿着——袋袋穿的是什么呀？"

袋袋和艾琳刚走进门来。艾琳穿着一袭深蓝色长裙，十分引人注目。袋袋同样引人注目，但原因完全不同。她穿着一件满是荷叶边的衣服，似乎是用一百件不同的衣服缝合而成。补丁跟补丁互相缝在一起，都是上窄下宽，像一个花环。亚瑟突然明白了，每个补丁其实都是——还能是什么呢？——一个口袋。

盯着袋袋看的人不止他和吉米。哈丽特·罗素穿着一件很适合公爵夫人女儿的红宝石长裙，她指着袋袋咯咯大笑。索菲娅·德莱昂站在艾哈迈德旁边，手里拿着一把漂亮的木扇，在扇子后面低声议论着奇怪的英国时尚。袋袋就算留意到了大家的关注，也似乎并不在意。

"你们好啊，先生们。"她走近时捏着嗓子说，然后深深地行了个屈膝礼。一把小剪刀从一个口袋里掉了出来，"噢唷！"

亚瑟弯腰把剪刀捡起来递给她。"女士，请收下。"他说。

艾琳看着他们的小把戏，皱起眉毛，微微摇了摇头。

大家的目光都盯着袋袋，这总比盯着我好，亚瑟想。"你看起来很漂亮。"他对艾琳说。这是真的，艾琳穿着那条蓝色连衣裙显得十分美丽，她把深色的头发梳向脑后，盘成一个复杂的发型，"真是一条漂亮的裙子。"

艾琳笑了。"谢谢你。"她说，"这是歌剧演员的孩子的好处之一。我认识很多服装设计师。"

"我饿死了。"袋袋说，"我还以为晚饭是七点半准时开始呢。我很快就得回实验室了。"

餐厅里挤满了一群群说说笑笑的学生。厨房里飘来一股诱人的香味，但所有的桌上都还没有任何食物。亚瑟注意到房间的正前方放了一张宴会桌。瓦伦西亚·费尔南德斯坐在中间，一边是查林杰校长，一边是洛林教授。查林杰校长把自己塞进一套至少小了两号的破旧西装里，看起来就像穿着半个世纪前的衣服，这让亚瑟感觉好了一点。而洛林教授却换上了一套剪裁精美的三件套西装，但忘了换掉他的橡胶工作靴。

查林杰校长用一把大餐刀的刀柄猛敲桌子，一连串震耳欲聋的声音在餐厅里回荡。

"坐下!"房间里安静下来后,他命令道。

一年级新生沿着中间的桌子坐了下来。看到塞巴斯蒂安坐在自己对面,亚瑟满肚子不高兴。

"晚上好,同学们。"大家都坐定后,查林杰校长大声说道,"今晚,我们在这里祝贺瓦伦西亚·费尔南德斯成功完成了一项长期而重要的使命。她是巴斯克维尔精神的真正典范。她很快就会给我们讲她的冒险故事。但是首先……我们开吃吧。"

"砰"的一声,炊事大娘撞开厨房的门,后面是端着银盘子的侍者。炊事大娘冲他们发号施令,那威严的口气表明她可能在军队里待过,而且战功显赫。杰拉德准将一定也这么想,只见他满脸钦佩地注视着她。

"格雷教授不在桌上。"袋袋扫了一眼主桌,说道。其他老师都坐了下来,"她肯定还在实验室。也许我应该去看看她是不是需要帮助。"

就在这时,一位侍者把一盘热气腾腾的烤牛肉放在他们面前。袋袋舔了舔嘴唇。

"好吧,先吃点东西应该也没事。吃饱了更容易取得突破。"

接下来是煮土豆,然后是芦笋沙拉,当然还有炊事大娘的面包卷。袋袋每样都舀了一点到盘子里,开始狼吞虎咽,好像在跟谁比赛似的。吉米和艾琳不知怎的陷入了一场争论:都说自己旅行中吃过的某一餐更难以下咽(吉米吃的是德国舌肠,艾琳吃的是丹麦盐渍鳕鱼)。

因此,只有亚瑟看到塞巴斯蒂安瞥了他一眼,然后低声对罗兰说:"说实在的,如果我不穿正装参加一场正式宴会,我母亲准会尴尬死。"

罗兰回了一句什么,塞巴斯蒂安被逗得哈哈大笑。亚瑟紧紧地握住叉子,指关节都变白了。

"哦,我知道。"塞巴斯蒂安回答,"这比那个女孩收集的破布头好多了。它们看起来臭烘烘的。你知道她爸爸是养羊的吗?这就足以让人吃不下饭了。"

袋袋住了口,抬头看着塞巴斯蒂安。他是不是以为自己的话传不到这么远?亚瑟想,他也可能是故意让袋袋听到他的冷言冷语。袋袋睁大眼睛盯着他。

亚瑟猛地从座位上站起来。

"你——你——你是个彻头彻尾的无赖。"他说,"把刚才的话收回去。说声对不起。"

吉米抓住他的胳膊:"亚瑟,怎么——"

塞巴斯蒂安把脑袋一歪:"我不知道你在说什么,亚瑟。我想你是误会了——"

"我绝对没有误会。"亚瑟厉声说,"如果你不道歉,我们就得换一种方式解决这件事了。"

餐厅里吃饭的人都抬起头来。

"我爷爷过去常说,苏格兰人永远控制不住自己的脾气。"塞巴斯蒂安平静地说,"所以他从来不请苏格兰人吃饭。我想他是对的。"

亚瑟一巴掌拍在桌子上,伸手去抓住塞巴斯蒂安的衣领。刹那间,他仿佛又回到了爱丁堡的街道上,跟那些恶霸对抗,他们只会贬低穷苦的男孩,满足自己的虚荣心。

"亚瑟,不要!"吉米说。

但亚瑟似乎没有听见。他给塞巴斯蒂安的鼻子上来了一拳。这就是他想给塞巴斯蒂安的教训。

他刚要把塞巴斯蒂安从桌子对面拖过来,突然一双粗壮的胳膊搂住了他的腰。

"道尔!"斯通教授吼道,"冷静点,伙计!时间地方都不合适!"

亚瑟终于松开塞巴斯蒂安的衣领,由着斯通教授把他拉回座位上。

"这就对了,道尔,稳定一下情绪。"斯通教授劝告道,"你对格斗艺术的热情令人赞赏,但必须记住自己是谁。"

亚瑟深吸了一口气。人们都盯着他,对他指指点点,窃窃私语。查林杰校长和华生医生从高桌旁注视着他,皱着眉头,脸上都露出失望的表情。看到他们,亚瑟的怒气消失了,突然希望自己能缩得很小。

他意识到自己身旁的座位空了。袋袋已经趁乱溜走。

"我……我得走了,"亚瑟结结巴巴地说,"去散散步。"

"我正想说这句话呢,"斯通教授说,"你先去冷静冷静,我告诉校长这一切都是误会。是不是,莫兰?"

"我想一定是这样,先生。"塞巴斯蒂安喘着粗气说,嘴角挂着狞笑。

"好样的。"斯通教授拍了拍亚瑟的后背说,"别着急,等到了拳击场上再说。"

第二十七章

银版照片和炸药

吉米提出陪亚瑟一起去,但亚瑟耸耸肩,拒绝了朋友。他在全班同学的注视下,尽可能不失风度地大步走出礼堂。如果母亲看到刚才的他,会多么失望啊!此刻亚瑟才意识到自己正中塞巴斯蒂安的下怀,但已经晚了。那个混蛋大概是故意让亚瑟听到那些话,故意激怒他。现在亚瑟成了傻瓜一样的人,而塞巴斯蒂安却保持着完美的绅士形象。

亚瑟咬紧牙关,穿过空荡荡的大厅,到格雷教授的教室去找袋袋,确保她平安无事。

然而,到达那间教室时,他发现空无一人,袋袋和格雷教授都不在。也许她们去了格雷教授的办公室?他隐约知道那是在三楼，于是顺着空寂的走廊往前走，去往后面的楼梯。

他走得很慢，恍惚地回想着刚才的一幕，感到心慌意乱。查林杰校长会惩罚他吗？会给他父母写信吗？还是更糟？

带着这些可怕的想法，亚瑟抬起头，发现自己正面对一幅丑陋的肖像画。他从没见过这么难看的肖像：一个双下巴的男人冷笑地盯着他，至少是一只眼睛盯着他，另一只眼睛似乎望着天花板。画像底部的金色铭牌上写着：休·贝克勋爵。

亚瑟这才反应过来，这就是奥斯卡和阿菲亚对他说过的肖像画——曾经掉下来险些砸死两个人的那幅。亚瑟火气未消，仍然有点想跟谁打一架，他考虑要不要试试运气，警告这个一脸轻蔑的男人，说他是十足的势利小人。就在这时，他突然听到一声巨响和一声尖叫，随后头顶上传来脚步声。

亚瑟冲到楼梯前，一步两级地往上跑。

刚跑到楼梯顶上，一个披着斗篷的高大身影从大厅里奔出来，差点撞到他。他正要去追这个人，突然闻到一股东西被烧焦的气味。

烟雾从那个人来的方向升起。亚瑟举棋不定,是去追那个人,还是去检查烟雾?这时,他想起自己刚才为什么要上楼——来找袋袋。万一刚才是她在尖叫呢?

"袋袋!"他大声喊道,"袋袋,你没事吧?"

亚瑟转身匆匆跑过拐角,只见两个人正在扑灭大厅地毯上的一小团火苗。是袋袋和格雷教授,此时袋袋搀扶着老妇人,老妇人的脸色已经煞白如纸。

"出什么事了?"亚瑟喊道。他和袋袋一起把格雷搀进一间开着门的办公室,扶她在椅子上坐下。房间里只有这把椅子没有被打翻,一张漂亮的桌子倾倒在地上,书和银器也散落了一地。

"我们刚才来找一本参考书。"袋袋说,"可是这里已经有人了。这一切都是他干的。"她指指周围的一片狼藉,"格雷教授质问他,但他拔出了一把刀。于是我点燃了一点炸药,对他说不想被烤焦的话就快跑。"

"好主意。我看见他了!"亚瑟说,"他逃走了,就在刚才。"

袋袋盯着他看了一秒钟。然后叫道:"那你还等什么?

快去追他呀！"

亚瑟顺着来时的路往回跑，在走廊上飞奔。就在他差点从楼梯上滚下去时，黑暗中出现了一个鬼鬼祟祟的身影。

"托比！"亚瑟喊道，为了避免踩到狼，他笨手笨脚地跳了起来。狼咆哮着回应，毛发竖起。

"你应该警惕的不是我，"亚瑟没好气地说，"有人闯进来了！帮帮我——至少别挡着我的路！"

狼盯着亚瑟看了一会儿，转身下了楼梯，朝餐厅小跑过去。

"我见过一些猫比看门狗还管用。"亚瑟嘟囔着，继续往下走。

他气喘吁吁地来到前厅，前门开着一道缝。他在门口停住脚，在黑暗中寻找闯入者的身影，但四下里静悄悄的，毫无动静。那个人此刻有可能藏在无数个地方，这简直就像大海捞针。亚瑟正在考虑要不要出去继续寻找时，突然听到一个粗哑的声音从大厅里传来。

"这里到底发生了什么事？"亚瑟转过身，在昏暗的光线中查林杰校长正对他怒目而视，"先是你在宴会上挑起打斗，然后哈德森又凑到我耳边——注意，是在瓦伦西亚讲话中间——对我说托比在叫唤，还抓她的裙子。"

"因为这是事实！"哈德森太太气愤地说，她拖着脚走到校长身后，双手抓着自己的黄裙子。此时托比出现在她身边，再一次盯着亚瑟的眼睛，"它是在提醒我出事了。"

也许亚瑟对托比的判断有误。看来它还是蛮聪明的，知道去找人帮忙。

"没错。"亚瑟说，"请听我说，校长。有人闯进来了——一个不速之客。他闯进格雷教授的办公室，威胁了教授和袋袋。那个人逃跑了，一定是从前门出去的。"

查林杰校长的眉头皱得更紧了。他看了哈德森太太一眼，点了点头。

"快，托比。"哈德森太太指着门说，"跟着气味去追。"

托比听话地蹿入了黑夜中。

查林杰校长已经沿着主楼梯往上走了。亚瑟跟了过去。

"有人受伤吗？"查林杰校长扭头问道。

"好像没有。不过袋袋朝闯入者扔了一根炸药……"

就算查林杰校长听了这话觉得惊讶，他也没有表现出来。他迈着坚定的步伐穿过走廊，亚瑟必须小跑着才能追上。到了格雷教授的办公室，教授还坐在椅子上，神情恍惚，呼吸困难。袋袋正把散落的书整理成堆。

校长久久地打量着这间办公室。

"你没事吧？"他把一只手搭在格雷教授的肩头安慰她，问道。

老妇人点了点头。

"那个人是谁？你们看清了吗？"

"他披着一件斗篷，"袋袋说，"黑色的斗篷，还戴着黑色的面具。别的我们什么也看不见。"

"拿走什么东西了吗？"

"我不知道。"格雷教授说，"我想不起来……有人想从这里得到什么呢？我所有的实验器材都在实验室里，这里只有书和我的——我的私人物品。"

她低头看了一眼扔在地上的一个银色相框。这是一张年轻女子的银版照片，眼神和格雷教授的一样犀利。

"也许他们根本就不是在找东西。"查林杰校长喃喃地说，似乎在自言自语，"也许他们是在传递信息。"

"是一种威胁?"格雷教授问,身子向前探了探,"但为什么是我?我过了这学期就退休了。我要和我侄女在安静的书房里安度晚年,谁会想要威胁我呢?"

"我不知道。"查林杰校长说,但从他紧锁的眉头看,他正在拼命思索。

"校长?"亚瑟说,"这跟开学时的另一起入室盗窃案有关吗?那次也没有东西被偷,对吧?"

"你是怎么知道的?"查林杰校长咆哮着,朝亚瑟这边瞪着眼睛。

"我是听校报的人说的。"

"哼。"查林杰校长说,"多一些媒体报道。这正是我们需要的。"

"我认为他们不需要知道这件事。"格雷教授说。她似乎已经恢复了精神,声音不再颤抖,"我已经够尴尬的了。"

"你说得对,"查林杰校长说,"道尔,袋袋,你们听到了吗?不许跟任何人提起这事。我可不希望恐慌情绪在我的学校里爆发。等我搞清楚到底是怎么回事再说。"

"好的,先生。"亚瑟和袋袋一起说道。

"很好。现在，我得下楼去看看托比有没有什么发现。你们俩陪格雷教授待在这里，帮她收拾一下这个烂摊子。然后直接去塔楼吧。如果你们回餐厅，只会吸引更多的注意力。"

他们点了点头，查林杰校长快步离开了房间。

格雷教授又盯着地板上的那张照片，明亮的眼睛变得黯淡无光，也许是因为忧虑，也许是因为回忆，或两者都有。亚瑟弯下腰拿起相框，递给了她。

"没有损坏。"他说。

"谢谢你，"格雷教授回答，"我很高兴。这是我母亲的照片——我仅有的一张。"

亚瑟又看了一眼照片。上面的女人比格雷教授年轻，面颊更圆润，但与女儿仍有着明显的相似之处，亚瑟过了几秒钟才注意到照片是在哪里拍的。

"这好像是巴斯克维尔学院！"他指着背景的庄园房屋说。

"实际上，那个时候它叫贝克学院。"教授喃喃地说。

"格雷教授是这里的第三代教师，"袋袋从亚瑟身后看着照片说，"她母亲曾在这里工作，再往前是她祖母。"

"没有她们，我就不会在这里。"格雷教授说，脸上闪过一丝淡淡的笑容，"你们知道，做一个有梦想的女人，至少做一个不用整天围着烤箱辛苦忙碌的女人并不容易。她们为我开辟了一条道路，把知道的一切教给了我。她们是我所有作品的灵感来源。"

她抚摸着照片上的那张脸。

"好了，不说了。"她突然抬起头说道，"我也许老了，但身体并不虚弱。我可以收拾剩下的烂摊子。你们俩今晚已经为我做得够多了。我不会忘记的。"

亚瑟和袋袋都表示反对，但格雷教授根本不听。她在他们身后把门关上时，亚瑟怀疑格雷教授可能想独自怀念和回忆她的母亲。亚瑟也想起了自己的母亲，她几乎一辈子都在"围着烤箱辛苦忙碌"。母亲如果有机会，会成为一个什么样的人呢？

可惜她一直没有机会，但亚瑟有。实际上这是他们全家的机会：成就一番事业——创造一个奇迹。

"我说，你当时在大厅里鬼鬼祟祟做什么呢？"袋袋问，把亚瑟从沉思中拽了出来。

"我来找你，"他说，"看你是不是平安无事。"

袋袋把脑袋一偏："我怎么会有事呢？"

"嗯，因为塞巴斯蒂安说的话。"

"哦。他说了我什么？所以你才对他大吼大叫的？我当时还纳闷呢，但我刚巧对格雷教授的项目有了一个非常棒的想法，必须赶紧跑去告诉她。"

亚瑟暗暗为自己叫屈。他说不定会因为跟塞巴斯蒂安发生冲突而被开除——断送自己的机会。而这一切是为了什么呢？袋袋并不是因为受到羞辱才跑出房间的。她一直在为自己的梦想而忙碌，根本就没有注意别人对她的说三道四。

也许他需要向袋袋学习。

"不管怎样，"袋袋说，轻轻捅了捅亚瑟，"谢谢你为我挺身而出，但是……我能照顾好自己。"

她又从数不清的口袋里掏出一根炸药，眨了眨眼，蹦蹦跳跳地离开了大厅。

第二十八章

《号角报》令人失望

亚瑟不愿意对校长食言,但他必须把发生的事情告诉吉米。

"我认为那个闯入者在寻找什么东西。"那天晚上,亚瑟讲完这件事之后说,"我有一种感觉,这跟绿骑士想寻找的是同一件东西。"

吉米盘腿坐在床上,双眉间出现了一道深痕:"你认为是这个绿骑士干的?从你身边跑过的人就是他?"

"我不知道,"亚瑟说,"我只是远远地看见过他——至少我认为是他——没有看得很清楚。但是魔术师和夜莺说要保护这个东西。所以他们也许是在帮助绿骑士保护它,不被别的人拿到。那可能就是洗劫格雷教授办公室的人。"

"可是他们在寻找什么呢？格雷教授有什么东西是他们迫切想要的呢？"

"我不知道。"亚瑟苦恼地又说了一遍。这是他最不爱说的四个字，"但我们需要找到答案。"

那天早上，亚瑟和吉米走进餐厅时，艾琳正趴在桌上读什么东西。他们走近时，艾琳抬起头，顺手把那张纸塞进了裤子口袋。

"我们需要谈谈。"亚瑟说，"昨晚发生了一件事。"

"袋袋已经告诉我了。"艾琳回答。

袋袋抱歉地朝亚瑟耸了耸肩，毫无歉意地咧嘴一笑，然后把两片烤面包塞进口袋，说要去看望一下她的导师。这时，格洛弗一边埋头喝红茶，一边研究他的墓碑拓片，陷入了沉思。因此，亚瑟可以把自己对绿骑士的担忧告诉艾琳。

令亚瑟吃惊的是，艾琳对这件事无话可说。她似乎心事重重，咬着嘴角，一只脚轻轻敲着地面。她无意中把一勺盐当作糖放进茶里，喝了一口就吐了出来。她的行为真是很古怪。"一切都好吧？"亚瑟问她。

"是的，当然。"艾琳赶紧说，给自己重新倒了一杯茶。

回答得太快了，亚瑟思忖着，难道她在隐瞒什么？

"你在这儿！"一个声音叫道，把两人都吓了一跳。他们转过身，发现阿菲亚站在他们后面，手里拿着一沓报纸。她递给亚瑟一张。"我觉得你应该是第一个拿到报纸的人，"她说，"因为你上了头版头条。你可以和你的朋友们一起看。"

她朝艾琳和吉米示意了一下。

"哦，谢谢。"亚瑟说。他低头看了看报纸的头版，一位画家在上面配了一幅画：黑猩猩福仔正冲一个吓坏了的男孩龇牙咧嘴。这个男孩画得一点也不像格洛弗。

"不客气。阅读愉快。哦，好吧……待会儿见。"阿菲亚眨了一下眼睛，大步走开，去派送其他报纸了。

吉米和艾琳一边一个从亚瑟身后探过头，仔细看那篇报道。标题是"**铁胆英雄阻挡猩猩暴击**"。

"她说'待会儿见'是什么意思？"艾琳问道。

亚瑟警惕地扫了一眼四周。"她是他们中的一员，"他低声对两个朋友说，"是三叶草会员。我在第一次挑战中听出了她的声音。"

"你觉得她说的会是第二项测试吗？"吉米问，"你收到邀请了吗？"

"没有。"艾琳说。

"我也没有。"亚瑟说,"除非……难道这就是邀请?"

"她确实叫你跟吉米和我一起看报纸。"艾琳说。

亚瑟低头扫了一眼报纸。塞巴斯蒂安正盯着亚瑟这份《巴斯克维尔号角报》,他满含醋意的表情让亚瑟感到心里很痛快。

亚瑟翻开报纸,他们迅速浏览了几页,但谁也没有看出什么。

"嗯,他们不会说得很明显。"吉米说,"如果报纸上有什么信息,肯定是用的密码之类的。"

亚瑟点了点头,他的注意力被报纸内页的一篇文章吸引住了。

入室盗窃悬案

"看。"他指着标题说,"是关于入室盗窃的。说的是第一起事件。"

亚瑟急切地想看看阿菲亚发现了什么线索,他以最快的速度读了那篇文章。

十月十日早晨，巴斯克维尔学院的师生在去吃早餐的路上发现正厅入口处的一扇窗户被打碎了。他们可能没有多想。毕竟，对于一块破碎的玻璃，可以有许多正当的解释。然而《号角报》通过秘密消息来源发现，窗户是有人在试图入室行窃的过程中被打碎的。据工作人员称，事件中没有任何东西失窃。

要求不公开姓名的洛林教授坚称没有必要惊慌："要知道，这不是第一次发生这样的事情。"他说，"说实在的，小格斯比村的村民们对于成为我们的邻居从来都不太高兴。查林杰校长有一次在做炼金术实验时用量过多，差点把飞猪酒吧——村民的酒馆——给烧毁了，我认为这更激起了他们的反感。"

洛林教授认为闯入学校的是小格斯比村的人，他们是为了搞恶作剧，或者想试试胆量。"当然，这是懦弱的行为，"他说，"但最终没有造成什么损害。不过我们还是加强了安保措施，我相信你们也注意到了。窗户上安了铁条，夜间增加了巡逻。好了，如果没别的事，你能不能别挡住我去厕所的路？"

亚瑟又把文章读了一遍。就这些？在他看来，这根本算不上什么调查。

"我想，洛林的说法确实解释了窃贼为什么从前门闯入。"艾琳说，"还记得吗？亚瑟，你也觉得那很奇怪？但如果有人想搞恶作剧，或者想吓唬我们一下，就会希望我们知道他们来过。"

"那昨晚的入室盗窃又是怎么回事？"亚瑟说，"那可不是恶作剧。"

艾琳用手指轻轻敲着桌子。"对。"她承认道，"不是恶作剧。也许这两者之间没有关系。"

吉米突然从亚瑟手里抢过报纸。

"喂！你应该先打声招呼。"

吉米举起报纸，让窗外的光线照在上面。"我就知道是这么回事。"他喃喃地说，"看见了吗？如果看得够仔细，就会发现有些字母下面扎了小孔。"

亚瑟抬头看了看报纸，果然，吉米说得对。细小的光点透过报纸上的小孔闪烁着。

"把它放下，"艾琳提醒说，"不要引起别人怀疑。"

吉米把报纸翻回第一版，摊在桌子上。"嗯，这个词以T开头,"他说,"O-N-I-G-H-T。"

"今晚(TONIGHT)。"艾琳轻声说,"你说得对,亚瑟。这确实是给我们的请柬!"

吉米继续念出那些字母,得到了完整的信息。

今晚。午夜。《号角报》办公室。

一切都会水落石出。

第二十九章

一切水落石出

那天,亚瑟从来没有觉得功课这么难。他脑子乱极了,就像洛林教授饲养的那群半透明蝴蝶的生态场。绿骑士、三叶草、入室盗窃……这些事在他脑子里飞来飞去,有时只是短暂停留一下,又朝不同的方向飞去。

那天早上心神不宁的不止亚瑟一个人。华生医生没给他们讲课,而是让他们花一个小时阅读《格莱解剖学》的一章,并临摹其中的一幅插图。华生称《格莱解剖学》是"医生的圣经和百科全书"。然后他回到讲台前,开始急切地写什么东西。

他们来到格雷教授的实验室时,她根本不在里面。查林杰校长在那里代课。他告诉他们格雷教授突然生病了，同时警告地看了一眼亚瑟和袋袋。

那天晚上，亚瑟和吉米回到房间时，都因为期待而紧张不安。亚瑟不停地踱来踱去，吉米跟自己下了一盘又一盘棋，还不时地嘟嘟囔囔，唉声叹气，看来两边的棋下得都不太好。

他们听到轻轻的敲门声，打开门看到艾琳时，两人才如释重负。

"我们又要出发了。"吉米说，长长地呼了一口气。

"准备好了吗？"亚瑟推开窗户时，艾琳问道。

"我想我们必须准备好了。"亚瑟说。

他们把绳子扔出窗外，顺着塔楼的外墙爬下去，落在地上。这很容易，他们已经有实践经验了。

可是没走多远，艾琳就倒吸一口冷气，低声叫他们躲到高高的草丛里去。有人正提着灯笼从小路上向塔楼走来，随着人影越来越近，亚瑟看出了是洛林教授。他前后摇晃着灯笼，眯起眼睛盯着黑暗中。走到塔楼门口，他又转身原路返回。

"他在找什么？"吉米压低声音问。

"他在放哨。"亚瑟说，"还记得《号角报》上的文章吗？说夜间增加了巡逻。我敢打赌他就是在巡逻。"

"如果是我，肯定不会选他。"艾琳说，"他不是一个让人看了害怕的人，对吧！"

他们等到洛林教授离开通往庄园的小路，便朝那些公寓楼走去。当他们站在那里时，亚瑟感觉到有人从后面走了过来。

"你们好。"塞巴斯蒂安说，"我可以和你们一起吗？"

他问亚瑟，脸上带着平静而令人恼火的微笑。

既然塞巴斯蒂安知道会面是在今晚，就意味着他已经破解了《号角报》的密码，也已经知道了会面地点。

亚瑟耸了耸肩："我们都去同一个地方，是吗？"

塞巴斯蒂安跟上吉米的步伐，亚瑟加快脚步走到艾琳身边。

"别让他影响到你，"艾琳告诫道，"你需要集中精力对付测试。"

"我知道。"

四个人默默地走上庄园的台阶，进入大厅，上到三楼，这时四周更是鸦雀无声。亚瑟走在前面，他是唯一一个去过报社的人。他们经过钟表俱乐部时，一百多只钟表的叮当声吓得亚瑟心惊肉跳,就像他上次去报社时一样。

"这是怎么回事?"吉米问。

"我稍后再解释。"亚瑟说着加快了步伐,"午夜的钟声敲响了。如果不抓紧点,我们就要迟到了。"

他们到达《号角报》办公室时,门是锁着的。亚瑟轻轻敲了一下,门开了。

"欢迎。"一个声音轻轻地说。黑暗中隐约出现了一张戴面具的脸,"我们一直在等你们。"

亚瑟首先被领进了房间,其他人留在大厅里,由一个人看守。

房间里和他上次看到的差不多,只是此刻印刷机旁边放着一把巨大的金属椅,椅子上有一些令人不安的皮带,还有伸向四面八方的缠结的电线。

"你好,亚瑟。"一个人影向前走了一步说道。是魔术师。

"你好。"亚瑟平静地回答。

"你知道自己为什么在这里吗?"

"一切都会水落石出。"亚瑟说。

男孩轻声地笑了。

"的确会的。请坐,我们的采访就要开始了。"

他指了指那张奇怪的椅子。

"那是什么?"亚瑟问,"你说的采访是什么意思?"

"我们会提出问题。"另一个身影说。

"但是——"

亚瑟闭上了嘴,决定不去反驳。如果他坦言自己以为三叶草今晚会透露些什么,那会显得很愚蠢。但如果他们不透露,那就意味着……

"这是一台测谎仪,"魔术师回答,"可以测试你的可信度和对我们的忠诚度。你坐在椅子上,我们把这些电线连接到你的胳膊和胸口,然后问你问题。机器会告诉我们你是不是在说谎。根据你的回答,你会向我们展示你的真实自我或者暴露你是个骗子。现在,坐下吧。"

亚瑟双手冒汗,照他说的做了。这似乎并不难。两名成员走上前,扣住他的手腕和胸口。胸带绑得太紧,亚瑟只能浅浅地呼吸。

他们完成后,有人按动一个开关,什么东西开始在亚瑟身后呼呼作响,椅子也随之震动起来。魔术师把自己的椅子拉到亚瑟面前，其他人则坐在他身后的一张桌子旁。所有那些戴面具的脸都盯着亚瑟，这让他感到不安。房间里光线昏暗，只点着几根蜡烛，但不足以引起夜间巡逻者的注意。

"你的名字？"魔术师问。

"亚瑟·柯南·道尔。"

他听到椅子发出嘀嗒声。

"你是哪里人？"

"苏格兰的爱丁堡。"

这样的问题持续了几分钟。亚瑟有几个兄弟姐妹？来巴斯克维尔学院之前在哪里上学？都是些无关紧要的问题，亚瑟发现自己开始放松下来。

"现在开始自由提问。"魔术师说，"有什么问题要问这位新人吗？"

片刻的沉默。然后夜莺的声音响了起来："你在伦敦有亲戚吗？"

亚瑟犹豫了一下。多么奇怪的问题。"有。"他回答，"我父亲的家人住在那里。"

"你经常见到他们吗？"

"不是。"

"写信吗?"

"不写。"

亚瑟不喜欢这一连串问题的导向。

"为什么?"夜莺向前探着身子问。

"我……"亚瑟说,然后声音变得很小,"我认为他们跟我父亲之间有分歧。"

"继续说,亚瑟。"魔术师催促道,"你可以说得更具体一些,行吗?"

亚瑟觉得自己脸红了,一半是因为尴尬,一半是因为愤怒。似乎三叶草已经知道他父亲的事了。但那不可能呀……是不是?

"我父亲陷入了——陷入了困境,"他说,"他在财务方面遇到了困难。"

"因为他是一个酒鬼?"魔术师轻声问。

他身后的几个蒙面人发出窃笑。

亚瑟直起身子,使劲想要挣脱手腕上的扣带:"他不是一个——"

"小心,亚瑟。如果你对我们撒谎,测试就失败了。"

亚瑟深深地吸了一口气。他在这里，在这个房间里，是为了要做他父亲没有做到的事——养活他的家人。如果是这样，那么意味着他必须告诉他们真相……那么好吧，没问题。

"他不能控制自己喝酒。"他最后说，"这是一种精神疾病。没有药物或其他方法可以治疗。至少目前还没有。但总有一天……"

"你有暴力倾向吗？"

这个问题来自围观者中的另一个人。亚瑟有些意外，但可以不再谈论关于父亲的话题，他松了口气。

"如果你指的是昨晚发生的事，"亚瑟说，"我并没有对塞巴斯蒂安动手。但我想如果有机会，我会揍他的。他对我的一个朋友出言不逊。"

"你有寻衅滋事的历史吗？"传来阿菲亚的声音。她坐在夜莺的左边。

亚瑟想起了在家里时跟别人打架的事。"有。"他说，"但只是为了保护其他人。"

"忠诚是我们最看重的一种美德。"魔术师说，此刻他的语气近乎鼓励了。亚瑟在椅子上向后挪了一英寸。"说来遗憾,我们注意到有一位新会员正在欺骗我们。"

"塞巴斯蒂安?"亚瑟问。

"不,不是他。"

亚瑟的眉头皱了起来:"吉米?"

"也不是他。"

"艾琳?"

亚瑟很想笑,但房间里的其他人都没有笑。事实上谁也没有说话。

"艾琳会隐瞒什么对这些人来说很重要的事呢?"

但就在他说出这句话时,答案已浮现在他脑海——那封信。

"你们有什么理由相信她父母其实不是歌剧演员呢?"

亚瑟的脑子飞快地转动着,他这才想起了从门缝底下塞进来的那封信,想起了他发现艾琳父母还给谁写过信。他心里很清楚,旅居巴黎的美国歌剧演员没有理由给陆军部写信。这意味着他们可能是……什么?政府的秘密特工?间谍?

显然,三叶草有理由相信艾琳的父母不只是歌剧演员,而且艾琳也清楚父母的秘密。他们怎么会知道这么多？如果亚瑟证实了他们的想法，他们会怎么做？找艾琳对质？如果他们做得更过分，他们的校外关系网以某种方式危及了美国的安全怎么办？

说出自己的秘密是一回事，出卖朋友，泄露她的秘密就是另一回事了。但如果亚瑟不说实话，假装什么都不知道，就无法通过测试。除非……

除非他能骗过这台测谎仪。他从华生医生的课上了解到，他胳膊上的扣带会监测他的血压，胸口的扣带会监测他的心跳。

精神控制物质。

这是那天华生医生摸着亚瑟的脉搏时说的，他推断出亚瑟在撒谎，对于他和吉米、艾琳需要寻找学校地图的原因没说实话。这台机器只是比华生的手法更复杂一些。

"我们在等着呢，道尔。"魔术师说。

"我在……我在拼命地想。"亚瑟拖延着时间。

他闭上眼睛。他想象着和姐妹们一起躺在床上，给她们讲故事。这就是他现在要做的。不是说谎，而是另外讲一个故事。他天生会讲故事。这很容易。

亚瑟睁开眼睛时，感到平静多了。他直视着坐在前面的男孩，脑海中看到的却是卡罗琳和玛丽。他深吸一口气，然后非常缓慢地把它呼出。

"艾琳的父母在巴黎。"他说，"但他们很快就会去维也纳，开始一场新的演出。艾琳自己不是歌剧演员，但我没有理由认为她父母不是。"

他强迫自己又慢慢地深吸一口气。"可以了吗？"他问。

男孩做了个手势，另外两名三叶草成员站了起来。他们走到亚瑟后面，检查他身后的什么东西。其中一个抬起目光，使劲点了点头。

"好样的，道尔。"魔术师说，"你通过了我们的第二项测试。但是……也许不是你想的那样。"

扣带被解开，亚瑟舒了口气，放松下来问道："什么意思？"

"你在美国的事上说谎了。"

亚瑟的心猛地一跳，暗自庆幸机器不再监视着他："我——你刚才说我通过了。"

"你通过了。机器没有识破你的谎言。我之前说了，这次考验的不是忠诚度。这次考验的是荣誉感。你如实回答了关于自己的所有问题。但是当涉及你的朋友——也是一位新会员——的时候，你找到了一种办法控制自己，保护她的隐私。你表现出了极大的荣誉感。恭喜。"

亚瑟说不出话来。他感到脑子发晕。

"关于你的第三次，也是最后一项测试，你需要在两星期后的午夜到三叶草之家报到，必须带上一件礼物。如果我们认为它有价值，你就会成为我们的会员。"

"一件……礼物？"

"一件很有价值的物品。证明你的忠诚。"

"可是……"

亚瑟刚想说自己没有什么值钱的东西，但忍住了。

"别担心。"魔术师说，似乎看穿了亚瑟的心思。当然啦，哪怕是三叶草成员也不具备这种读心术，尽管他们似乎懂得很多。"我们不要你自己的东西。我们要别的。你必须付出很大努力才能得到的东西。"

亚瑟几乎无法抑制他的惊愕："你是说去偷？"

旁观的几个人在座位上动了动，或交换了一下眼色。

"当然不是。"魔术师严厉地说，"我们不是一群街头混混。没有必要去偷。我们只要求你去借一样东西。

你今晚已经证明自己是值得信任的,现在必须证明你也信任我们。我们需要知道你能服从我们的命令,哪怕你不理解。你愿意试一试吗?"

亚瑟嘴里发干,但勉强点了点头。

"很好。那件物品越是珍贵稀有,我们对你的重视程度就越高。然后你就可以把东西放回你找到它的地方,不会对你造成任何损害。现在我的同事会带你出去。接下来把莫兰带进来。"

一个人影走上前,紧紧抓住亚瑟的胳膊,领着他走出房间。他只来得及惊诧地看了其他人一眼,就匆匆离开了大厅。一眨眼间,他已经独自站在黑夜中。刺骨的寒冷使亚瑟恢复了理智,他独自赶回塔楼时内心感到很不安。

三叶草知道了他知道艾琳父母写信给陆军部的事。也就是说,他们知道亚瑟收到并阅读了艾琳的信。他们知道这件事只有一种可能:他们自己把信拦截下来送给了亚瑟。

这事做得不光彩,但确实是考验亚瑟荣誉感的一个好办法。不然的话,三叶草怎么能保证他将来会保守他们的秘密——包括艾琳的秘密呢?

"借"东西这事也不太光彩,但是他想,只要事后能还回去,就不会造成什么影响。三叶草给亚瑟的生活带来的好处肯定会超过他一时的内心不安吧?毕竟,他思忖着,军官有时也会下达士兵不喜欢的命令。士兵只看到自己参加的战斗,而将军看到的是战争的全局。亚瑟拼命让自己相信,三叶草是值得信赖的,他可以跟随它去战斗。

第三十章

艾琳表明立场

"你通过了吗?"

吉米等不及亚瑟爬进他们房间的窗户就开口问道。亚瑟不需要问吉米这个问题。吉米脸上挂着灿烂的笑容,即使在昏暗的光线里,亚瑟也能看到他面颊上兴奋的红晕。

亚瑟点点头,回应吉米的微笑。

"我就知道你会通过!"吉米的笑容更灿烂了,"其实我当时挺意外的。这不是一项很难的测试,对吗?"

"他们问你什么了?"

吉米犹豫了:"实际上……他们向我打听你的事。关于你的家庭,特别是你父亲。"

亚瑟胃里一阵翻腾。

"别担心。"吉米说,"我什么也没有告诉他们。这才是最重要的,对吧?"

但是三叶草已经知道亚瑟的家庭,知道他父亲酗酒。他们肯定在面试他之前就知道了,就像他们知道艾琳那封信的隐情一样。

"你骗过机器了吗?"亚瑟问。

"好像是的。但是我说了,我认为那并不难。我……我只需要假装成我不常有的样子——在我父亲身边时的样子,我想那已经有点像第二天性了。"

亚瑟同情地看着这位朋友。显然,并不是只有他拥有一个难对付的父亲。突然,窗外传来沙沙声,他吓了一跳:"你听到了吗?"

亚瑟走到窗前往下看去,只见艾琳正顺着常春藤爬上来。真快啊,他想,伸出一只手扶她翻过窗户。他惊讶地发现她的手在颤抖。

"艾琳?你没事吧?"

艾琳轻轻跳到地板上,拂去裙子上散落的常春藤。

"我?我很好。"

"发生了什么事?"吉米问。

艾琳不安地瞥了吉米一眼:"是这样的……嗯……他们想让我把你的事都告诉他们。"

所以,亚瑟被问到艾琳的家庭情况,吉米被问到亚瑟的家庭情况,艾琳被问到吉米的家庭情况。

吉米脸上的笑容消失了:"但是你对我的家庭一无所知呀。"

艾琳的表情很纠结。"事实上,"她说,"我是知道的。今天早上我在信报箱里发现了一篇文章,是一年前伦敦一家报纸的一篇报道,其实只有短短几行。报道说,在一名关键证人失踪后,詹姆斯·莫里亚蒂爵士被判欺诈罪名不成立。"

吉米的表情变得阴郁。"他是无辜的。"他语气强硬地说,"我父亲不是罪犯。"

艾琳端详了他好一会儿。"当然不是。"她最后说道,"他们刚开始问我问题,我就知道一定是他们把那篇报道放进我的信报箱的。在第一项挑战中吓唬我们倒没什么,但挖掘我们的家庭隐私来控制我们就另当别论了。我不想参与他们的小游戏。所以我叫他们解开我的绑带,让我离开。"

"你是说……你没通过测试?"吉米目瞪口呆地问。

"肯定没有。"艾琳回道,"我拒绝了加入他们小团体的邀请。"

"小团体?"吉米问,"艾琳,他们是这个国家最有权势的一帮人。可能还是全世界最有权势的!"

艾琳抬起下巴,她的下巴在微微颤抖。亚瑟有一种感觉,艾琳很清楚自己拒绝的是什么,但她做出这个选择并不容易。

"嗯,也许这就是问题所在。"艾琳说,"权力不应该只属于秘密幽会的一小群人。"

亚瑟感觉艾琳的话有道理,但是必须有人充实议会和唐宁街办公室。必须有人出版报纸,填补重点大学的空缺。如果三叶草愿意帮助一个像他这样的苏格兰穷苦男孩成为那些人中的一员……难道不是一件好事吗?

她和吉米互相瞪着对方,谁也不肯让步。

"所以,他们向我们每个人打听其他人的情况。"亚瑟想要打破这紧张的气氛,"这实际上很机智,也有一点歹毒。他们想让我们互相对抗。如果做不到,他们就知道我们会永远保护彼此的秘密以及他们的秘密。"

"我那封信一定是他们送给你的。"艾琳说,"他们有没有向你打听我父母巴黎演出被取消的事?"

"说实在的……"亚瑟嘟囔着,"我有件事要告诉你。"

他解释了他在艾琳信中发现的细节,以及三叶草似乎怀疑艾琳父母在为陆军部工作。

他说话时,艾琳专注地看着他。他说完后,艾琳迟疑了一下,然后大笑起来。

"怎么?"吉米问,"什么事这么好笑?"

"三叶草并不像他们自己以为的那么聪明,"她说,"我父母会收到很多粉丝的来信,他们也尽可能地回复。现任战争部长是一位忠实的歌剧迷。我父母在伦敦演出《卡门》时他每场必看。每隔几个月就给他们写信,请他们回伦敦去演出。"

亚瑟一时说不出话来。"那……就说得通了。"他最后说。

"比他们是陆军部秘密间谍更能说得通!"艾琳附和道,"那真是太离谱了!"

亚瑟不禁注意到艾琳很快就转移了话题。她的解释当然有道理，但她没有直视他的眼睛，这让亚瑟产生了怀疑。奇怪的行为又出现了。他想在这个话题上追问艾琳，但决定暂时先放一放。

"可是……三叶草怎么会知道你父亲的事，亚瑟？"艾琳接着说，"你告诉过我们之外的其他人吗？"

"我考虑过这个问题，"吉米说，"我敢打赌，那天早上亚瑟跟我们介绍他家人的情况时，肯定有人在跟踪我们。"

"没错。"艾琳说，"亚瑟当时就觉得有人在监视我们，但后来我们看见了迪迪，就没有深究。不知道他们向塞巴斯蒂安打听了谁？"

"如果塞巴斯蒂安通过了测试，那打听的就不是我。"亚瑟说，"他肯定非常乐意把我的秘密告诉所有的人。"

"即使没有三叶草多管闲事，塞巴斯蒂安对我的家庭也了如指掌。"吉米说，"他们打听的可能是我的情况。"

艾琳摇了摇头："不知道他们接下来为你们准备了什么。"

"实际上……"亚瑟开始说。

他把第三次也是最后一次测试的内容告诉了艾琳，

艾琳难以置信地坐在了他床上。

"但你们不可能做这种事的，"她说，看看亚瑟，又看看吉米，"对吗？你们不会去偷东西吧？"

吉米耸了耸肩："我没有多少选择。如果我没有被录取，我父亲可能会把我送到澳大利亚的某个学校，让我参军，然后让我娶一个有牙龈病的单身老富婆。他认为三叶草是我唯一的出路。否则我就一无是处。"

艾琳把犀利的目光转向亚瑟："你呢？"

"这不是偷，"亚瑟说，"这是借。我们会把拿走的东西还回去。这只是一次对忠诚度的考验。"

"不会对任何人造成伤害。"吉米补充道。

"除非你们被抓住。"艾琳指出。

"我必须为我的家人着想，"亚瑟说出心里的想法，"必须考虑怎样对他们最好。"

"嗯，肯定不会是因盗窃被开除。"艾琳争辩。

这个观点很精辟。

"但如果亚瑟加入了，就能——"

亚瑟举起一只手。他开始感到头疼，他突然非常想吹灭蜡烛，独自一个人静一静。

那天夜里，亚瑟躺在床上久久不能入睡，脑子里反复回想着晚上发生的事情。当艾琳意识到三叶草在窥探他们所有的家庭隐私时，就拒绝再配合他们。也许她真的被他们的诡计激怒了。但这是她离开三叶草的真正原因吗？是不是还有别的理由呢？

那么他呢？保护家人的最好方法是什么？是和吉米一起留在三叶草，还是像艾琳一样离开？

答案会出现的，亚瑟告诉自己，每次都不例外。

第三十一章

有答案了

答案来自玛丽。

到了下一个星期,玛丽的信就在亚瑟的信报箱里等着了。能有一封信勾起他的思乡之情,他感到非常欣慰。他把信紧紧地抱在胸前,匆匆走进餐厅去看。

然而信里的内容并没有给他带来什么安慰。

亲爱的亚瑟:

你好。你怎么样?我很好。妈妈说你坐的是飞船。你能把它开回来接我吗?我想和你一起生活,我保证我会非常安静,爱干净,不把你的东西扔到窗外,也不把你的书撕下来吃掉。妈妈叫我说一切都好,不要写爸爸整天躺在床上，小康斯坦斯整夜哭闹。真是太烦人了。现在我得去帮忙做晚饭了。

请尽快来接我。

你最喜欢的妹妹
玛丽

亚瑟读了两遍，努力理解其中的意思。信尾的几个字又粗又模糊，几乎看不清楚，显然是用铅笔头写的。笔迹不太稳定，似乎玛丽写信时冻得全身发抖。

爸爸整天躺在床上……

小康斯坦斯整夜哭闹……

爸爸曾经承诺在亚瑟上学时照顾好家人，然而他食言了。亚瑟不能干等着爸爸成为道尔家需要的那个男子汉。这封信提醒他，他必须做到爸爸做不到的事，必须想办法让家人过上更好的生活。最快捷的办法就是加入三叶草。

因此，亚瑟整个周末都在策划行窃。

多么讽刺啊，他想，就在几天前，他还在努力破解一起入室盗窃未遂案，现在自己却成了窃贼。

唯一的问题是他想不出可以偷窃什么东西。他大部分时间坐在图书馆里噼啪作响的炉火前，对着火苗紧锁眉头，脑子里想着各种选择。那件稀有而珍贵、足以打动三叶草，并且可以让亚瑟神不知鬼不觉拿走的东西，到底是什么呢？他想起了哈丽特声称维多利亚女王用过的那个枕套。偷偷溜进哈丽特的房间，拿走枕套倒是很容易。可是，拿着一个女王可能用过，也可能没用过的枕套出现在三叶草总部，这个想法并不很吸引人。而且，他讨厌去偷同班同学的东西。

他想到可以从华生医生的那些架子上拿走一个玻璃罐装的标本。但那些东西可能并没有什么价值，更多的是诡异，而且他一想到会被华生医生抓住就受不了，华生医生对他一直很好，他的"精神控制物质"的教诲曾帮助过他两次——第一次是阻止福仔攻击格洛弗，第二次是战胜测谎仪。温室和生态场里倒是有数不清的稀有植物和动物，但他不知道怎么藏匿和照顾它们。

有时候，吉米和艾琳一起陪亚瑟坐在图书馆里，吉米坐在亚瑟旁边的扶手椅上，艾琳摊开四肢躺在地板上，把脚趾靠近炉火取暖。吉米时而读书，时而唰唰地写下自己的想法。艾琳已经明确表示不想再跟三叶草扯上什么关系，也不会过问亚瑟和吉米最后一项测试的计划。不过，当亚瑟告诉她为什么自己必须继续努力时，她似乎也接受了他的决定。艾琳似乎对她正在读的那本新小说《小妇人》更感兴趣。

袋袋和格雷教授在一起，比以前更忙了，只在吃饭时才匆匆从实验室出来一下。而且，她并不是唯一一个关心格雷的人。

星期六下午，一声叫喊打断了亚瑟的思绪。他从扶手椅上跳起来，想弄清是怎么回事，却发现格洛弗在旁边的图书区里，手里攥着一本破书。

"格洛弗！怎么了？"

格洛弗做了个手势，让亚瑟跟着他走到桌子旁，他一直在那里收集格雷教授的研究资料。"看！看我发现了什么！"他捧起那本破书，好像捧起了一个圣杯。

"什么？"

"伊丽莎白·格雷的研究日记！"格洛弗激动地说，"她是现在这位格雷教授的祖母。这日记里有丰富的资料，可以供我写讣告。有了这么重要的私人物品，我甚至可以接触到她的灵魂。想象一下，如果我能当面向她打听格雷教授的事该多好啊。现在这能成为一篇人人都想读的讣告了。"

"听起来太棒了，格洛弗，"亚瑟说，努力为朋友调动起一点热情，"祝你采访顺利。"

星期天晚上，餐厅里充满了欢声笑语，朋友们都在互相讲述周末的有趣经历。有些人参加了哈德森太太在客厅举办的国际象棋赛，有些人在泥泞的庭院里跟斯通教授打板球，或者和准将一起骑马到树林里散步。

亚瑟没有心情娱乐。他感到很孤独，因为承载着一种无形的负担，在人群中显得格格不入。于是，他往口袋里塞了几个炊事大娘做的面包卷和一些奶酪，向图书馆走去。孤独的时候，他宁愿一个人待着。

走廊里几乎空无一人。只有那一对奇葩的精神圈学生从他身边经过，他们像往常一样穿着白衣服，正从楼梯上走下来。一看到亚瑟，他们就停止了低声交谈。弯腰驼背的高个子托马斯用一对肿泡眼瞪着亚瑟，好像亚瑟在偷听他们说话似的。奥利的脸涨得比平时更红，怒气冲冲地与亚瑟擦肩而过。

也许那些谣言是真的，这两个人真有某种神秘的力量，但亚瑟认为他和吉米、艾琳总有一天会超过他们。

亚瑟来到图书馆的时候，这里几乎空无一人。唯一打断他思绪的是昂德希尔先生的呼噜声。

亚瑟也因为好几天没睡好觉而疲惫不堪，温暖的火光使他进入了一种恍惚的状态。他放松地坐在扶手椅上，由着思绪缓缓地流淌，这感觉真好啊。他让自己闭上眼睛，就闭一小会儿。

等他再次睁开眼睛时，图书馆里已经一片漆黑，面前壁炉里的火已经熄灭，只剩下一些余烬，空气冷飕飕的。

亚瑟猛地跳起来。他一定是睡着了。时间有多晚了？他必须在被人抓到前回到自己的房间。

他一步两级地走下楼梯，到了图书馆的主楼层就撒腿奔跑。可是刚进入大厅，他就差点撞上另一个经过的人。亚瑟刹住脚步，注意到那人一手提着灯笼，一手拿着一件笨重的大东西。斗篷在那人的腿边飘动。

他上次看见披斗篷的黑影在庄园大厅里鬼鬼祟祟走动，是他一路冲进格雷教授办公室的时候。

"你！"亚瑟叫道。

那个人影猛地转过身。

"是谁?"一个声音说。是女人的声音。

然后她把灯笼举到自己脸前,亚瑟看清楚了。

是瓦伦西亚·费尔南德斯。

第三十二章

进入落地钟

"您——您在这里做什么?"亚瑟结结巴巴地说。

费尔南德斯博士哼了一声:"我觉得这个问题应该由我来问。"

听她说话的语气,不像是一个当场被抓的罪犯。而且她根本没穿斗篷,穿的是一条厚厚的长裙。

"我有点想明天一大早就去找艾迪——就是你们的查林杰校长——告诉他,他的一个学生整夜在走廊里跑来跑去,跟尊贵的客人搭讪。"

"拜托您不要这么做!"亚瑟说,"我在图书馆里睡着了,醒来时天已经黑了,这只是一场意外。"

费尔南德斯博士严厉的表情变得柔和了。"放松点,孩子。"她说,"我生气只是因为你吓了我一跳。我不会告诉艾迪的。我不介意一个小孩子不守规矩。我这辈子都在努力把规矩撕成两半。不过,既然你在这里,不妨做点有用的事吧。"

亚瑟松了口气:"没问题。您要我做什么都行。"

博士把灯笼递给他。

"我要把最后一批文物搬回我的实验室。你知道,它们非常易碎。所以我才等到周围没人的时候。我可不愿意被卷入一些愚蠢的恶作剧,冒着把它们摔坏的风险。当然,我没有想到这时候还会有学生在大厅里出没。但你在这里也许是一件好事。虽然我很有智慧,但忘记了我需要一只手来提灯笼。"

她挪动一个木箱,用双臂把它抱在怀里,亚瑟顺从地高高举起灯笼:"往哪边走?"

"上楼。"她看了亚瑟一眼,接着又看了一眼,"对了……我认识你。你就是那个在我的宴会上想打架的男孩。"

"是的,女士。"亚瑟承认道,这时他们开始往楼上走,"我很抱歉。"

"为什么呢?为了一个女孩?"

"不是。"亚瑟赶紧说,"嗯,不是您想的那样。我想打的那个男孩是一个霸凌者。那种自以为高人一等的人。"

"那是最讨厌的一种人。"费尔南德斯博士回答,"真遗憾,你没有好好教训他一顿。但是别担心。霸凌者最终都会得到应得的惩罚。"

亚瑟露出一丝腼腆的微笑。

"您喜欢环游世界吗?"他问。

"非常喜欢。在大海上,每天都是一次新的冒险。我想,踏上一段旅程,不知道目的地是什么样,是很带劲的一件事。"

"我希望有一天能登上一艘船。"亚瑟说,"我还从来没有坐过船呢。"

走到楼梯顶上,费尔南德斯博士领头沿着东翼的走廊往前走。快到走廊尽头时,她对着右边一扇门点点头。亚瑟打开门,跟着她走了进去。

房间里空荡荡的,只有两张长桌子。桌上放着一排骨头、板条箱和银色的器皿。费尔南德斯博士把箱子放在其他箱子中间,她俯下身,掏出一个罐子。

"你好，我的小美人。"她说，把罐子举起来细看。

亚瑟注视着她，感到自己的心跳加快了。是那个装着恐龙蛋的罐子。

他突然有了主意。一个疯狂的、不可能实现的主意。

这颗蛋是世间独有的。作为送给三叶草的礼物，还有什么比这更有价值呢？

可是，怎么才能在费尔南德斯博士不知道的情况下把蛋拿走呢？他能在博士离开后再返回来做这件事吗？但博士肯定会把门锁上的。而且她一定会注意到蛋不见了。当她发现后，她的怀疑就会落在亚瑟身上。

除非……

亚瑟把手伸进口袋。口袋里还有一个晚餐桌上的面包卷，这个面包卷与恐龙蛋惊人地相似。

博士甚至都不会知道蛋不见了。

"那就走吧，"费尔南德斯博士说，转身向门口走去，"你该上床睡觉了。"

在桌子的一角，亚瑟发现一把沉甸甸的黄铜钥匙。

他还没来得及阻止自己，就伸手拿过钥匙，塞进了口袋。

"哎呀。我忘记拿钥匙了。"博士说,回头看了看桌子。亚瑟呆立在那里,以为博士肯定会意识到是他几秒前拿走的。但博士拍拍口袋,懊恼地呼了口气。

"也许掉在什么地方了。"她喃喃地说,"我得回我的房间去拿备用钥匙。你不拿灯笼可以返回前厅吗?我认为从后门出去是最快的。"

"哦,好的。"亚瑟回答,嗓音显得太响亮、太肯定了,"我没问题。"

费尔南德斯博士扬起一边眉毛:"那好吧。谢谢你的帮助。"

亚瑟勉强点了点头,转身离开。他走到走廊尽头,在那里等待着,除了血液在血管里奔涌的轰鸣声,他侧耳捕捉着其他声音。

当他确信费尔南德斯博士已经离开,便蹑手蹑脚地返回实验室,打开没上锁的门,溜了进去。月光像银色的丝带一样从窗户抛洒进来,照亮了装着蛋的罐子。亚瑟凑了过去。

他真的要这么做吗?偷这么一件无价之宝?

是借。他纠正自己。

他不知道自己是否相信命运，但如果真有这样的东西，那肯定是命运把他引向这里。引向这个完美的机会。

　　他从口袋里摸出面包卷，弯下腰把它和蛋放在一起仔细比对。看上去几乎一模一样。

　　费尔南德斯博士很快就会回来，没有时间犹豫了。

　　亚瑟拧开罐子的盖，把一只手伸进去，小心地握住了那颗蛋。几秒钟不到，他就把它换成了面包卷。

　　他做到了。现在已经没有退路了。

　　他只希望赶紧逃脱，不被抓住。

　　他把钥匙放在一个秤盘的阴影里，费尔南德斯博士肯定会以为她刚才没看到，然后亚瑟大步走出去，关上了门。他沿着走廊往回走，把那颗蛋抱在胸前，确保它掉不下来。他感到胃里很难受。

　　第一次听到地板嘎吱作响时，他告诉自己肯定是幻觉。然而声音又出现了，这次更响。

　　有人上楼来了。

　　他惊慌失措，转向左边的门，锁着。他冲回走廊，挨个试着每扇门。终于，一扇门开了，他跌跌撞撞地走进去，关上了门。

如果有人进来找他,他绝不能手里拿着蛋被抓住,那样肯定会被开除的!他焦急地扫视着这个狭小的房间。这是一间办公室,但即使在昏暗的光线下,他也看出已经有一段时间没人来过了。桌面上蒙了一层灰。在一个墙角隐约可见一座落地钟,亚瑟从没见过这么大的钟。它几乎一直顶到天花板,宽度差不多是同类钟表的两倍。

完美。

许多这样的落地钟都有玻璃门,透过玻璃门可以看到巨大的钟摆在计秒数。但这个钟是实木的,不过肯定也有一扇门。亚瑟摸了摸它隆起的部分,手指落在一个小插销上。他推了推,钟的前面就打开了。他尽可能小心翼翼地把蛋放在隔层的架子上,然后把门关上。门关上时发出了清脆的"咔嗒"声。

突然间,没来由地,大钟开始呼呼作响。

亚瑟从来没有听过一个钟发出这样的声音。令他惊愕的是,声音越来越响,越来越高亢。他焦急地想把插销再打开,却怎么也打不开。

接着,更可怕的事情发生了。办公室的门把手开始咯咯响。门开了,与此同时一道绿光从钟的隔层射了出来。

亚瑟吓得一哆嗦,等着看站在门外的是谁,然而那里并没有人。

然后他往下看。

"托比!"他低声说。

狼抬头用月亮般的眼睛盯着他。它的耳朵贴在脑后,发出一声低沉的咆哮。

大钟又射出一道亮光,紧接着是一声巨响,"砰"!

托比一跃而起,发出一声惊叫,飞快地沿着走廊跑走了。

片刻之后,大钟安静下来。

亚瑟让自己稳住心神。他很幸运,托比被吓跑了,但他知道狼会直接去找它的女主人。他几乎来不及把蛋取回来再逃走了。

他又试了一下插销,钟门一下子就开了。一股臭烘烘的烟雾喷了出来。亚瑟挥着双手把它驱散,拼命忍住咳嗽。然而,他还没来得及伸手去拿蛋,就听见有人从走廊上过来了。这次毫无疑问是人的脚步声。

他拿起那颗蛋——看到它完好无损,不由得松了口气——然后自己挤进大钟的肚子里,把门虚掩上。

只过了一秒钟,他就听到有人走进了房间。

透过钟门的缝隙,他看到一盏摇曳的灯,后面跟着两个人影。他们在门口停了下来。

"声音肯定是从这个房间传出来的。"一个女孩说。亚瑟立刻听出来,是夜莺的声音。"这里的气味也很奇怪。"

"看看桌子底下。"第二个声音命令道。是魔术师。

夜莺听从了命令,一阵窸窸窣窣的脚步声传来。

"这里什么也没有。但我们肯定就是在这里听到声音的。"

"也许吧。但机器绝对不可能藏在这间办公室。"

亚瑟简直不敢相信自己的耳朵。三叶草在找一台机器?他首先想到的是测谎仪,但这说不通呀。他们显然知道去哪里找测谎仪。那么他们到底在找什么机器呢?

亚瑟又听到一个声音,轻轻的敲击声。他把耳朵凑近门缝。敲击声又响了起来。

他突然惊恐地意识到,这声音来自钟的内部。

难道有东西和他一起藏在这里?

他强迫自己待着不动,希望那两个闯入者不要听到。

"该找的地方我们都找遍了。"夜莺说,"现在所有的教授都提高了警惕,情况变得更加危险。顺便说一句,这都是你做的好事。"

啪、啪。

"我知道。但我们必须发送信息。只是运气不好,偏偏那个古怪的女孩和格雷一起在办公室里,后来道尔又昏头昏脑地闯了进来。"

"好吧,但愿我们的掩护工作到位,不会让任何人找到线索。"夜莺说。

"你的主意很好,"魔术师回答,"假装从前门闯入。但是你说得对。我们的搜寻全都一无所获,而且我们不想冒不必要的风险。也许现在应该采取——更有力的措施了。"

啪、啪、啪。

夜莺叹了口气:"我就担心你会这么说。你真的认为值得吗?"

"找到那台机器是骑士布置的首要任务。如果让我选择的话,我宁愿得罪查林杰,也不愿惹骑士生气。"

啪!

亚瑟的整个身体都绷紧了,似乎变成了石头。

"什么声音?"夜莺问。

"也许有人来了,"魔术师说,"我们走吧。"

又是一阵窸窸窣窣的脚步声,然后办公室的门关上了。接下来……一片寂静。

亚瑟如释重负,放松下来。他从钟里爬出来。他刚才听到了什么?

听刚才的意思,好像三叶草在密谋从查林杰校长眼皮底下偷走一台重要的机器——不惜一切代价。

但亚瑟现在还顾不上琢磨这事,他必须赶紧带着蛋返回塔楼,以免夜长梦多。

然而,当他把蛋举到月光下仔细观察时,却发现它已经发生了一些变化。就在片刻之前,蛋还是好好的,而此刻亚瑟细看时,竟看见上面有一条大裂缝。他的心往下一沉。

他该怎么办?

他懊丧地盯着那颗蛋,就在这时,一件不可思议的事发生了。

啪!啪啪!

亚瑟的心狂跳起来。这声音不是从钟里传出来的!

这声音是从这颗蛋里传出来的。

果然,就在他注视的当儿,那条缝越来越大,并分裂成许多条缝。这该不会是……

亚瑟惊愕得喘不过气来,他又往前凑了一些,这时蛋里的什么东西发出了一声呜咽。

亚瑟不敢相信自己看到的一幕。

蛋没有破。

它是孵化了。

第三十三章

婴儿找到妈妈

"你来了!"亚瑟从窗户爬进房间时,艾琳喊道。

吉米、艾琳和袋袋围着一根蜡烛坐在地板上。他们一看到亚瑟就纷纷站了起来。

"你们都在这里做什么?"亚瑟问。他没料到会有这么多人,这可不是什么好兆头。

"我们正在考虑要不要去找你,"吉米说,"晚饭后你一直没回来,我很担心,所以就上楼去问艾琳有没有见过你。"

"你病了吗?"艾琳问,"你看起来好像吃了变质的对虾。"

亚瑟不知道该怎么回答。"我在图书馆睡着了。"他说。

"没别的了?"袋袋显得很失望,"我还以为会有一些惊心动魄的事呢。"

就在这时,亚瑟的外套里传出一声呜咽。

"咦,那是什么?"艾琳问。

亚瑟把一只颤抖的手伸进外套:"你许愿的时候要当心,袋袋。"

他掏出一只黏糊糊的灰色小动物,放在桌上。

有一分钟时间,谁也没有说话。他们都站在那里,盯着那个蓝色的长嘴巴,皱巴巴的脑袋,狭长的眼睛,还有一对逐渐收窄、长着利爪的弹性翅膀。

"这是……是蝙蝠吗?"艾琳最后问道。

"看起来不太像我见过的蝙蝠。"吉米回答。

"更像是一条小龙。"袋袋说,"求你了,亚瑟,就说是一条龙吧!"

"我认为……我认为是一只恐龙。"亚瑟说。

吉米迷惑地看了他一眼:"亚瑟……恐龙很久很久以前就灭绝了。我们房间里怎么会有一只恐龙呢?"

亚瑟咽了口唾沫。他必须为自己做出解释,也许这是最好的选择。如果他想摆脱困境,凭他自己是办不到的。

"我在图书馆醒来后,遇到了瓦伦西亚·费尔南德斯。"他说,"她让我帮忙把一些东西搬到她的实验室。其中就有她的恐龙蛋。我——嗯——有点犯迷糊了,就把蛋放在了我觉得安全的地方,实际上是藏在一个钟的里面。可是我关上钟门的时候,突然响起那种声音,还有光开始一闪一闪,还喷出奇怪的烟雾。烟雾散去后,我打开门,看到了那颗蛋正在孵化。"

"你犯了迷糊?"艾琳不解地问,"碰巧就把蛋放在了一个钟里?"她显然知道亚瑟在撒谎,亚瑟也相信她知道原因。

"我们把关注点集中在要紧的事情上吧。"吉米赶紧说道。

"也就是说,我们该怎么处理这只小恐龙呢?"

亚瑟呻吟了一声。

"我要被开除了,"他说,"我肯定会被开除的。"

小动物发出唧唧的叫声,听起来有点像打嗝。它笨拙地朝几个围观者跳了两下,抬头看着亚瑟。

艾琳往后一缩:"它危险吗?"

"只是一只幼崽。"袋袋说。她小心翼翼地伸出一只手。说时迟那时快，小动物用它的长嘴巴迅速出击，差点咬到她的手指。

吉米摇了摇头："好吧，毕竟小恐龙也是恐龙。"

小动物一直盯着亚瑟。它张开一对小翅膀，又跳了一跳，从桌子上飞了起来。当它在房间里盘旋时，每个人都慌忙向后躲闪。吉米冲到窗口，在恐龙飞出去之前把窗户关上了。但恐龙似乎没有要飞走的意思。相反，它拍打着翅膀落在了亚瑟的肩头。亚瑟怔住了。他能感觉到小家伙把呼吸喷在他脖子上，小鼻子戳着他的耳垂。

亚瑟鼓起勇气。他想，如果必须失去身体的一部分，失去耳垂并不是最可怕的。

但他并没有感觉到被咬的剧痛，而是被温柔触碰。恐龙在用鼻子蹭他。它收起翅膀，安定下来，心满意足地叹了口气。

"哦，天哪。"袋袋说。

亚瑟瞥了她一眼，但不敢转头，生怕吓着恐龙："什么？哦，天哪，什么？"

"我知道它在做什么。"袋袋回答，"我们在农场经常看到这种情况。"

　　"看见什么,袋袋?"

　　"你身上有烙印。它以为……它以为你是它的妈妈!"

第三十四章

咸鱼

亚瑟不记得自己经历过比这更奇怪、更不安稳的夜晚。整个晚上，小恐龙都睡在他的臂弯里，时不时像小猪一样抽抽鼻子。

与此同时，亚瑟像木板一样僵硬地躺在那里，想弄明白这天晚上到底发生了什么事情。亚瑟向艾琳和袋袋道过晚安之后，没有力气再把他无意中听到魔术师和夜莺说话的事告诉吉米。他知道第二天反正要给艾琳讲这个故事，这样一来，他就有时间细细琢磨他偷听到的内容了。

亚瑟怎么也搞不懂，一个钟怎么会把一颗古老的蛋变成一只活生生的恐龙，但另外一些事情却开始变得清晰起来。三叶草是亚瑟进校前那起入室盗窃的幕后推手，洗劫格雷教授办公室的也是他们。

这太有道理了，亚瑟感到很惭愧，之前竟然没有把这些事联系在一起。两次入室盗窃都没有拿走什么，原因是三叶草一直在寻找某个特别的东西：一台机器。在第一起盗窃案中，他们是从前门闯入，是为了让这起案件看起来像是外人干的。毕竟，学生们完全可以光明正大地进入大厅，为什么还要破门闯入呢？阿菲亚甚至还在《号角报》上写了篇文章支持这个观点，说这起案件是由心怀不满的村民犯下的。

还有……那个落地钟肯定就是三叶草寻找的东西。更确切地说，是钟里面的机器。

亚瑟觉得好像刚刚进入不安稳的睡眠，杰拉德准将的起床号就把他惊醒了。小恐龙盯着亚瑟，眼睛睁得大大的，一眨不眨。它看到亚瑟醒来了，高兴地轻轻拍打着翅膀，活像一只狗在摇尾巴。

吉米在自己的床上呻吟了一声："我还希望这一切都是一场梦呢。"

"真倒霉。"亚瑟嘟囔道。

亚瑟穿衣服时,恐龙不肯和他分开。不管他走到哪里,它都会跳过来或飞过来,而当吉米走近时,它就会发出一声抗议的尖叫。

到了去吃早饭的时候,亚瑟做了他在几个妹妹年幼时经常做的事情:他把小恐龙塞到床上,用被子盖得严严实实。

"你要把它留在这里?"吉米问。

"如果恐龙宝宝和人类宝宝有相似之处,那么它一天大部分时间都会在睡觉。"亚瑟说着,快步向门口走去,小家伙挣扎着想钻出被窝,"我会过来查看——"

亚瑟走出房间关上门的那一刻,喊叫声变成了刺耳的尖叫。

"咔咔咔咔咔——啊啊啊啊啊——啊啊啊——啊啊啊——哇啊啊啊——啊啊——啊啊啊!"

接着什么东西撞到门上,把两个男孩吓了一跳。

砰!

"啊啊啊啊——"

砰!

"啊啊啊——啊啊啊——"

小家伙正在拼命地往门上撞。

亚瑟刚把门打开,恐龙就径直扑向亚瑟的面门,用锋利的爪子抓住他的鼻子,同时用翅膀盖住他的脸,这动作只能用爱的拥抱来形容。

亚瑟依次扯下恐龙的两个翅膀,它呜呜咽咽,然后爬上来钻进了亚瑟的头发里。

亚瑟绝望地看了吉米一眼,吉米难以置信地摇着头。

"我该怎么办?"

"我想你只能带它一起走了。"吉米说。

"早上好,亚瑟。"另一个人说。

他们转过身,看见后面站着一个男孩。

"你知道吗,"格洛弗说,"你脑袋上好像粘着一只翼手龙?"

吉米让格洛弗发誓保密,格洛弗表现得异常平静("我一直怀疑死亡不是我们每个人的最后终结,怎么会感到惊讶呢?"他问),然后吉米到楼梯口等袋袋和艾琳下来,把她们带进房间。

"哦,太好了!"袋袋说,"格洛弗也来了。我本来还打算吃早餐时把我们这位小朋友的事告诉他呢。"

"恐龙的事是个秘密。"艾琳责备道。

"袋袋,亚瑟需要,嗯,需要一个口袋。"吉米解释道,"缝在他的外套里面,不让人看到。你可以现在缝一个吗?"

她当然可以。

五个人赶去吃早餐时,勉强吃到了剩下的一点咸鱼和烤面包。闻到食物的香味,翼手龙开始在亚瑟的胸口蠕动。亚瑟把一小片咸鱼塞到外套下面,感觉咸鱼立刻就消失了。他一口接一口地喂小恐龙,直到它发出一记响亮的打嗝声——引来桌子那头几个人不满的目光——然后就安静了下来。

"你打算怎么处理……那个家伙?"艾琳探身问道。

"我们应该给这个恐龙妹妹起个名字。"袋袋说,"这样议论它的时候,别人就不知道我们在说什么了。"

"你凭什么认为它是母的?"吉米问。

"我是在农场长大的,"袋袋说,"你还想听吗?"

吉米脸红了,移开了目光。

"叫它咸鱼怎么样?"艾琳提议道,"因为它好像很爱吃咸鱼。"

"我喜欢这名字。"亚瑟说,"艾琳,回答一下你刚才的问题,我不知道自己该怎么办。我不能把这事告诉老师,因为他们只会问这只,呃,咸鱼是从哪儿来的。"

艾琳用餐巾擦了擦嘴。"我们还需要弄清这件事是怎么发生的。"她说,"我的意思是,咸鱼怎么会出现呢,在变成化石不知多少年之后?"

"我当时躲藏——我是说——我把蛋放进去的那个钟,可不是普通的钟。"亚瑟说,"它里面好像还有一种机器。但我不知道它是怎么运转的。"

"这我可以帮你。"袋袋说。

大家满怀期待地转向她。

"嗯,不是现在。"她说,"但如果你带我去看看,我也许能搞清楚。"

一台机器,可以让古老的东西又变得年轻……甚至可以在一个古老的蛋中重新点燃生命的火花……这太反常了。

不管谁拥有它,都将拥有极其强大的力量。

亚瑟暗想,三叶草打算用这种力量做什么?

第三十五章

咸鱼死里逃生

他们想出了一个计划。

在下午的自习时间,亚瑟带袋袋去他发现那个钟的办公室,其他人在外面站岗。

但他们先要把课上完。华生医生的课很简单,因为他又叫学生们自己阅读《格莱解剖学》,而他在讲台上写东西。后来,罗兰开始给周围同学看吓人的器官草图,华生医生才抬起头,把他赶出了教室。

格雷教授的课上到一半,咸鱼开始在亚瑟胸口动来动去。它张开嘴,一口咬住亚瑟的皮肤,惊得他从座位上跳了起来。

"怎么了,道尔?"格雷问,朝亚瑟扬起了眉毛。

"我——我想去洗手间——特别急。"

"不需要告诉我们细节，"她说，"你可以去——"

她犹豫了一下，犀利的目光突然掠过亚瑟的外套翻领。然后她眨了眨眼睛，摇摇头。"我真不能再在早餐时喝那么多咖啡了，"她喃喃自语，"咖啡代替不了睡眠。你去吧，道尔。"

亚瑟从教室里逃了出来，没有理会追着他进入走廊的哄笑声。咸鱼一定是从他外套领口探出了头。谢天谢地，格雷教授似乎不相信自己的眼睛。

"我们运气不错，咸鱼。"亚瑟一走进卫生间就低声说道，"但是从现在开始，我们跟其他人在一起时，你必须乖乖地待着不动。"

听了这话，小恐龙从口袋里钻出来，用一双充满疑问的大眼睛盯着他。

"我知道。"亚瑟说，语气变得温和了，"你也不愿意这样，是不是？"

他轻轻拍了一下恐龙的头。它虽然身上布满了鳞片，但还蛮可爱的。

作为回应，咸鱼舔了舔亚瑟的手，又轻轻咬了一下他的手指。

"别担心。午餐时间快到了。"

亚瑟一边喂咸鱼吃肝肉粒,一边把前一天晚上他听到的事情告诉艾琳和吉米。听着听着,吉米的眼睛越睁越大,艾琳的眼睛却越眯越小。亚瑟把一切都告诉了他们:他相信三叶草是入室盗窃的幕后主使;他们在寻找一种似乎能够赋予生命的机器;为了得到它,他们似乎愿意不惜一切代价。

艾琳摇了摇头。她的嘴唇扭成了一个结。她瞥了一眼格洛弗,他正在整理他的墓碑拓片,袋袋又去找格雷教授了。

"我就知道,"她说,"我就知道那个组织不好。但谁是他们的头目呢?这个所谓的'绿骑士'又是谁?"

"一个特别想得到那台机器的人。"亚瑟回答。

"但我们不知道他为什么想得到它。"吉米说,"艾琳是在做最坏的假设。万一骑士想得到它是为了保护它,不让别人拿走呢?因为有人会滥用它?或者想医治生病的人?"

"我也在考虑这个。"亚瑟说,"毕竟,我们在图书馆听到三叶草的几个头目说话时,他们确实是说想找到机器,保证它的安全。"

艾琳张开嘴似乎想继续争论,但只是摇摇头,没有说话。

就在这时,哈德森太太拍了拍手,吸引一年级新生的注意,宣布下午要上第一节马术课,亚瑟这才松了口气。

亚瑟不希望格雷教授课上的那一幕重演,就包了一些肝肉粒,想着万一咸鱼在洛林教授的课上醒过来,可以安抚它。但是,他们在温室里待了一个小时,又在马场上了半节课,小恐龙一直都没有动弹。

"你们每个人轮流在场地里骑马,我想观察一下你们的技术水平。"他们到达时,杰拉德准将解释道。

吉米扶着亚瑟跨上马鞍时,亚瑟既担忧又兴奋。他一直想学骑马,但从来没骑过。

"放下脚跟,道尔!"亚瑟骑着栗色母马米妮走进场地时,准将命令道,"抬起下巴!胳膊肘放在身体两侧!现在,小跑。小跑,听见没有!"

亚瑟夹紧膝盖,像其他骑手一样嘴里发出咯咯声,但米妮一直缩在场地边缘,步伐缓慢。

"你下命令时要干脆果断！看着！"

准将拍了一下母马的屁股，母马突然加速，亚瑟在马鞍上被颠了起来。

亚瑟知道自己的姿态远不如艾琳和吉米那么优雅，但他享受着风吹在脸上的感觉。他一边在马背上左右颠簸，一边咧嘴大笑。这么多天来，他第一次感到轻松和自由。

"天哪，苏格兰人是这样骑马的？"后面传来一个油滑的声音，"真是不寻常。"

塞巴斯蒂安骑马跟在亚瑟后面，因为跟得太紧了，他的马鼻子贴到了亚瑟的马尾巴。亚瑟感觉到身下的米妮紧张地竖起了耳朵。

"你靠得太近了，"亚瑟厉声说，"退后，不然你会害得我们俩都摔下马的。"

"我从六岁起，就没有从马上摔下来过。"塞巴斯蒂安回答，"既然你这么担心，为什么不加快步伐呢？我奶奶骑得都比你快。"

亚瑟没有多少选择，他轻轻踢了一下母马。可是，母马加快步伐时，塞巴斯蒂安的马也跑得更快了。米妮越来越烦躁不安,它低下头,喷着鼻息。

亚瑟在马鞍上转过身:"听着,你为什么不——"

可是他话没说完,塞巴斯蒂安就惊愕地睁大了眼睛。但他的马眼睛睁得更大,接着用后腿站立起来,发出一声恐惧的大叫。塞巴斯蒂安的脚直接从马镫里滑了出来,他仰面摔倒在泥泞里,他的马一跃而起,向着大门疾驰,似乎打算破门而出。

亚瑟让米妮停下脚步,心里还在纳闷刚才到底是怎么回事,却突然听到一种不像是马的呜咽声。他低头一看,突然明白了三件事。

第一,咸鱼已经从暗藏的口袋里钻了出来,正用饥饿的眼睛盯着他。

第二,它的出现吓坏了塞巴斯蒂安的马。

第三,塞巴斯蒂安的眼睛在他的马直立起来之前就睁大了,他看见了咸鱼。

第三十六章

不同寻常的大钟

"你不能确定他看到了。"他们拖着沉重的脚步返回庄园时,艾琳说道。

"就算他看见了,"袋袋说,"我也认为他不会马上就想到是翼手龙。他可能以为你在口袋里养了一只宠物蜥蜴,或者其他稀松平常的东西。"

塞巴斯蒂安摔下马后,杰拉德准将牵着他的马,带着一瘸一拐的塞巴斯蒂安离开场地,去找华生医生。

"但如果他看见了……如果他告诉了……"

"你肯定会被开除的,"格洛弗拖腔拖调地说,"说不定还要受到刑事起诉。"

吉米跟亚瑟一起往前走:"不会的。如果塞巴斯蒂安真的认出咸鱼是一只恐龙,并且决定告发你,他肯定早就那么做了。他不会让你有机会把咸鱼藏起来,让自己显得像个胡言乱语的疯子。"

这话似乎很有道理,亚瑟努力从中得到一些安慰。

"吉米说得对。"艾琳说,"可是……我不知道你还能把咸鱼藏多久。我们必须想出一个计划。"

"先做要紧的事情吧。"袋袋说,她搓着双手,眼睛里闪着光,"还有一个大钟等着我们去检查呢。"

艾琳和吉米分别站在走廊两头,格洛弗直接守在亚瑟看见钟的那间办公室外面。如果艾琳或吉米看见有人来,就给格洛弗发信号,格洛弗就敲敲门,提醒亚瑟和袋袋。

亚瑟没想到开门时就遇到了第一个麻烦——门把手转不动。

"门锁上了。"他说。

"昨晚是锁着的吗?"袋袋问。

亚瑟摇了摇头:"肯定是后来有人来过。"

"嗯,没关系。"

袋袋开始打开裙子上的各种口袋,在里面找来找去,终于找到了她要找的东西。"开锁工具！"她说，举起一套各式各样的电线和钩子。

亚瑟从来没有像现在这样感激袋袋的古灵精怪。袋袋拨弄了一会儿门锁，就把它给鼓捣开了。"你先请。"她说着咧嘴一笑，鞠了一躬。

她进屋后轻轻把门关上，然后低声吹了一记口哨。

她盯着那只巨大的钟。此刻是白天，亚瑟发现它非常令人震撼，不仅仅是因为高大。栗木上有金色的条纹，四面雕刻着华丽的图案，钟面的指针一动不动，时间仿佛在这个满是灰尘的小房间里凝固了。

亚瑟突然想起钟表俱乐部里放着几百只形状和大小各异的钟表，但墙上有一个很大的缺口。肯定是有人把这个钟从那里搬到了这间办公室。但为什么选择这里？

机器绝对不可能藏在这间办公室。他记得魔术师小声嘟囔。

袋袋打开钟的面板，吃惊地倒吸了一口气。

"看到了吗？"她指着钟侧壁上的一个隔层说，那里放着一个像是香料架的东西。但那二十几个小罐子不是玻璃的，而是某种金属的，每个罐子都有一根电线连接到一个铜支架上。

"这是一块铅酸电池,"袋袋解释说,"所有这些小罐子都储存着电荷。它们应该连接着上面的什么东西。"

她指着铜支架的顶部,那显然是用来固定某个东西的。"那就是导体要连接的地方。一根铜棒,或者银棒。从电池中充电。"

袋袋顺着一根烧焦的木头看向第二个隔层,它在钟的后壁上。隔层里有一块锯齿状的灰色岩石,有亚瑟的拳头那么大,裂成几块。亚瑟走上前捡起一块。

"哇。"他喘着气说,"看看这个。"

岩石内部是一个闪闪发光的迷宫,由金色、紫色和绿色组成。袋袋拿起另一半来仔细研究。

"很漂亮,是不是?我真希望知道这是什么。"她皱起了眉头,"不过,艾哈迈德可能知道!关于岩石的一切他都懂。"

她把那块石头塞进胸前的一个口袋里:"似乎电流通过这块岩石,然后流向另一侧的钟壁。"

她指着木头上烧焦的痕迹,这根木头连接着第二个隔层和第三个隔层,第三个隔层里散落着某种东西的碎片，亚瑟起初以为是玻璃。他伸手拿起一块较大的碎片，动作很小心，生怕划伤手指。

"看起来好像是某种碎水晶。"袋袋说，"似乎是通过的电流太强大了，击碎了第一块岩石，然后又击碎了水晶。"

"所以……这意味着什么呢？"亚瑟问，"它是怎么运作的？"

袋袋揉着太阳穴，陷入了沉思。"我不明白是怎么回事，"她说，"但这绝对是某种电路。甚至可能产生一个电磁场。"

亚瑟眨了眨眼睛："什么？"

"就是电流产生了磁力。"袋袋说，"我认为这就是这个钟的内部构造。至少是在它打开的时候。岩石和水晶……它们肯定对电流产生了某种作用。这种作用能够……能够……"

"让咸鱼重获生命？"亚瑟替她把话说完。

袋袋睁大眼睛盯着他，点了点头。"我不知道具体是怎么做到的，但就是这样。我们需要多了解一些岩石和水晶的知识。"她环顾四周，第一次看清了周围的环境，

"这到底是什么地方?"

"我也一直在纳闷呢。"亚瑟说。

一面墙上挂着一条挂毯,上面画着一个占地面积很大的公园。亚瑟认出了背景中的大本钟,所以这一定是伦敦的某个公园。另一面墙上挂着一把小提琴。房间里还有一张光秃秃的桌子,上面满是划痕,似乎还有几个弹孔。不会吧……弹孔?这肯定是亚瑟昏头昏脑产生的错觉。

袋袋从桌子后面的架子上拿起一件银色的东西。

"开信刀,"她说,"印着首字母S.H.。想起什么没有?"

亚瑟苦苦思索,却想不出这是他认识的哪个人。他摇了摇头。

"喵呜!"他口袋里传来一个睡意蒙眬的叫声。咸鱼在动。

"它饿了。"亚瑟说,"我们最好走吧。如果我们第一个进餐厅吃晚餐,我就可以喂它吃东西不被别人看见了。"

袋袋最后又看了一眼办公室:"至少现在有了一些线索。"然后她把脑袋一歪。

"亚瑟?"

"怎么了?"

"你说你钻到钟里去取蛋,"她说,"可是……蛋在哪儿呢?"

亚瑟吃惊地盯着她:"什么意思?"

"喏,你昨晚把咸鱼带回了房间。但是你没有带着蛋。准确地说是蛋壳。"

亚瑟觉得自己的心停跳了一拍,然后又怦怦地狂跳。他怎么会这么粗心呢?当时震惊之下,他只顾着匆忙逃走,不让人发现……压根儿没想到蛋壳的事。

"我一定是把它落在了这里,"他说,"后来被人拿走了。"

一定是三叶草。前一天夜里,魔术师和夜莺一定又回来仔细检查了房间,找到了那台机器,然后锁上房门,确保机器的安全,等想到对策之后再来处理。

他们会怎么看待钟的秘密隔间里的破蛋壳呢?他们会意识到那是什么吗?会意识到机器对它做了什么吗?如果答案是肯定的,那么他们就会知道巴斯克维尔学院的某个地方有一只小恐龙。

现在塞巴斯蒂安已经知道恐龙在哪里了。

第三十七章

夜间访客

亚瑟怀疑这一夜他又要辗转反侧、睡不踏实了。他的烦恼足够他一个月难以入眠,但是疲惫感压倒了他,紧接着他被一声尖叫惊醒。

半梦半醒之间,他以为那一定是杰拉德准将的起床号。可是他睁开一只眼睛,却发现房间里仍是一片漆黑。而且那声音不像是号角发出来的。它是——

"咸鱼!"亚瑟叫道,一下子从床上跳了起来。

借着透过常春藤照进来的斑驳月光,他依稀看到有一个人站在门边。那人似乎正在拼命挣扎。

"吉米?是你吗?"

"什么事?"吉米在床上困意蒙眬地回答。

亚瑟掀开被子。咸鱼不在他旁边的枕头上。他能听到小恐龙的牙齿"啪啪"咬着空气。有人想要带走它!

"放开它!"他咆哮着冲向那个身影。他挥起两个拳头,然而没等他靠近出击,就听到一声倒吸气,然后是一声嘟囔。咸鱼在空中盘旋着飞过来,撞在他额头上,随即折起颤抖的翅膀,紧紧地捂住了他的眼睛。

"咸鱼,不——起开——"

他还没来得及把咸鱼的翅膀从脸上扯下来,就听到门"砰"的一声关上。偷袭者逃走了。

"我去追他!"吉米说着,从亚瑟身边蹿过。

亚瑟把咸鱼从自己头上剥离,用一只胳膊夹住它,立刻跑出去追吉米。他的朋友站在他们的楼梯平台上,摇着头。塔楼里一片寂静。

"不管是谁,现在已经不见了。"吉米说。

"哦,我知道是谁,"亚瑟吼道,"是一个知道咸鱼的人。是一个从一开始就跟我过不去的人。"他朝楼梯走去。

吉米一把抓住亚瑟睡衣的领子:"等等。你要去哪儿?"

"那一定是塞巴斯蒂安!他这次做得太过分了。"

"不，亚瑟。"吉米低声说，把亚瑟拉到楼梯平台上，"我们需要仔细考虑一下这件事。咸鱼没事吧？"

"没事，"亚瑟承认，"但对方是因为被它咬了才放开它的。"

"对。所以我们不要鲁莽行事。我们还不能确定那是不是他呢。"

"就是他。我知道。"

"好吧，我们想办法来证明这点。这样吧，如果他想去找老师告状，我们就可以用这件事来对付他。他掌握了你的把柄，我们也需要有一些把柄来控制他。"

亚瑟心跳稳定下来后，由着吉米把他送回了房间。他锁上了房门，然而细想起来，他睡觉前也是把门给锁上了的。他想起了今天的那一幕：袋袋不费吹灰之力就撬开了办公室的锁。为了保险起见，他把自己的椅子从房间那头搬过来，抵在门把手下面。

尽管如此，他还是睡不着。他坐在那里凝望着窗外，一边抚摸着咸鱼柔软得出奇的后背。每隔一段时间，咸鱼就轻轻地叹口气，咂咂牙床，然后更紧地依偎在他胸口。亚瑟很惊讶，这小家伙竟然有这么强烈的情感。显然，产生依恋之情的并不只有咸鱼——他自己也动了真感情。他绝不能——永远不会——让塞巴斯蒂安碰到咸鱼。

没过多久,黎明的微光就从窗口透了进来。又过了半小时,第一缕阳光照进了常春藤构成的帷幕。亚瑟回头打量房间时,看到在晨光照亮的地板上有一串歪歪扭扭的靴印。

"吉米!"亚瑟叫道。反正再过几分钟,准将的起床号就会把他唤醒了。

"吉米,你看。"

吉米在亮光中眯起眼睛:"什么?又怎么了?"

亚瑟指着那串泥泞的靴印,它们从门口走到他的床边再走回去。"脚印。"他说。

吉米只是眨了眨眼睛,亚瑟继续说下去:"你看不见吗?是那个偷袭者的脚印。我们只需要把它们跟塞巴斯蒂安的脚印对比一下!"

"很好,"吉米哑着嗓子说,"我就知道你有办法。"

然后他翻了个身,又睡着了。

第三十八章

贝克勋爵的画像

那天早晨吃早饭的时候,亚瑟已经去过格洛弗的房间,借来了他拓墓碑的工具,然后用木炭把偷袭者留在他们房间里最清晰的脚印拓了下来。他本来希望能顺着这串脚印一直追到塞巴斯蒂安的房间,但楼梯上布满了其他人灰扑扑的脚印。

他不知道怎样才能弄到塞巴斯蒂安一只靴子的拓印,但他相信肯定会有办法的。亚瑟和吉米到了庄园后,亚瑟匆匆走进去,渴望能看一眼正在吃早饭的塞巴斯蒂安。他隐约希望那个男孩的一只手上缠着绷带,掩盖被咬的伤口。

可是他穿过大门走向餐厅之前,看到了自己的信报箱，里面有一封小小的信在等着他。他挤过拥挤的人群，把信掏了出来，急切地想看到妈妈熟悉的笔迹。

亚瑟把信翻过来，惊讶地眨了眨眼睛。信不是妈妈写来的，也不是家里的其他人写来的，甚至不是通过邮局寄来的。上面只写着"亚瑟·道尔先生"。

道尔先生：

今天早上请到我办公室来吃早餐。在东翼的尽头，二楼。

顺致诚意。

华生医生

"这是什么？"吉米从亚瑟身后看着，问道。

亚瑟皱起了眉头："是华生医生的短信。他想跟我见面。"

"上面是这么写的吗？我不知道你是怎么看出来的。他字写得真难看。"

吉米说得没错。华生的笔迹细细的，直上直下，在纸上显得很乱。

"医生不都是这样吗？"亚瑟回答。但这个小笑话并没有缓解他的紧张情绪。

"你觉得他想干什么？"吉米问。

"我也希望能知道呢。难道他发现了咸鱼的事？"

"如果是这样，我不相信他还会邀请你去吃早餐，"吉米说，"也许他想让你做他的助理什么的……就像袋袋和格雷教授。"

"也许吧，"亚瑟说，听到这个说法，他心情愉快了一些，"我想我还是去吧。你能给咸鱼偷点吃的吗？我快断货了。"

吉米点点头，走进了餐厅，亚瑟顺着东翼的走廊往前走。那里除了他空无一人。大家都在吃早饭。他拐了个弯，用餐者的喧闹声渐渐远去，只剩下亚瑟沉重的脚步声和怦怦的心跳声。咸鱼一动不动地睡在它的暗袋里。亚瑟拍了拍裤子口袋，确保自己还有前一天晚上剩下的一点鸡肉，万一咸鱼醒来可以喂给它。如果有必要，他就假装躲进大厅打喷嚏，偷偷给小家伙塞上一两口，让它重新安静下来。

亚瑟经过格雷教授空荡荡的教室，然后是华生医生的教室。他从来没去过华生医生的办公室，唯一一次到学校这侧这么远的地方，是费尔南德斯博士举办宴会的那天晚上，当时他走后面的楼梯去找了袋袋。

咔啦啦。

亚瑟猛地抬起头。声音是从头顶上传来的。

他抬起眼，看见一个神色严厉的丑男人正低头盯着他。

他们曾经对峙过一次……

亚瑟脑海中闪过一个画面。《巴斯克维尔号角报》办公室后面的布告牌，上面贴着一些旧剪报，标着"悬案"的字样。

咔啦啦。

"哦——哦。"亚瑟说，他明白过来了。

他赶紧闪到一边，与此同时，贝克勋爵的画像从墙上急速落下。它没有砸在亚瑟头上，而是掉在地上，发出"砰"的一声巨响。

亚瑟怔怔地盯着画像，半晌缓不过神来，它差点砸到了第三个人。

亚瑟喘着粗气站起来，把裤子抹平。然后他往口袋里瞥了一眼，看咸鱼是否安然无恙。咸鱼抬起头，半睁开一只眼睛望着他，气呼呼地哼了一声，转过头去，又睡着了。

亚瑟的心怦怦直跳，当他把刚才发生的事情联系在一起时，感到脑子里的齿轮转得更快了。

"是谁？"他喊道。

贝克勋爵的画像——那幅差点砸死两个人的画像——差点砸在了他身上，这绝对不是巧合。而且这起"事故"就发生在有人想要绑架咸鱼的几个小时之后。在巴斯克维尔学院的这些日子，亚瑟可能已经有了几个仇人，但他不相信贝克勋爵的画像是其中之一。

走廊里仍然空无一人。餐厅里人声鼎沸，餐具叮叮当当响成一片，没有人听到刚才的撞击声。

亚瑟小心翼翼地看着落在地上的画像，检查它的后面，并没有什么异常之处。他慢慢地转了个圈，仔细观察地板、天花板和周围的墙壁。除了挂画像的石膏墙上有个小洞，并没有什么不寻常的地方。

他弯下腰，敲了敲墙板。前两块墙板感觉很牢固，但第三块听起来好像是空心的。亚瑟跪下来，仔细打量墙板周围的框架。他用手指抚摸一侧墙框时，感觉到有微微隆起，像是一个很小的把手。如果你不往那里看，是根本不可能发现的。他拉了一下。

墙板打开了。

亚瑟惊讶地盯着一个洞口，它刚好能容纳一个成年人爬进去。三级布满尘土的台阶，通向一个只有几英尺宽、几英尺长的小房间。

他突然想起了那个神父洞，当初他和艾琳、吉米在图书馆的学校旧地图上看到过。没错，它一直就在这幅画像后面。

亚瑟把头伸进洞口，忍住咳嗽。空气非常潮湿，弥漫着一股新挖掘的坟墓的气味。显然刚才有人就躲在这个小房间里。他们很容易就能用一根细棍子捅进墙上的洞，把画像推出去落下。

"我知道你在里面！"他说。

当眼睛适应黑暗后，亚瑟发现房间里空无一人。对面的角落里还有一扇门。他捡起一块鹅卵石，从洞口扔了进去。鹅卵石弹跳了五次才停下来，每次弹跳的声音越来越远。肯定有一条走廊通向另一个出口。

亚瑟的第一反应是跟过去。说不定能抓住刚才躲在这里的人。可是他没有灯，门口漆黑一片。他知道那个偷袭者可能会把他困在里面。

亚瑟又最后扫了一眼神父洞，确定里面没有人，然后退回到大厅里，合上了身后的墙板。肯定得有人把画像重新挂起来，或者找一个大垃圾桶把它扔进去——那就更好了。

他继续跑完剩下的路，来到华生医生的办公室。他赶到时，医生正坐在一张整洁的桌子后面，埋头钻研面前的一堆文件。亚瑟敲了敲门，华生医生抬起头，示意他进去。

"亚瑟，我的孩子。"他说，"什么风把你吹来了？"

"我收到你的短信了。"亚瑟回答，"信上说想要见我。"

亚瑟说话时，注意到华生医生脸上困惑的表情，也注意到他并没有准备好早餐或茶点。因此，华生医生还没有开口，亚瑟就知道他的下一句话是什么了。

"但是，亚瑟，"这位和蔼可亲的医生说，"我没有给你写过什么短信。"

第三十九章

咨询华生医生

"我弄错了,先生。"亚瑟说。

"看来有人在捉弄你。"华生医生说,"不过我认为并不是很有趣。"

亚瑟想起刚才差点砸到他的那幅画像:"确实很无聊。很抱歉打扰了你的工作。"

那封短信肯定是有人故意写的,好把他单独引到走廊里,然后他们坐在那间黑黢黢的房间里,等待时机。有人想要残害——甚至杀死——他,为了……为了什么呢?把咸鱼据为己有?但它也可能被砸死呀!

华生医生低头看了看自己写的东西。笔迹还没有干,亮晶晶地闪着光。亚瑟无意间瞥了一眼,就看清了医生的笔迹——字迹整洁、纤细——跟他收到的短信上的笔迹截然不同。"哦，这个？是给一位老朋友的信，他给了我很好的建议。"

华生医生仔细地把信放到一边，示意亚瑟坐在桌子对面的椅子上。"不过，你来了我很高兴。"他说，"我一直想跟你联系。看看你在这里过得怎么样。"

"哦？"亚瑟坐在座位上，想要掩饰自己的惊讶，"为什么呢，先生？"

华生从桌子对面会意地看了一眼："这样的地方……对你这样的孩子来说并不容易。来自贫寒家庭的孩子，希望你不介意我这么说。"

亚瑟感到脸颊泛起了红晕，但他没有理会，身子坐得更直了："既然是事实，我为什么要介意呢？我并不为我的家庭感到羞耻。"

"你也不应该感到羞耻。"华生回答，"看看他们培养了一个多么聪明优秀的男孩。"

亚瑟的思乡之情袭上心头，一时说不出话来。如果能和姐妹们在火炉旁坐上一小时，或者在厨房里陪妈妈喝一杯茶，该是多么美好啊！

"我很好，先生。"亚瑟遮遮掩掩地说，但脑海中想的都是小恐龙和即将到来的厄运，"真的，你不用为我担心。"

华生点了点头："听你这么说我很高兴。现在，如果你还想在我上课前吃点东西，就赶紧回餐厅去吧。"

亚瑟走到门口，却又停住了脚步。他的手本能地伸向裤子口袋。他在里面摸到了那张伪造的短信，还有一件别的东西。小小的，很锋利——是他从大钟里拿出来的水晶碎片。

他突然想起是华生医生指点他和吉米、艾琳到图书馆的地图区去的，他们在那里找到一张学校地图，上面标出了神父洞和三叶草之家的位置。

那天他们还发现了另一张地图。

亚瑟凭着一种直觉转过身："华生医生？"

正在继续写信的华生抬起头："什么事？"

"我想问一下……我和艾琳、吉米在图书馆查地图的时候，发现一张地图上显示了学校下面有一个类似矿井的地方。"

一时间，华生似乎愣住了。然后他眨眨眼睛，清了清嗓子。"真是一个很奇特的发现。"他说,"我只知道,早在这里变成一所学校之前,曾经有过建矿的计划。没想到那些图纸竟然还在。"

"所以这个矿井不存在?"

"是的。据我所知,那里好像有一个地下洞穴,但就在开始施工时,洞口坍塌了,把洞穴封得死死的。人们认为再次把它打开太危险,费用也太高。"

亚瑟点了点头:"那本来会是一个什么样的矿井呢?"

华生皱起了眉头。"有传言说,在洞穴中发现了一种具有强大治疗作用的稀有水晶。"他说,"当然,这些都是无稽之谈。你为什么要问?"

"只是好奇。"亚瑟说,尽量让声音保持平稳,同时把口袋里的水晶抓得更紧了。

"你确实有很强的好奇心。"华生若有所思地说。

亚瑟点点头,正要进入走廊,华生的声音突然在他身后叫道。

"亚瑟。"他说。

亚瑟转过身。华生似乎在仔细打量他。"什么事,先生?"

"你是一个机灵的小伙子,所以,如果我告诉你这所学校最近发生了一些奇怪的事情,我想你不会感到惊讶。那些事情令人不安。"

"是的,先生。"亚瑟说,"袋袋和格雷教授遭到袭击的时候我在场。"

华生医生点点头。"即使在最太平的时候,巴斯克维尔学院也是一个危险的地方。"他说,"这地方充满了秘密。你最好多加小心,免得误打误撞发现了什么不该发现的秘密。"

第四十章

闪电再次来袭

亚瑟刚坐下来吃早餐,托比就像往常一样嗥叫一声,宣告早餐时间结束了。

课上,亚瑟不敢把刚才发生的事告诉几个朋友,特别是当着华生医生的面。

他一有机会就偷偷瞥一眼塞巴斯蒂安,想从他脸上捕捉到愧疚的神情。但塞巴斯蒂安整个上午都显得情绪低落,他揉着右膝,站起来时龇牙咧嘴。华生医生宣布下课后,塞巴斯蒂安留下来让医生查看他的伤腿。过了一会儿,他才一瘸一拐地走进格雷教授的教室,对亚瑟怒目而视,亚瑟也狠狠地瞪着他。塞巴斯蒂安做了那么多坏事,从马上摔下来扭伤膝盖是对他最起码的惩罚。

格雷教授的课上到一半时，一道闪电划过，远处传来隆隆的雷声。老妇人平常就神经过敏，此时她从座位上跳起来，似乎在期待着什么，然后推开一扇窗户，大声叫同学们爬出去。

亚瑟和其他人都被弄糊涂了，后来他听到格雷教授大喊，"袋袋，风筝！"他才想起格雷教授曾经许诺过，等天气合适的时候，他们要再现本杰明·富兰克林的那个著名实验。

袋袋从窗口放出去一些风筝，它们底部有麻绳和丝线，顶部有一根金属丝。每根麻绳上绑着一把钥匙，格雷让同学们把丝线捏在拳头里，保持干燥。

"教授，"艾哈迈德叫道，"这安全吗？"

"本杰明·富兰克林还活着吗？"格雷大声回答。

"不，我认为他已经死了！"艾哈迈德在雨中喊道，此刻大雨已经倾盆而下。

袋袋嚷嚷了一句什么，但她的回答被一阵狂风刮走了。亚瑟手里的风筝也随风而去，他和吉米、艾琳目送着风筝飞向天空，这时闪电再次来袭。

"看！"艾琳喊道，"看这条麻绳！"

她指着那股麻绳，只见它充满电荷，竖立了起来。

亚瑟和艾琳、吉米一起在庭院里跑了半小时，轮流拿着风筝，比赛谁敢碰一下钥匙。每次钥匙都会迸射出一点火花，这真是令人难忘的一刻。

然而过了一会儿，他们被淋成了落汤鸡，浑身发冷，而暴风雨似乎只会变得更黑暗、更猛烈。艾琳指了指庄园，亚瑟和吉米跟在她后面跑。地上满是泥泞，亚瑟差点滑倒，摔个四脚朝天，这时他突然意识到这是个绝好的机会，可以把自己房间里的靴印跟塞巴斯蒂安靴子的脚印做对比。他只需要找到塞巴斯蒂安，跟在他后面，就能把塞巴斯蒂安的泥脚印跟其他人的区分开了。

他眯起眼睛，在大雨中寻找塞巴斯蒂安的身影。接着，一道闪电照亮了庭院的黑暗角落，他清楚地看到一个人影正从树林里向外张望。那人骑在一匹黑马上，披着一件厚厚的绿斗篷，正直勾勾地盯着亚瑟这边。

绿骑士！

雷声震撼着天空，那匹马用后腿直立起来。骑手稳稳地坐在马鞍上，然后使劲儿拉着缰绳，策马返回了森林，一眨眼就不见了。

亚瑟赶紧追上同学们,但他还没来得及把刚才看到的一幕告诉他们,就见塞巴斯蒂安一瘸一拐地走进了庄园。亚瑟立刻冲上前面的台阶。

"亚瑟,你在干什——"他与艾琳擦身而过时,艾琳喊道。

他用肩膀挤过人群,一直追到塞巴斯蒂安的身后。然后,亚瑟不顾经过的同学们的抱怨,双膝跪地,掏出了早上拓的那个靴印。他把纸展开,放在他看到的塞巴斯蒂安留下的新鲜脚印旁边。他的目光在两者之间来回扫视、比较。

两个脚印都不完整,因此不完全匹配。不过,尺寸和花纹还是有相似之处。也许能匹配上。

除了……

亚瑟在房间里看到的左脚印和右脚印没有明显不同。他是确定这点之后才决定用哪个脚印做拓印的。

然而,塞巴斯蒂安新留下的左脚印和右脚印不一样。他左脚的鞋印明显比右脚的鞋印深。

"因为他的腿是瘸的,"亚瑟自言自语地说,心往下一沉,"他不敢把重心落在右脚上。"

这就意味着，尽管塞巴斯蒂安做了很多坏事，但他有一件事是清白的。那天夜里他没有闯入亚瑟的房间。

那么是谁干的呢？

第四十一章

怀疑与银餐具

等艾琳、吉米、袋袋和格洛弗在餐厅坐定后,亚瑟才终于压低声音讲述了早上发生的事情。几个人都听得目瞪口呆,只有格洛弗盯着天花板,好像在想什么更有趣的事。

"所以有人想砸死你,用……一幅画像?"亚瑟讲完后,艾琳问道。

"我知道听起来很荒唐,"亚瑟回答,"但这是真的,我发誓。如果你不相信我,可以自己去看看那个密室。"

"我相信你。"艾琳说,"我只是在想要不要告诉某个人。华生医生或者校长?"

亚瑟摇了摇头:"如果不解释其他事情,我怎么说得清楚肖像的事呢？"

"但如果那个想袭击你或抢走咸鱼的人不是塞巴斯蒂安，"吉米问，"又会是谁呢？"

"我也在考虑这个问题。"亚瑟回答。他想起了森林里的骑手。直觉告诉他，那个人一定是绿骑士，他现在回来不可能是巧合。是三叶草把他召来的吗？因为他们发现了他一直在寻找的机器。

"我认为现在排除贝克勋爵的幽灵为时过早。"格洛弗仿佛洞悉一切似的说，显然他一直在听。

这时，他们的谈话被哈德森太太打断了，她宣布晚上有一场特别招待会。"看幻灯片，"她说，"晚饭后在这里看。因此，你们不用上晚自习了，下课后直接来吃晚饭，这样可以在饭后看节目，还能在合适的时间上床睡觉。"

桌子旁的同学们眉开眼笑，兴奋地小声议论着。亚瑟如果不是心烦意乱，也会很激动。他只看过一次幻灯片，那时他大约六岁，一个操作人员用灯笼和彩图玻璃片把图像投射到幕布上。然而此刻，他只希望能有时间独自想想心事。

唉，看来不可能了。

"别忘了说我的银餐具！"炊事大娘在餐厅后面喊道。

"啊，是的，当然。"哈德森太太说，"炊事大娘认为，可能有人拿走了几件我们精致的银餐具。"

"我不敢相信。但我知道！"

"好吧，如果谁无意中拿走了它们，请在晚饭前送到我的客厅。"

"否则，幻灯片就取消！"炊事大娘喊道。

"幻灯片不会取消，因为已经付过钱了。但如果银餐具在你手里，就把它们还回来，我不会再追究。"

炊事大娘怒气冲冲地离开了。同学们准备去上下午的课。

"是你吗？"他们站起来时，亚瑟低声对吉米说，"是你拿了银餐具吗？"

吉米摇了摇头："我今晚还有别的事要做。"

"今晚？"亚瑟问，"三叶草的下一次会面是在今晚？"

因为发生了别的事情，亚瑟已经把这事完全忘记了。

"是在午夜。所以严格来说，是明天早晨。"

"但我们还是不能去，"亚瑟说，"我之前没能告诉你们，我又看见绿骑士了。就在刚才，在格雷教授的课上。他回来了，吉米。一定是因为三叶草找到了那台机器。"

"嗯，我们就怀疑他们是在找那台机器，"吉米回答，"这么说……现在他们找到了。"

"是的，可是你难道不明白吗？"亚瑟说着不由得提高了嗓门。而后又压低声音说："他们不光发现了机器，还发现了咸鱼的蛋壳。除了塞巴斯蒂安，还有谁知道咸鱼的事呢？就算他不是想要绑架咸鱼的人，他也一定把昨天看到的一切立刻告诉了他们。他们把两件事联系到了一起，现在想要得到咸鱼。他们喜欢'稀有珍贵'的东西，记得吗？"又一块拼图找到了位置，他打了个响指。"阿菲亚知道那幅画像以前掉下来过两次！她是三叶草的人——她可能把这件事告诉过他们，然后他们意识到这是除掉我的好机会。"

吉米听着亚瑟的话，脸色阴沉了下来。

"当然，如果他们真是这一切的幕后推手，我是不会去的。"他压低声音回答，"可是……现在还不知道。我们今晚才能弄清楚到底是怎么回事。"

亚瑟愿意相信吉米是对的。三叶草和绑架咸鱼的事毫无关系。他和吉米仍然可以入会，获得一条通往成功的捷径。他需要为自己的家人走这条路。

接着他想起了魔术师在三叶草之家说的话。

你们谁都无法想象我们所拥有的力量和影响力。

尽管亚瑟心里存着希望，但忍不住觉得艾琳一直都是对的。这么大的权力掌握在少数人手中，确实是一件危险的事。

第四十二章

幻灯片

那天晚上，他们上完准将的课后来到餐厅，一年级新生餐桌尾端的座位已经坐了人，没有地方让他们五个人坐在一起。

"我需要和你谈谈，"亚瑟在索菲娅身边坐下时，袋袋低声说道，"关于钟里面的那块岩石，我发现了一些线索。"

"我也知道那块水晶是从哪儿来的了。"亚瑟回答。吃午饭时他没来得及讲述他和华生医生的对话，"我们看完幻灯片再说吧。"

袋袋点点头，在桌旁坐下，与亚瑟隔着几个座位。

房间前面已经挂起一块幕布，外面的太阳一落山，哈德森太太和斯通教授就在房间里走来走去，把墙上所有的壁灯都关掉了。很快，黑暗笼罩了他们。唯一的光线来自那个白色的幕布，有一盏明亮的聚光灯照在上面。

过了片刻，一艘船出现在了聚光灯里。它在海浪中颠簸了一会儿，然后画面就变了。一名骑手在荒原上策马奔驰，接着是跳舞的人在舞厅里翩翩起舞。

每出现一幅新的画面，都会传来零星的惊叹声和掌声。吉米强忍着哈欠——他以前肯定有机会看过很多这样的节目——亚瑟看着一幅幅画面，感觉自己这一天终于放松下来了。这就像是在翻阅一本书，只是每一页都属于一个不同的故事，而且画面是活动的。他多么希望姐妹们也在啊。他可以想象她们看到闪烁的画面时脸上喜悦和敬畏的表情。

在一幅孩子们从山上滑下来的画面之后，投影幕布上的光圈缩小成了一个光点，一列很小的火车出现了。光圈变大时，火车也随之变大。它似乎越来越近，眼看就要直接穿过幕布，冲进餐厅了。有人发出了惊叫声。

突然，猛烈的碰撞声传来。幕布后面发出一声喊叫，接着是一声巨响，似乎有什么重物掉在了地上。幕布暗了下来,整个房间一片漆黑。

亚瑟一跃而起。又有几个人尖叫起来。他周围传来窸窸窣窣的声音和窃窃私语,人们都站起来想看个仔细,或者抓住坐在身旁的人。

"大家都待在原地。"查林杰校长的声音传来,"没必要恐慌。"亚瑟感到混乱中有人挤到了他身边。

"我很担心……我们的小朋友。"一个女孩用轻快的爱尔兰口音小声说。

"袋袋?"周围太嘈杂了,很难听清她的话。亚瑟想起他们约好演出结束后见面。显然,袋袋忧心忡忡,已经等不及了。

"还能是谁?"那女孩说。

我们的小朋友。亚瑟轻轻拍了拍自己的外套。他能感觉到咸鱼的轮廓,小家伙蜷缩在里面睡着了。

"它很好。在睡觉呢。"

接着又发生了第二次骚动,这次是在他们的桌上。响起一片玻璃杯和盘子打碎的声音。

"有人往这边来了。"袋袋说。她气喘吁吁,语气惊恐,完全不像她平时的样子,"亚瑟——如果他们又想把它抢走呢？"

亚瑟想象着三叶草成员在一片漆黑中包围了他，顿时感到一阵恐慌。

"把它给我吧，"袋袋接着说道，"只要它不在你身上，他们就找不到。我会保护它的安全。"

又是当啷一声。旁边有个人喊了起来。

袋袋说得对。不管亚瑟从斯通教授那里学到了多少拳击技巧，如果在黑暗中被许多人包围，他也没法保证咸鱼的安全。保证它安全的唯一办法就是把它藏起来。而最理想的地方，不就是袋袋无数口袋中的一个吗？

亚瑟把熟睡中的小动物轻轻掏出来，然后感觉到袋袋用双手握住了它。

"我抓住它了，"袋袋说，"别担心。它跟我在一起很安全。"

亚瑟知道她说得对。袋袋既聪明又坚强，肯定会不惜一切代价保护咸鱼。袋袋转身离去，亚瑟听见裙子窸窣作响。他鼓起勇气，等待袭击者朝他发起攻击。

然而，紧接着火柴被划着，摸摸索索的手终于找到灯芯，墙上的几盏壁灯重新亮了起来。

大家都还在座位上,除了哈丽特,她似乎被一杯水泼到身上,正在一张接一张地抓起餐巾纸。并没有人围着亚瑟,也没有贪婪的手等着抢走咸鱼。

而袋袋……袋袋就坐在灭灯前她坐的地方。她怎么这么快就回到座位上了?

"袋袋,"亚瑟叫道,"你一直都在这儿吗?"

袋袋跟艾琳交换了一下眼色:"不然我还能去哪儿?"

亚瑟等着袋袋给他一个狡黠的眨眼或会意的微笑,但袋袋只是一脸疑惑。

似乎有点不对劲。

"大家别担心。"哈德森太太喊道,"幻灯片操作员只是被他的设备绊倒,摔了一跤。"

"才不是呢!"那人愤愤不平地喊道,"我是被推倒的!"

"我高度怀疑我们的学生会做出这种事情……"

"为什么?"炊事大娘激动地说,"他们没准儿偷走了我最好的银餐具!"

"睡觉时间到!"查林杰校长吼道。

椅子和长凳从桌旁被推开,亚瑟一动不动地坐在那里，不敢证实内心已经知晓的事情。

袋袋从已经空了的长凳旁快步走过来，坐在了亚瑟身边："亚瑟，怎么了？"

"咸鱼在你那儿吗？"亚瑟问。

袋袋吃惊地睁大了眼睛。"不在呀，"她说，"我记得在你那儿。"

果然如此。

他中了圈套。咸鱼不见了。

第四十三章

匿名举报

亚瑟还没来得及定下神来说话,就感到一只手搭在了他肩膀上。他转过身,发现查林杰校长站在他后面。

"道尔,我需要你跟我来一趟。"他说。

校长的语气有些奇怪,他的声音跟平常一样沙哑,但还有一些别的东西,一些近乎悲伤的东西。他不愿直视亚瑟的眼睛。

亚瑟努力把一些思绪拼凑起来。咸鱼不见了,被冒充袋袋的人偷走了。现在校长来了,看样子是有坏消息要告诉他。

"什么……什么事?"亚瑟费力地说。他突然感到嗓子发干。

"站起来吧。"查林杰校长说。

亚瑟木然地站了起来。他跟着校长走出餐厅时,感觉到朋友们都惊讶地盯着他。他不断地用手去摸外套,去摸咸鱼应该在的地方。是谁偷走了它?它安全吗?

校长领着亚瑟走上楼梯,穿过走廊,一直没有回头看一眼。亚瑟仍然没有从惊愕中缓过神来,顾不上留意要去哪里。因此,直到他们来到实验室门口,他才意识到身在何处。

瓦伦西亚·费尔南德斯坐在实验室中央,旁边一盏煤气灯照着她。她双手交叉抱在胸前。亚瑟被带进来时,她抬起头,嘴唇在抽搐。

亚瑟一看见她,顿时从迷惘中惊醒了。他倒吸一口凉气。

万一他对塞巴斯蒂安和三叶草的看法一直都是错的呢?

偷走咸鱼的是一个女孩——或者说是女人。有人模仿了袋袋的声音,而且模仿得很像。如果费尔南德斯博士发现亚瑟用面包卷换走了恐龙蛋……如果她去寻找它,发现了钟里破碎的蛋壳……她就会知道某个地方有一只刚孵出的恐龙。她就会希望把它弄回去。

"是你?"她问。

博士皱起眉头,看了一眼查林杰校长,查林杰校长正在窗前踱来踱去。

"如果你是指我识破了你的把戏,"她说,"那么我肯定让你失望了。事实上,我收到了匿名举报。"

亚瑟把眼睛紧紧闭上又睁开:"什么?你在说什么?"

"别装傻了,道尔。"查林杰校长厉声说,"游戏结束了。我们知道你偷了恐龙蛋。"

"有人写信告诉我,"费尔南德斯博士说,"我的恐龙蛋被调包了。想象一下吧,当我意识到这是真的时,心里有多恐惧。同时我也意识到,你是唯一能把它拿走的人。你帮我把恐龙蛋带过来,然后我找不到钥匙。不到半小时,我拿着备用钥匙回来,锁上了房门。只有你一个人知道恐龙蛋在那里,而且知道房门没有锁。"

查林杰已经不再踱步。他带着十分失望的神情盯着亚瑟,亚瑟羞愧极了,恨不得原地消失。"怎么样,孩子?"校长说,"你否认吗?"

亚瑟摇了摇头:"不,先生。可是——"

"它在哪儿?"费尔南德斯博士说,"那个蛋现在在哪儿?"

亚瑟皱起了眉头。如果是博士骗走了咸鱼,她就会知道蛋已经不复存在。她肯定会责备亚瑟对她隐瞒咸鱼的秘密,并问他蛋到底是怎么孵出来的。

"道尔,"查林杰校长说,"一个人只有不愿意改正错误,才会被自己的错误所左右。这是你纠正错误的机会。那个蛋在哪儿?"

亚瑟张了张嘴,但一句话也说不出来。

"你不打算告诉我们吗?"费尔南德斯博士问,每说一个字声音都变得更尖锐。

"我——我说不出来,"亚瑟最后说,"因为——因为它不见了。"

"不见了?"费尔南德斯博士喊道,用拳头砸了一下桌子,"你是想告诉我,你偷了一件无价的艺术品——我这辈子最重要的发现——结果却把它弄丢了?"

他要告诉他们吗?关于那台机器、咸鱼,还有三叶草,关于所有的一切。整个故事就在他嘴边,但如果没有证据支持,他的话听起来会像疯话。

那个钟!

如果他带他们去看钟里那个奇怪的机器,他们也许就会相信他了。

"如果……如果我指给你们看,可能更好懂一些。"亚瑟说。

"指给我们看什么?说清楚些!"费尔南德斯博士厉声问。

"请你们来一下吧,"亚瑟回答,"在大厅那头。"

费尔南德斯博士和查林杰校长交换了一下眼神。查林杰校长叹了口气:"希望是件好事。"

他们像押囚犯一样押着亚瑟穿过走廊。查林杰校长在前,费尔南德斯博士在后。亚瑟在放置大钟的办公室门外停了下来。

"就在里面。"亚瑟说。

"在这里?"查林杰嘟囔道,"看在牛顿苹果的分上,我们需要在这里看到什么?"

他一边说,一边把钥匙插进锁眼,打开了门。

亚瑟往里面一看,脸上顿时血色全无。

在原来挂大钟的地方,是空荡荡的白墙。

钟不见了。他唯一的证据。他唯一的机会。

"钟……"他喃喃地说,"原来就在这儿……"

"是的。"查林杰咆哮道,"贝克勋爵珍贵的落地钟被送到这里,让唯一能修理它的人修理。它可能已经被运送到一个实验室做进一步研究。我相信它是安全的。这个钟到底跟——"

他突然停住话头,走到小房间那头,从地板上抓起了什么东西。"我的铋!"他说,"我早该猜到那也是你偷的。"

"你的——你的什么?"亚瑟结结巴巴地问。

"我警告你不要装傻充愣。"查林杰说,"昨晚有人闯进我的办公室,从我收藏的矿物中偷走了一大块铋。现在我发现你把它砸碎了!"

他伸出手,让亚瑟看他捡到的东西。就是他们在机器里发现的那个裂开的怪石头的碎块。

"我没有闯进你的办公室。"亚瑟反驳道,"那块石头昨晚之前就在这儿了。我是在——"

"这重要吗?"费尔南德斯博士插嘴说,"你已经承认偷了恐龙蛋。你还能给出什么借口——还能编出什么故事——为自己辩护呢?"

亚瑟张开嘴想说话,但意识到没有用。机器不见了,咸鱼不见了,就算他现在告诉他们实情,也只会让自己像一个陷入绝境的骗子。

"你没有什么要为自己辩护的吗?"查林杰说,"你能解释一下我的铋为什么会在这里,或者你把恐龙蛋弄到哪儿去了吗?"

"我很抱歉,"亚瑟哑着嗓子说,"我从没想过要搞破坏。"

查林杰深深地叹了口气。"费尔南德斯博士,"他说,"你可以离开一下吗?"

著名的科学家又狠狠地瞪了亚瑟几眼,然后快步离开了房间。

"必须承认,我感到非常惊讶。"查林杰说。亚瑟从来没听他说话这么温柔,他希望校长像往常一样大吼大叫,"我本来希望——不过没关系,做了就做了。你肯定知道会有什么后果吧?"

亚瑟早就预料到了这点,但他的心还是像铁锚一样沉了下去。他点了点头:"我会被开除。"

"你让我别无选择。"查林杰说,"如果你把蛋还回来,也许我还能让你留下。你真的确定还不回来吗?"

"是的,先生。"亚瑟说,声音跟耳语差不多,"我确定。"

"那就决定了。我会安排交通工具送你回家。"

"什么时候,先生?"

查林杰看着他,亚瑟确信他看到校长的小眼睛里闪过一丝怜悯。"明天,"校长说,"明天一大早。"

第四十四章

格雷老人

查林杰一路陪同亚瑟返回塔楼。此行的目的地相当于是伦敦塔监狱。亚瑟为自己和家人梦想的一切曾经触手可及，现在却化成了泡影。他怎么会把事情搞得这么糟？回去后大家会怎么看他？他不是母亲寄予厚望的那个大有出息的孩子，而是一个已然一败涂地的废物。

他羞愧得脸颊发烫，抬起头，看到托马斯和奥利这对神色忧郁的招魂者正朝他们走来。他们俩都盯着亚瑟，脸上的表情令人难以捉摸。

"胡德，"查林杰吼道，"格里芬，我希望你们是在返回宿舍。"

他们点点头，眼睛仍然盯着亚瑟。当他们的脚步声消失在黑夜中时,亚瑟才松了口气。

"我明天早上来接你,"到达塔楼门口时,查林杰说,"去收拾一下你的东西。在我到来之前,你不能离开自己的房间。"

"好的,先生。"亚瑟喃喃地说。

查林杰胡子抖动了一下,似乎还想说些什么,但他只是喉咙里发出一声低沉的咕噜,就转身消失在了黑暗中。

亚瑟脚步沉重地走上楼,每一步都走得很吃力。

当他终于打开房门时,心里暗暗叫苦。房间里,吉米和艾琳、袋袋和格洛弗围坐成一圈。

"来得正是时候!"袋袋说。

"你真不能再这样动不动就玩消失了。"艾琳说。

吉米脸色苍白,似乎是他们中间最激动的一个。他一只脚急促地敲着地板。

"你去哪儿了?"他问。

亚瑟张了张嘴,但他好像把语文知识忘了个精光,一句话也说不出来。他摇摇头,转向衣橱,拿出自己那只破旧的行李袋,开始把东西往里塞。

"收拾东西去旅行?"格洛弗问道,"但愿你去一个令人愉快的地方。"

"怎么回事,亚瑟?咸鱼在哪里?"袋袋问。

亚瑟感到一只手轻轻搭在他肩膀上,他身子僵住了。艾琳站在他后面,眼睛里闪着关切的光芒:"停一停,告诉我们发生了什么事。"

这次,亚瑟总算吐出了几个字。

"我……我被……开除了。"

"开除?"三个人齐声叫道。就连格洛弗也惊讶地眨了眨眼。

"为什么?"吉米问,猛地站了起来,"凭什么?"

"因为瓦伦西亚·费尔南德斯知道我偷了恐龙蛋。有人向她匿名举报了。"

这是塞巴斯蒂安干的吗?亚瑟发现自己连发怒的力气都没有了。这也许是他这辈子第一次产生了深深的挫败感。

"我说我没法把蛋还回去,查林杰校长就说他别无选择。"亚瑟继续说道。

"你为什么不把咸鱼拿给他们看?"艾琳问道,"那么大钟呢?我相信费尔南德斯博士看到一只真正的恐龙肯定特别兴奋，她可能都不会介意你拿走了恐龙蛋。"

亚瑟双手抱头。他不敢直视他们中的任何一个人："我想带他们去看大钟，但是钟不见了。查林杰校长说他认为大钟是被拿去修理了，但他不知道其中的奥秘。至于咸鱼——它也不见了。在看幻灯片的时候，有人拿走了它。当时所有的灯都熄灭了。我以为是袋袋在我身边，她提出要把咸鱼带走保护起来，但其实那是另外一个人。我不知道是谁。"

袋袋和艾琳倒吸了一口气。

"我们必须找到她！"袋袋激动地大声说。

"我们会找到她的，"艾琳纠正道，"我们要洗清亚瑟的冤屈。"

亚瑟摇了摇头。在这可怕的一天，唯一令人欣慰的是朋友们都没有被牵连进他制造的麻烦里。"我不能让你们也冒被开除的风险。"他说，"再说，没时间了。查林杰校长明天一大早就要来接我。"

"其实我们还有时间，"吉米说，他一直在窗边踱来踱去，"你有什么计划，艾琳？"

"哦。嗯……"

她的声音低了下去，亚瑟明显地感觉到计划还远远没有形成。

"我想，我们必须找到咸鱼和那个大钟。肯定是同一个人偷走的。只要拿到了证据，查林杰校长就不得不相信我们。如果他手上有了一个真正的罪犯，他就不会想着要开除你了。"

"艾琳说得对。"袋袋说，"有人拿走了那台机器，这么做只有一个原因：他们想自己使用机器。"

"他们弄走咸鱼，可能是希望咸鱼给他们一些线索，了解机器是怎么运作的。"艾琳若有所思地说。

亚瑟想起了他和华生医生的谈话。

"我想，我可能知道那台机器的原理。"他说，"华生医生告诉我，学校下面有个山洞，据说里面都是具有某种治疗作用的水晶。他不相信这事，但这一定是真的。我和袋袋去查看机器时发现了一些水晶碎片。"

"我们发现的不止这些。"袋袋回答，"我本想早点告诉你的，亚瑟，但还没来得及，幻灯片就开始播放了。我向艾哈迈德咨询我们找到的另一块石头，他告诉我那是——"

"铋。"亚瑟接口道,"我知道。还落下了一小块。查林杰校长说昨晚有人从他办公室偷走了一些铋。"

他看了一眼吉米,吉米轻轻摇摇头,似乎在告诉亚瑟,他并没有为今晚的三叶草人会仪式偷那块铋。"我拿来了艾哈迈德的高倍放大镜。"他小声说,只有亚瑟能听见,"这是地质学家使用的一种特殊放大镜。他爸爸给他的,他用它观察了铋。放大镜的镜框是纯金和红宝石的。他说可以借给我用。"

袋袋只顾沉思,没有留意他们的窃窃私语:"艾哈迈德告诉我,关于铋有各种各样的故事和传说。他说,有人认为铋是世界上寿命最长的元素。他们说铋非常强大,比宇宙还要永恒。"

"这怎么可能?"亚瑟问。这想法让他感到头疼。

"这事你得去问艾哈迈德。"袋袋说,"但我们现在知道那台机器是怎么运转的!它让电流通过一种几乎永恒不灭的元素,再通过一种有治疗作用的水晶。这两种石头结合在一起,形成一个电磁场,不知怎的就可能——"

"让一只恐龙活过来。"艾琳兴奋地说。

"是的。"袋袋接着说道,"一只保存完好的恐龙。

机器产生一个磁场,使恐龙蛋恢复了原始状态。很久以前,一只恐龙蛋刚要孵化,却掉进了奇怪的蓝色黏土里,费尔南德斯博士就是在那种黏土里发现恐龙蛋的。"

"如果有人想利用这台机器。"吉米喃喃地说,"他们还想用它来做什么呢?"

"让自己长生不老?"格洛弗猜测道。

他们在闪烁的灯光下面面相觑。

"想想吧。"格洛弗接着说,"你可以永远重新设置自己。"

这是真的吗?有人想得到这台机器,是因为他们希望永远战胜死亡?

"谁……这所学校里会有谁想要得到这样的东西?"艾琳一边说,一边揉搓着自己的胳膊,似乎突然感到一阵寒意,"这是反自然的。"

吉米耸了耸肩。"我倒不反对轮回。永生就算了,"艾琳狠狠瞪了他一眼,他赶紧澄清道,"但大多数人肯定愿意接受延长寿命的机会吧?"

亚瑟此时有点心不在焉。谁想要永生呢?也许是一个以死里逃生的骑士命名的人?那位骑士——根据传说——

掉了脑袋，然后轻松地把脑袋捡起来，毫发无损地扬长而去。

"绿骑士。"他喃喃道。

寻找这台机器的那个人，给自己起了那位传奇骑士的名字，他之所以选择那个名字，不是因为绿骑士光荣和勇敢，而是因为绿骑士代表着永生。

袋袋把脑袋一歪："你再说一遍？"

艾琳和吉米都睁大眼睛看着亚瑟。他们很清楚他指的是谁。亚瑟知道必须把一切都告诉袋袋和格洛弗，但时间已经不多了。而且，格洛弗莫名其妙地掏出一本破书读了起来。

"袋袋，要让这台机器运转，还需要什么？"亚瑟还没想好接下来说什么，吉米问道。

"里面的电池是可充电的。"袋袋回答，"所以只需要铋和水晶，当然还要一个导体。"

"比如银！"亚瑟惊叫道，"你说过银是一种很好的导体，对吗？"

艾琳倒吸一口气。她显然跟亚瑟想到一块去了："炊事大娘说有人偷走了她最好的银餐具！"

"那很容易被熔化成一根银棒来导电。"袋袋说。

亚瑟点了点头:"有人从查林杰的办公室里偷走了铋,想要使用那台机器。"

他脑海里浮现出一个画面:那座大钟在三叶草之家的砖墙上隐约可见,到处都是蒙面的身影。一个穿绿斗篷的男人走上前……

"所以,他们唯一没有弄到手的可能就是水晶了。"吉米说。

"说到水晶,我记得格雷老人在这本书里写到过它们。"

说话的是格洛弗。他终于从那本书上移开了目光,每个人都转过头来盯着他。亚瑟这才看清,那是格洛弗找到的旧日记本,属于格雷教授的祖母。日记本很小,纸页又黄又脆。

"你们知道,我花了很长时间才破译这些笔迹,主要是她的实验笔记。实际上很令人失望。我本来还以为会有更多爆炸性的家庭隐私呢。啊,找到了,在这里,她在末尾提到了,至少是我手里这些日记的末尾。最后几页被人撕掉了。"

"格洛弗?"亚瑟说,"你能说重点吗?"

格洛弗眯着眼睛,看着面前的那一页:"啊,没错。在这里。'我在利用这种特殊水晶来稳定频率方面取得了很大进展。它可以承受极高的电流量——比我见过的任何一种都高。但我还没能找到适合我用途的最佳频率。'"

"我可以看看这个本子吗,格洛弗?"袋袋问。

"那你得当心点。"格洛弗说。

"真奇怪。"袋袋说,"这笔迹跟我们格雷教授的笔迹很像。她小时候是左撇子,后来被迫用右手写字。她说她从来没有真正得心应手……所以写得这么乱。她通常只是口述,让一个助手记录,笔记是我们帮她写的。"

亚瑟避开艾琳,从袋袋身后看过去。

字迹极难辨认。

也极为熟悉。

盯着格雷的日记,亚瑟的心猛地跳了一下。

他突然想明白了三件事。

第一,日记上的笔迹,跟"华生医生"那封短信上的笔迹一模一样,而正是那封短信把他引入圈套,差点被掉落的画像砸到。

第二，那封短信是格雷教授写的，这本日记也是她写的。

第三，大钟里的机器不是最近发明的。事实上，它的发明者已经多次使用过它。

第四十五章

亚瑟最后的机会

"这不是格雷教授的祖母写的,"亚瑟说,"是格雷教授自己写的。"

艾琳皱起了鼻子:"可是,亚瑟,你看这日记本有多旧。它不可能——"

她突然停住话头。"哦。"她惊讶地说,"我明白了。"

吉米睁大了眼睛。"哦。"他说,"但确实有道理……还有谁能制造出这样的东西?"

"查林杰说机器被拿去修理了,只有那个人能把它修好。"亚瑟补充说,"除了格雷教授,校长还会信任谁做这件事呢?"

"等等,等等,等等。"袋袋举起一只手插嘴道,"你到底在说什么呀,亚瑟?"

亚瑟清了清嗓子。"我是说,在巴斯克维尔学院教过书的格雷教授只有一位。"他解释道,"她和她的母亲、她的祖母——实际上都是同一个人。她第一次在这里的时候就发明了这台机器,后来好几次用它把自己变得年轻。那个钟属于贝克勋爵,他是学校最初的主人。他出售这个地方的条件是,未来的主人要好好保护这里以及他所有的收藏品。所以格雷教授知道钟会一直留在这里,等着她再回来。即使有人把钟打开,也不会怀疑它藏有秘密——特别是里面没有水晶和铋的时候。我敢说,她关于建造机器的笔记就在日记本缺失的那几页里。"

袋袋把两颊往里一吸,连连摇头:"不对,你弄错了。"

亚瑟脑海里突然闪过一段记忆。"你在她办公室见过的那张银版照片,"他说,"是她母亲的照片。她俩简直是双胞胎。"

"所以,她先用机器把自己变年轻,"艾琳推断道,"然后离开巴斯克维尔很多年。她必须这么做才不会引起别人的疑心。然后她再回来,声称自己是格雷教授失散已久的女儿。她跟她母亲长得一模一样,谁会怀疑她呢?"

"但我们并不是第一个发现她秘密的人。我们只是第一个死里逃生的。她找到了摆脱其他人的办法，先后两次。一次是一名学生，一次是一位教授。昨天……她也想这么对付我。"亚瑟连珠炮似的说出这番话，说得上气不接下气。终于，终于，所有的事情都厘清了。

"具体怎么对付？"格洛弗问，他礼貌地、饶有兴趣地看着亚瑟。

"昨天早上差点砸在我身上的那幅画像，它曾经两次掉下来砸到过人——几十年前。两次的受害者都伤得很重，不得不离开学校。格雷教授一定是意识到我正在接近真相，就假冒华生医生寄来那封短信，然后躲在画像后面，等机会给我致命一击。"

"我不相信你们这些人的话。"袋袋说。她此刻已浑身发抖，"格雷教授是世界知名的科学家。还是一位了不起的老师。她……她想为这个世界创造价值，促进人类的进步，绝不会把任何人置于危险之中。"

亚瑟在口袋里摸索着。那封短信还在。他心情沉重地把它递给袋袋。被一个自己如此信任的成年人辜负，亚瑟太了解这种失望的感觉了。

"看看这笔迹。"他语气温和地说,"对不起。"

袋袋仔细看了看短信,脸色阴沉下来。她一句话也没说,把短信还给亚瑟,然后双手抱头,开始低声嘟囔,但声音太轻,其他人根本听不见。

"好吧,"格洛弗说,"恐怕我的讣告得重写了。"

令大家吃惊的是,吉米突然发出一声大笑。

"有什么好笑的?"艾琳问。

"格雷教授这个期末就要退休了。去陪她的侄女,对不对?"

"哦,但她不可能有侄女,"格洛弗回答,"她是独生女。"

"我敢肯定十年后她会作为那个侄女回来,"亚瑟说,"这比假扮一个没人听说过的女儿容易得多。"

"她把一切都准备好了,"吉米继续说道,"机器、水晶、银棒,所有的东西。想象一下,当她发现有人识破了她的诡计时该有多么愤怒!想象一下,当她知道那是一只小恐龙时该有多么愤怒!"

亚瑟脑子里又想清楚了一件事:"我把咸鱼的蛋壳落下了,格雷教授一定发现了它,并猜到了是什么。于是她检查了那个冒牌的恐龙蛋,发现只是个面包卷,她就去告诉费尔南德斯博士,恐龙蛋被调包了。"

"但她怎么知道咸鱼在你这里呢?"艾琳问。

亚瑟想了一会儿。接着他恍然大悟。"她看见咸鱼了!"他激动地叫道,"在咸鱼孵化后第二天的课上。咸鱼从我口袋里探头张望的时候,被格雷教授看到了,但她假装不相信自己的眼睛。她真是一个高明的演员。"

"她有过很多经验了。"艾琳指出。

袋袋又挺直了身子。她眼圈红红的:"格雷——格雷教授要找咸鱼干什么?"她用颤抖的声音问。

亚瑟感到胃里在翻腾。

"她隐瞒这台机器的秘密这么久了。"吉米好像看透了亚瑟的心思,说道,"她可不想现在走漏风声。如果人们发现了咸鱼的事,会提出疑问的。最终亚瑟不得不回答这些疑问。她必须在这一切发生之前除掉咸鱼。"

"要是我说了算,肯定不会这样。"袋袋吼道。她的悲伤似乎已经转化为愤怒,就像一个软面团在烤箱里烤得太久变硬了。她站起来,握紧拳头,向窗口走去。

"你要去哪儿?"艾琳问,袋袋一条腿迈了出去。

袋袋停了一下,转过身来。"问得好。"她气呼呼地说。

"她想把我除掉的计划没有成功。"亚瑟说,"而且还有其他人也在盯着她。这肯定是他们解雇她的原因。她对学校构成了威胁。我不知道具体怎么回事,但是绿骑——我是说,有人——知道了机器的事,想让格雷把它交出来。格雷一定是吓坏了。她想再使用一次机器,然后尽快离开这里。"

"但她做不到了,"袋袋说,"除非她再弄到一块那种水晶。如果她弄到了,那她……可能早就走了。"

"所以,我们要想办法弄清怎么去那个水晶洞,"艾琳说,"但愿还来得及。"

"我有个好主意,知道怎么去那儿。"亚瑟回答,"我们需要先去庄园。"

"那我们就走吧!"袋袋说,"还等什么呢?"

吉米瞥了一眼艾琳的怀表。十一点半。

"吉米,你和我们一起去吗?"亚瑟问。

房间里的每个人都看着吉米,但他却直勾勾地盯着亚瑟。他眼睛里闪着一种炽热的东西——难道只是光的影子?他的脸抽搐了一下。

亚瑟理解他的感受。他内心隐约希望自己没有拿恐龙蛋,也没有无意间发现那台机器。这样他们就不会对三叶草提出这么多疑问了。他们现在可能正在入会的路上——这条路通往权力、金钱和成功的未来。

几天前,亚瑟会说没有什么比那个未来更重要。但现在他开始意识到,对他来说,人生的问题比课堂上老师的问题更难回答。首先,曾经正确的答案有时并不总是正确的。

最后,吉米叹了口气。

"我当然和你们一起去。"他说,"一只无辜的翼手龙即将惨遭某个……行走的木乃伊的毒手,我当然不会袖手旁观。"

"实际上,"格洛弗说,"木乃伊是——"

"以后再说,格洛弗。"袋袋说着,一把抓住他的手,把他拉到窗前,"时间至关重要。"

亚瑟不需要第二次提醒。他跟着其他人爬出窗户,五个人消失在了巴斯克维尔的黑夜中。

他祈祷这不是自己的末日。

第四十六章

三叶草的纠缠

"我们到底要去哪儿,亚瑟?"艾琳在后面压低声音问。

亚瑟脚步轻快地领着这群人往前走。呼啸的寒风吹过光秃秃的树林。他的眼睛来回扫视,看有没有巡逻者的身影。还好,到目前为止,只有那只不太像渡渡鸟的迪迪走到他们面前,停下来冲他们呱呱叫,吉米把它赶回了森林。

"如果我猜得没错,"亚瑟回答,"学校里面有个山洞入口。"

"我们怎么进去呢?"他们走近庄园时,吉米朝前门点点头,问道,"我敢肯定门是锁着的。"

"嗯,我希望袋袋能帮到我们。"亚瑟说。他们都转身看着袋袋。她开始拍打衣服上的口袋。

"我这里肯定有东西可以——哦，找到了，这个应该管用。"

她走到门口，对着门锁鼓捣了一会儿。

"成功了！门开了。"袋袋说。

就在他们要进去的时候，一个声音响了起来。

"站住。"

亚瑟猛地转过身，看见后面站着三个人影。其中两人蒙着脸。塞巴斯蒂安·莫兰站在他们中间。三个人都上气不接下气。

"啊。"个头较高的蒙面人说。是魔术师，"道尔，我们一直在找你。"

"那是谁，亚瑟？"袋袋问。

亚瑟顿时很紧张。

"你不想知道吗？"夜莺问。

"你们——你们在这里做什么？"亚瑟有些语无伦次。

"我猜和你们一样吧，"魔术师说，"我们在找格雷的机器。莫兰告诉我们，你们好像知道在哪儿能找到它。"

吉米走上前："你到底跟他们说了什么，塞巴斯蒂安？"

"就是我几分钟前无意中听到的你们这帮人说的话。"塞巴斯蒂安说。

"你在门外偷听?"吉米问。

"当时我向窗外望去,看见校长陪着道尔走向塔楼。"塞巴斯蒂安说,"他们看起来不太高兴。我就想知道为什么。我猜可能跟他口袋里的那个丑八怪有关,它还把我的马给惊到了。我听说道尔已经被开除了,觉得真是再好不过。但我继续往下听着。"

"他听够之后,就过来找我们了。"夜莺说,"他证明了自己的忠诚。"

"是的,"魔术师接着说道,"现在轮到你证明自己的忠诚了。道尔,甩掉其他人,带我们去找那台机器。"

"亚瑟,发生什么事了?"袋袋追问道。

"一个字也不许跟她说,"魔术师厉声道,"叫他们走。"

但他需要担心的不是亚瑟。

"我相信这些蒙面人是一个名为三叶草的秘密社团的成员,"格洛弗说,"他们控制了巴斯克维尔学院的好几代人。他们的毕业生都在政府、法律和商业部门争权夺利。艾琳、亚瑟和吉米都被邀请去申请入会。我们入学之后，他们就一直在参加入会的挑战。据我所知，亚瑟认为他们在为一个叫绿骑士的人工作，寻找那台机器，也就是我们目前——"

"够了！"魔术师厉声说。

艾琳吃惊地张大嘴巴。吉米吓得脸都僵住了。

格洛弗是怎么知道的？

袋袋看着亚瑟，脸上带着痛苦的表情，亚瑟感到似乎有一把尖刀刺向他的心脏。

"对不起。"他说，"我们应该告诉你的。"

"够了，我说。"魔术师咆哮道，"带我们去机器那儿，道尔，否则我们就得让你吃点苦头了。"

他把手伸进口袋，亚瑟看到里面有一把闪着寒光的刀，他的心跳到了嗓子眼。

"哦，天哪。"格洛弗低声说。

有手指捏住了亚瑟的胳膊。

是袋袋，她仍然看着他，但这次带着轻蔑的表情。她朝庄园的门轻轻点了点头。

魔术师气势汹汹地向前迈了一步："我的耐心是有

限的。"

"我知道你们。"袋袋对他说。她的声音因为愤怒而颤抖,"是你们洗劫了格雷教授的办公室。还有一次你们想把我吓跑。"

她说话时,亚瑟看见她把手伸进一个口袋,掏出一个小玻璃瓶。

"袋袋……"他低声说。

"你们应该已经知道了,"她没有理会亚瑟,继续说道,"我不是那么容易被吓跑的。"

魔术师叹了口气:"看来我们真的要用暴力来解决这个问题了。"

说时迟那时快,袋袋打开瓶子,把里面的东西洒向三个没有防备的追捕者。

"什么——?!"

"我和格洛弗负责牵制他们,"袋袋低声说,"你们三个快走。去救咸鱼。"

塞巴斯蒂安失声大喊。亚瑟看见一个黑乎乎的小东西爬上他的脖子。夜莺发出一声尖叫,手里的灯笼掉在了地上。

"快走！"袋袋又喊了一声。她继续把手伸进口袋里掏武器，"我告诉过你们，我能照顾好自己！"

魔术师痛苦地哼了一声，把耳朵上的什么东西掸了下来，是一只大蚂蚁。袋袋把蚂蚁像雨点一样洒在他们身上。看两个三叶草成员胡乱拍打的样子，亚瑟认为那些是会咬人的蚂蚁。袋袋说得对。她不需要亚瑟和其他人保护她。但咸鱼需要，此时此刻它正需要他们。

第四十七章

进入黑暗

亚瑟、吉米和艾琳冲进大门,冲进庄园,一刻不停地往前跑。亚瑟一直跑到贝克勋爵画像原来所在的地方才停住了脚步。墙上是空的,画像已经从走廊里搬走,还没有挂回去。

"亚瑟,"艾琳喘着气说,"你能告诉我们现在去哪儿吗?"

亚瑟已经弯下腰,在墙板周围寻找那个打开暗门的把手。啊,有了,找到了。门突然打开。

"快,"他说,"趁现在没有人过来。"

亚瑟指了指那个大洞。艾琳和吉米交换了一个疑惑的眼神,然后爬进了黑暗的密室。亚瑟拿出从自己房间带来的蜡烛和火柴盒,点燃了烛芯。黄色的烛光映照出艾琳和吉米同样恐惧的表情。

"格雷就是躲在这里,把画像砸到我身上的。"亚瑟解释道,"但不只是这个房间。看到了吗?有一条地道通到这里。你们闻到了吗?"

亚瑟猫腰钻进地道。地道的高度让他只能蹲着往前走。

"有一股潮湿的气味。"艾琳说。

"不仅仅是潮湿,"吉米的声音传来,"好像是……泥土的气味。就像泥巴和黏土。"

"没错。"

艾琳发出一声惊恐的尖叫:"那是什么?有东西爬到了我腿上!"

"可能是老鼠。"亚瑟和吉米同时说。

艾琳呻吟着:"我希望你的判断是对的,亚瑟。如果我得了黑死病……"

亚瑟不需要艾琳告诉他这点。如果他错了——如果这条地道不是通向水晶洞——这将是他在巴斯克维尔学院做的最后一个错误决定。

"停!"吉米说,"看——把蜡烛往这边照。"

亚瑟转过身,顺着吉米的目光望去。

他一直担心他们被抓住后会怎么样,完全没有注意到身后墙上那扇摇摇晃晃的门。

吉米拉了一下作为门把手的铁环,门打开时发出刺耳的"嘎吱"声。亚瑟正要走进去,艾琳倒吸一口气,猛地伸手抓住了他的手腕。

"亚瑟,不!往下看!"

亚瑟看见门的那边没有地面。他差点就摔出去了。

他大惊失色。

"怎么回事?"吉米问。

亚瑟小心翼翼地把蜡烛举到悬崖上方。昏暗的烛光映出一个方形空间,大小跟神父洞差不多。每个角落里都有小树桩那么粗的绳索从上面某个点垂下来,被拉紧到下面的某个点上。

"我认为这就是下去的路,"他说,"肯定有一个类似滑轮的东西。"

"你是说就像电梯一样?"艾琳问,"就是他们开始在纽约安装的那种?"

"就是那种。"亚瑟说,"当我发现格雷知道这条通往神父洞的地道时,就开始琢磨她是怎么知道的……她还会用这个地方来做什么。她肯定就是用这种方式搬运那个钟的。我敢说在她放钟的那间办公室里还有一扇密门,直接通到这个竖井。"

"你是说她把钟弄到了下面的山洞里?"艾琳问道,"我认为有道理。钟已经被发现过一次,她必须把它藏到一个不会轻易被人发现的地方。"

"而且她反正要下去拿水晶的。"吉米补充道,"问题是……她还在下面吗?不知道电梯轿厢是在我们上面还是下面。"

"只有一个办法能弄清楚。"亚瑟说。他指了指那些粗绳,然后看着吉米和艾琳,他们吃惊地盯着他,似乎认为他疯了。

也许偶尔疯一下没有什么错。也许,当一个人被卷入一个疯狂的困境时,他的解决办法也必须同样疯狂。

几分钟后,亚瑟、艾琳和吉米在一片漆黑中被绳子牢牢绑住。亚瑟需要两手交替爬下去,所以就把蜡烛留在了地道边上。他们刚开始下降时,烛光还能让他们看清周围。然而此刻,它也成了没有月亮的夜晚的一颗孤星。

"不会太远了。"亚瑟咬紧牙关说道。

当然,他说这话心里一点底也没有。但他觉得应该这么说,因为吉米的呼吸越来越浅,而艾琳刚才提醒他们,如果他们都死在这里,尸体不会被人发现。

"我不知道还能坚持多久。"吉米喘着气说。

"就假装我们是从塔楼侧面往下爬吧。"亚瑟说,努力让自己的声音显得平静。

他的恐慌越来越强烈,就在他几乎要放弃挣扎时,脚后跟突然撞到了什么硬东西。

"什么?"艾琳问道,"怎么啦?"

"我们好像找到电梯轿厢了。"亚瑟说。

他说得太晚了,因为紧接着就传来"砰"的一声巨响,吉米在他身边摔成一团。

"再也……不会……"他喃喃地说。

艾琳落地的声音很轻,直到她开口说话,亚瑟才发现她在自己旁边。

"我认为这里有一扇门。"她说,"我好像落在了一个铰链上。"

亚瑟跪下来,在轿厢的顶部到处摸索。他几乎立刻就看到——准确地说是感觉到——艾琳是对的。轿厢两边都有一条带铰链的门缝。

"吉米,你摸到插销或把手之类的东西了吗?"

"摸到了。"吉米说,"退后。"

他把门拉开,下面出现一片昏暗的光亮。亚瑟用一根手指压在嘴唇上。

光只能意味着一件事。

这里还有别人。

第四十八章

机器里的女孩

亚瑟个子最高，于是他第一个进入下面的轿厢，然后他扶着吉米和艾琳下去。他们小心翼翼，尽量不发出一点声音，然而看到眼前的景象后，他们很难不倒吸一口冷气。

门没有关，露出一个巨大的洞穴。钟乳石从顶上挂下来，像巨大的尖牙，被湍急、翻滚的河水切成两半。洞穴中央，许多灯笼围成一圈，它们的光映照在粗糙的墙壁上，洞壁闪烁着晶莹的淡紫色。

水晶，亚瑟意识到。洞壁完全由水晶构成。

吉米掏出一个小放大镜举到眼前，仔细观察着洞壁。那一定是艾哈迈德的放大镜，亚瑟想。"绝对就是这个地方。"吉米轻声说道。

在那圈灯笼的中间，有一个黑乎乎的影子。亚瑟仔细端详着，这时又出现了另一个黑影。艾琳捏住了他的胳膊。

是格雷教授的钟，以及格雷教授本人。

他们从电梯里出来，蹑手蹑脚地走到岩石地面上。亚瑟并不担心被格雷发现。格雷处于光圈里面，看不见他们过来，所以只要他们不发出声音，就可以出其不意地抓住她。

亚瑟走近时，看见格雷一只手拿着一个不规则的东西。这个不规则的东西在……动。就在这时，它发出一记微弱的叫声。"咔啦啦啦——哇啊啊！"

咸鱼！

亚瑟还没想清楚要做什么，就已经冲了过去。他努力让脚步不发出声音，然而左脚不小心踢到一块鹅卵石，鹅卵石弹开，回声在洞穴里飘荡。

格雷猛地把头转向他。

"是你。"她咆哮道。

格雷从两盏灯笼之间跌跌撞撞地走出来，走到河边。

她把装着咸鱼的袋子举在水面上。

"别再靠近了。"她冷冷地说。

"把它给我,"亚瑟喊道,"请不要伤害它!"

"如果我伤害它,那只能怪你自己。"格雷说,"一开始就是你制造了这场混乱!所以我一定要让你今晚被开除。我本来希望查林杰能把你关起来,直到明天把你赶出校门,但他总是性子太软,成不了事。"

她用那双晶亮的蓝眼睛瞪着亚瑟,虽然她的话里充满了轻蔑而不是恐惧,但她的肩膀在抽搐,拿着那个不断蠕动的袋子的手也在微微颤抖。

"你的意思是,他不会在有人碍事的时候直接用画像砸他们?"

格雷眯起眼睛。她一点一点地靠近河边。

"让我试试。"吉米喃喃地说,走上前去。

"教授,"他语气平静地说,"显然,我们都发现自己的处境……不太理想。但也许可以达成一个协议。我们只想要恐龙。你只要把它交给我们,我们就离开,永远不会把你和你的机器的事告诉任何人。"

"哼,但你知道,这根本行不通。"格雷说,"因为你很清楚，这个小动物会毁掉一切。人们会刨根问底，提问会导致怀疑。我不能让这些怀疑跟我扯上关系。你要明白，这不是自私自利，我这样做是为了造福人类。"

格雷说话的时候，亚瑟悄悄向前迈了几步。

"这是怎么个道理？"艾琳说，语气和格雷一样冰冷。

亚瑟又朝格雷迈了一小步，格雷的眼睛死死地盯着艾琳。

格雷冷笑一声。"看看我这三生三世的成就！"她叫道，疯狂地指着那个钟，"想象一下我在十次生命里能做什么！我的工作还没有完成。我们还处在电子时代的初期，刚开始破译一直在周围运作的看不见的力量。"

"那么谁会得到这些力量呢？"吉米问，"在我看来，你的机器只帮助过你自己一个人。"

格雷同情地看了他一眼，好像他在课堂上说了一个令人尴尬的错误答案："你应该带来你的朋友袋袋。她会明白的。"

"她什么都知道了，"艾琳说，"如果她在这里，你此刻全身都会爬满火蚂蚁。"

格雷脸上闪过一丝惊讶，接着又露出怒容："我很抱歉以这种方式结束。是的。结束你们所有的人。"

亚瑟看到她手腕一抖,把袋子扔了出去。就在这两个动作之间的一刹那,亚瑟纵身跃向河面。他在空中伸手一抓,摸到袋子的一角,立刻攥紧拳头。

"有了!"脚趾落在岩石河岸的边缘时,他兴奋地喊道。

然而紧接着,他的脚开始打滑。他站在洞穴的边缘,有一条陡峭的小路通向下面的河。他手臂胡乱挥舞着,就在快要栽倒时,他感到艾琳揪着他的衬衫下摆把他往后拉。

就在这个紧要关头,格雷教授朝他俩扑了过来。她撞到了艾琳,艾琳差点松开亚瑟,亚瑟差点滑进河里。

"吉米!"艾琳喊道,"到机器那儿去!快。把它毁掉,她就不能再用它了!"

亚瑟看不见吉米,但听见朋友在岩石上奔跑的脚步声。

一秒钟后,格雷愤怒地大叫一声,去追吉米了。艾琳和亚瑟从河边翻滚回来,手忙脚乱地爬起身。

亚瑟开始解那个袋子。他要弄清咸鱼是不是安然无恙。但艾琳一把抓住他的手,拉着他往前走。"没时间了,亚瑟!"她说,"我们必须阻止她!"

格雷赶到时,吉米正用一块石头砸钟的侧面。格雷揪住他的衣领,把他从机器旁扔了出去。然后,不等亚瑟和艾琳追过来,她闪身溜进大钟,把门重重地关上了。

几乎就在同时,大钟开始嗡嗡作响,不断震动。里面闪出光芒。亚瑟想把门推开,但怎么也推不动。它此刻晃动得更猛烈了,三个人试了各种办法想让它停下来。吉米狠踢它的一侧,艾琳用力推另一侧。亚瑟一边继续使劲推门,一边看着大钟的指针开始越转越快。它们是在倒转。

"看!"艾琳叫道。

吉米用石头把呼呼旋转的钟砸坏了,火苗在机器里蹿动。火苗碰到木头上的清漆时,咆哮着变成了冲天的火焰。

"我们得走了,"吉米说,"趁整个钟还没有烧起来。"

"可是格雷还在里面!我们不能留下她被活活烧死。"亚瑟回答。

钟里传来一声尖叫。

"她不需要我们把她弄出来。"艾琳说,"别忘了,这东西是她造的！她一定知道怎么把它弄开。她随时都可以出来——"

就在这时，门突然打开了，亚瑟吓得往后一跳。

这次尖叫的是艾琳。

从钟里出来的，根本就不是女人。

而是一个女孩。

她满头的红色卷发朝四面八方竖着，全身裹在那件黑纽扣的白色实验服里，这衣服格雷教授——那位老的格雷教授——曾经穿着很合身。

"看看你们做的好事！"女孩尖叫道，"电流！太强大了！我还需要一些时间来校准——"

"没时间争吵了！我们得走了，快！"吉米喊道。火焰越烧越旺，钟的顶上冒出了火花。

年轻的格雷转过头看了看，立刻又尖叫起来："不！我的机器！"

"别管它了！"亚瑟喊着，一把抓住她的胳膊。但她挣脱了亚瑟的手。

"你疯了吗？这是我三生三世的工作成果！"格雷叫道，"我需要水！我要把火扑灭！"

她跑到洞底积了小水洼的地方,用双手捧起一些水,向大钟抛洒。水发出嘶嘶的声音,火焰继续燃烧。

吉米转向亚瑟。"我们只能丢下她了,"他说,"她不听劝,我们没有别的选择。"

亚瑟最后瞥了一眼那个拼命扑火的女孩——如果不是她眼睛里射出愤怒的火焰,她可能看上去就像亚瑟的姐妹们一样。吉米说得对,如果他们想救自己,就没办法救她。他把咸鱼紧紧抱在胸前跑开了,艾琳和吉米跑在他前面。

快要跑回电梯轿厢时,"轰隆!"他们听到巨大的爆裂声响彻整个洞穴。一时间,四下里都是耀眼的白色。然后,洞穴里出现了一种诡异的橙色光芒。亚瑟回头一看,只见火苗舔舐着洞顶。钟和它周围的一切都被火焰吞没。没有格雷的影子。

接着,他们脚下的地面开始颤抖。

"啊,糟糕。"亚瑟说。

洞穴深处的什么地方又传来一声巨响,似乎有什么东西砸在了地上。

"发生了爆炸,"他们到达电梯时,亚瑟说,"引起了山体滑坡!"

"我们怎么让这东西送我们上去呢?"吉米问。

"希望是用这个办法。"艾琳说。她抓住门边的一根操纵杆,使出全身力气往下拉。

"快进去!"她叫道。

他们一个接一个地跌进轿厢,随即电梯发出一声呻吟,开始摇晃着上升,与此同时,洞穴轰隆隆地坍塌下来,吞没了里面的一切。

第四十九章

教授归来

过了一会儿,他们三个进入一口黑暗的竖井。实际上是他们四个,因为此刻咸鱼正依偎在亚瑟的颈弯里,用爪子紧紧地抓着他,在他耳边发出喵喵的叫声。

他们不断上升,经过了刚才爬进电梯井的那条地道,这意味着他们肯定到了庄园的三楼。幸亏吉米考虑周到,带了一盏灯笼上来,他们一下子就看清自己来到一扇门前,门后面是那间挂着伦敦壁毯的办公室,不久前格雷还把她的机器存放在这里。

亚瑟脑海里转动着无数个重要的观察结果,不然他可能会注意到自从上次来过之后,这间办公室已经变了样。那股很久没有人来的封闭的霉味消失了,取而代之的是烟斗的淡淡香气。他可能还会注意到，一根闪闪发亮的木手杖靠在桌边，手杖顶端有一个银色的渡鸦头。

但他们没有在办公室停下来休息。外面传来了喊叫声，他们从小窗户往外一看，草坪上聚集着一群群的人。

"看来我们需要好好解释一下了。"亚瑟说。

他们飞快地走下庄园台阶，亚瑟扫视着黎明前的庭院。他们的同学们——都还穿着睡衣——聚集在那些玻璃暖房旁，把哈德森太太围在中间。托比焦急地绕着他们转，耳朵向后竖着，鼻子高高扬起，显得十分警觉。

"袋袋和格洛弗在那儿呢！"艾琳指着两个人影说，他们站在离其他一年级新生几步远的地方。看到他们没有受到三叶草的伤害，亚瑟松了口气。

"亚瑟，我的孩子！"

亚瑟把头转向另一边，看到华生医生正赶过来。他用手快速地转动轮椅，脸庞因为担心而绷得紧紧的。

"我们一直在寻找你们三个。"他说。他看清了他们。吉米裤子上有好几处烧焦了，艾琳脸上有一道大大的划痕，亚瑟尽量不去想自己在医生眼里会是什么样。幸亏在他们从学校出来之前，他已经把咸鱼哄进了自己的口袋。

华生医生压低声音问:"你们上哪儿去了?没事吧?"

"道尔!"

亚瑟不用看就知道查林杰校长正站在楼梯口,气呼呼地瞪着下面的他。周围兴奋的谈话瞬间被打断了,大家都转过头去看。

亚瑟慢慢地走到台阶上,意识到有许多双眼睛盯着自己。

"你跟这件事有关系吗?"查林杰校长咆哮着,朝聚集在草坪上的人群挥了挥胳膊。

亚瑟深吸了一口气。"是的,先生。"他说,"但我可以解释,这次可以解释得很清楚。"

查林杰校长扬起一道浓眉:"好吧,最好是一个精彩的故事,因为你今晚给我带来了太多麻烦。我们走吧。"

"等等。"亚瑟喊道,"我还需要带上吉米和艾琳,还有……费尔南德斯博士。"

查林杰校长面无表情地看着他:"你认为自己有资格提要求吗?"

"那倒不是。但吉米和艾琳可以帮我解释。而且我这里有一样东西,我认为费尔南德斯博士肯定很想看看。"

他把手伸进外套，从暗袋里掏出了咸鱼。他把咸鱼抱在胸前，因此只有查林杰校长能看见，身后的其他人都看不见。

咸鱼冲查林杰校长眨巴几下眼睛，校长也眨巴几下眼睛，然后他清了清嗓子。

"瓦伦西亚！"他喊道。

如果瓦伦西亚·费尔南德斯是小说里的那种贵妇人，那么她第一眼看到翼手龙时肯定会晕过去。然而，她只是盯着咸鱼看了很长时间，然后爆发出一阵兴奋的狂笑。

"难以置信，"她喃喃地说，"精彩。绝对——"

她伸出一根手指去抚摸咸鱼，咸鱼凶狠地冲她龇牙咧嘴。

"好吧。"费尔南德斯博士说，把手缩回来表示投降。但是在去查林杰校长办公室的路上，她一直盯着咸鱼。

一小时后，亚瑟、艾琳和吉米默默地坐在查林杰校长、瓦伦西亚·费尔南德斯和华生医生的对面。华生医生坚持要来，想检查一下他们的伤势是否需要治疗。咸鱼又一次栖在亚瑟的肩头，把他的肩膀抓得生疼。

他们讲述完了整个故事，从亚瑟在巴斯克维尔学院的第一天看到绿骑士，到格雷教授不幸去世——但准确来说并非意外早逝。房间里的几位成年人都沉默地坐着，嘴巴半张。

"所以……就是这样。"亚瑟说，紧张地看了一眼他的两个朋友。

"你们确定这台……机器被毁掉了？"查林杰校长说，"那个格雷教授死了？"

亚瑟、艾琳和吉米点点头。

"你们真的听到三叶草说起过绿骑士？能肯定吗？"

"是的，先生。"亚瑟说，"而且我亲眼看见他两次。"

查林杰向后靠在他宽大的椅子上，双臂交叉抱在胸前，蹙起眉头对着天花板看了很长时间。亚瑟想问他在想什么，但又不敢。

"我们该怎么处置这位小咸鱼呢？"为了打破沉默，华生医生问道。

"它跟亚瑟很亲。"艾琳说。

"是的，当然。"费尔南德斯博士回答，"它一定在亚瑟身上打了烙印。"

"我们的朋友袋袋也这么说。"亚瑟赞同道。

"那怎么消除这个烙印呢?"查林杰问,"我不能让它跟着亚瑟在学校里到处跑。"

"或者跟他回爱丁堡。"华生医生诙谐地接了一句。

亚瑟强忍着微笑,想象着如果他把一只恐龙带回家,妈妈会是什么反应。

费尔南德斯博士敲了敲嘴唇:"我们得找到一个合适的母性形象来代替亚瑟。"她说。

吉米调侃地看了朋友一眼:"听到了吗,亚瑟?你是一个母性形象。"

费尔南德斯博士似乎没有听见。"但我担心换另一个人恐怕不可能,"她说,"它已经知道害怕我们了。"

博士就算听说自己的船被海盗占领,也不会表现得更失望了。接着,她的脸色变得明朗了:"不过……也许我们可以试试别的办法。我上次探险带回来的东西你还留着吧,艾迪?"

查林杰点点头。

"嗯,那么——也许就很完美。事实上还会带来一个重要发现。我希望是首次发现。道尔先生,虽然你偷了东西，但我还是欠你一份感谢。"

她对亚瑟露出一个灿烂的笑容，亚瑟强迫自己不要脸红。

但没有奏效。

"这——这是不是意味着我不会被开除了？"他问。

费尔南德斯博士看着查林杰。

"咸鱼可能需要他留在这里。"她说。

校长叹了口气："你可以留下，道尔。你犯了错误，但我看到你尽了最大努力去改正。我必须承认，你让这个学期变得……非常……有趣。"

"我们以前还觉得这所学校很有趣！"华生医生叫道，"我们多么天真啊。"

"真的吗？"艾琳探着身子，"我是说，有人怀疑过格雷教授吗？"

现在轮到华生医生和查林杰校长交换目光了。

"事实上，我们确实有人怀疑过她。"门口传来一个声音。

大家都转过脸去看是谁在说话。

门口站着一个高大的男人，穿着花呢西装，戴着大礼帽，有一个瘦削的鹰钩鼻，下巴突出，一双灰色的眼睛十分机敏。

亚瑟不敢相信自己的眼睛。这个人看起来完全变了样，比亚瑟在爱丁堡的鹅卵石街道上第一次见到时年轻多了。他的胡子和手杖都不见了。但是那双灰色的眼睛和浑厚圆润的嗓音不可能有错。

"你就是那个老人！"亚瑟说，"我用石头砸的那个，救了婴儿车的那个！"

"我被砸肿的地方疼了一个多星期。"男人冷冷地说，"你问都不问一声。"

亚瑟目瞪口呆，他不知道该说什么。他完全被弄糊涂了。这种感觉很少有，他不知所措。

那人嘴角抽搐了一下，他向亚瑟伸出一只手。

"我是夏洛克·福尔摩斯教授。"他说，"你好，年轻人。我很高兴认识你。再次认识。"

第五十章

夏洛克·福尔摩斯的调查

"可是,我亲爱的福尔摩斯!"华生医生叫道,"你怎么会在这里?"

教授大声笑了:"不然我还能在哪儿?"

"我还以为你在调查苏格兰一座荒凉庄园的闹鬼事件呢,那庄园属于麦克杜格尔寡妇。"华生说。

"确实,"福尔摩斯在一张空的扶手椅上坐下,说道,"我最初离开巴斯克维尔,是受到一封奇怪而有趣的求助信的诱惑。麦克杜格尔太太告诉我,发生了一系列神秘的——甚至是超自然的!——事件,请求我去揭开真相。我只用一个下午的时间就解决了问题。"

"可是你去了好几个星期!"华生说,"我一直给你往苏格兰写信——你也一直在回信!"

"我派了一个值得信赖的朋友去小格斯比村拦截那些信。"福尔摩斯回答,"他能确保我每封信都收到。"

"你这么快就破了那个女人的案子,后来你去哪儿了?"查林杰问。

"你是怎么破案的?"亚瑟问。

福尔摩斯赞许地看了亚瑟一眼。"其实,第一个问题的答案就在第二个问题的答案里。"他说,"我巡视那座庄园的时候,注意到有一个扫帚间是锁着的。我自然感到很奇怪,怎么会有人觉得一个扫帚间有必要上锁呢?于是我破门而入。在里面我找到了寡妇隐藏的那些用具。服装、灯光特效,甚至一套嘎啦啦作响的链条!她准备上演一场精彩的演出,目的是拖延我的调查,让我在那里待的时间越久越好。"

"可是为什么呢?"吉米问。他眯起眼睛打量着教授。

"不错,就是这个问题。"福尔摩斯点了点头,回答道,"为什么要制造一个假的谜团让我去破解呢?"

"为了不让你关注一个真实的谜团。"亚瑟不假思索地回答。福尔摩斯的思维方式与亚瑟非常相似,亚瑟几乎忘记了他并不是循着自己的思路。

福尔摩斯扬起眉毛:"很好,道尔。麦克杜格尔太太自从丈夫去世后就陷入了困境,她向我坦白说,她非常需要钱,因此,当有人提出为我演这么一小出戏就能得到一大笔钱时,她觉得无法拒绝。提议者是匿名的,她无法告诉我是谁怂恿她这么做的。不过在这一点上,我有自己的怀疑。于是我开始了调查,与此同时,华生向我详细介绍了这里发生的离奇事件。我逐渐得出结论,但需要核实确定。"

"是格雷把你打发走的,"亚瑟急切地说,"对吗?她担心在她有机会使用机器逃走之前,你会发现一切并且揭露她。"

"的确,"福尔摩斯赞同道,"这正是我今晚打算去做的事,但我发现有人捷足先登了。"

他对亚瑟、吉米和艾琳露出会意的微笑。

亚瑟感到内心无比骄傲。

"至少我可以说我也尽了一份力。"福尔摩斯继续说道,"当时我感觉到大地在颤抖,就猜到可能是洞穴坍塌了,而且我知道这件事肯定与格雷有关。我检查了通往洞穴的唯一一个外部入口,防止她从那里逃跑。"

"还有另一个入口?"艾琳问。

"曾经有过,"福尔摩斯纠正道,"但现在只剩下一个很小的豁口。真的太小了,格雷肯定钻不出来。"

"该睡觉了!"查林杰吼道,用拳头捶了一下桌子,把他们都吓了一跳,"明天又是新的一天,我们可以用来清理今天留下的这个烂摊子。你们三个得回去睡觉了。我想需要有人护送你们,因为我没法相信你们会乖乖地从这里走到塔楼,没准儿会把我的半个学校都炸掉呢。谢天谢地,建筑者们早考虑到了洞穴会自行塌陷的可能性。你在全英格兰也找不到比这更坚固的建筑了。"

亚瑟、艾琳和吉米早已筋疲力尽,没有力气争辩。黎明已经悄悄爬上天空,像一个穿紫衣服的小偷。

"我去送吧,"费尔南德斯博士说,"路上需要绕道而行。"

他们三个都站起身,跟着博士向门口走去。但亚瑟还有最后一件事想不明白。他在福尔摩斯身边停住了脚。

"教授。"他低声说。艾琳和吉米在这天晚上经受了太多，他不想再让他们无谓地担心，"你刚才说地道里留下的那个豁口不够大，格雷教授钻不出来。"

"没错。"福尔摩斯说。

亚瑟咬着嘴唇说道："但是，它对一个小孩子来说够大吗？"

第五十一章

刚刚开始

那天上午的课取消了,让大家在彻夜未眠后补一补觉。十点钟左右,亚瑟、艾琳和吉米走进餐厅,早餐还没有结束。几小撮同学吃完了早餐还迟迟不走,其他学生则在庭院里闲逛,或者去图书馆复习功课。

"上午好!"他们进去时,袋袋喊道,"我们一直在等你们呢!"她挥手招呼他们过去,就好像他们没看见她和格洛弗坐在老位置上似的。

几个朋友聚在一起,喝着香浓的甜茶,互相讲述着前一天晚上发生的事情。袋袋解释说,自从格雷教授的办公室受到意外袭击之后,她就一直在增加自己的火蚂蚁储备,为偷袭者的下一次到来做好准备,她果然准备得很充分。

"可是你不害怕吗?"艾琳问道,"他手里有刀!"

"哦,只是一把开信刀。"袋袋回答,"那人在格雷办公室时也带着它。所以我才认出了他。他只是想让我们以为那是一把刀。"

"可你告诉我袭击者有刀!"亚瑟不满地说。

袋袋耸了耸肩:"这样故事才更精彩嘛。但是说到格雷教授……那台机器怎么样了?格雷教授目前在哪儿?"

艾琳咬着嘴唇:"袋袋……我很抱歉,格雷教授死了。"

亚瑟什么也没说。

袋袋的眼睛里涌出了泪水,就好像艾琳掐了她一把:"她……我知道她很可恶……但她是一位了不起的科学家、了不起的老师。告诉我发生了什么事吧。"

于是,他们第二次讲述了洞穴里发生的一切。袋袋睁着亮晶晶的大眼睛,格洛弗则竭力掩饰着内心的喜悦。

"我已经准备好了她的讣告!"他小声对亚瑟说,"可能性有多大?现在《号角报》肯定得把它登出来!"

"我们欠你们俩一份感谢。"他们把事情原原本本讲完后,亚瑟说道,"要不是你们牵制住了三叶草,我们就不可能及时赶到山洞。我们不应该对你们隐瞒的。"

"没关系，亚瑟。"袋袋说，"我们理解你们那么做的原因。"

"纠正错误永远不嫌晚。"格洛弗赞同道，"除非你死了，那可就太晚了。"

大家哈哈大笑。他们的笑声让炊事大娘忍无可忍，她不习惯早餐一直拖到中午。她把他们轰了出来，"砰"地关上了门。

"可是，格洛弗，你是怎么知道三叶草那些事的？"他们朝前门走去时，艾琳问道。

"这难道是秘密吗？你们总是在图书馆和餐厅里谈论它们。"

"我们还以为没有人在听呢。"吉米气恼地说。

"妈妈总是说我听力很强。"格洛弗得意地回答。

"亚瑟，你还没告诉我们咸鱼怎么样了呢！"袋袋说，这时他们已经来到天空蔚蓝、狂风呼啸的户外。

"你们自己来看吧。"亚瑟回答。

他怀念咸鱼依偎在身边的时光，但他并不想念它的爪子，它现在待的地方要快乐得多。

突然艾琳停住了脚步。"哦,糟糕。"她哀叹道,"现在怎么办?"

塞巴斯蒂安在楼梯口等着他们,就像前一天晚上一样。他的黑眼圈很深,平时梳得整整齐齐的头发,现在后面翘了起来,他的脸上满是鲜红色的斑点,那是袋袋的蚂蚁干的好事。

他带着毫不掩饰的仇恨盯着亚瑟。

"从看到你的第一刻起,我就知道你是个十足的傻瓜。"亚瑟走到他身边时,他说道,"但你还不知道你昨晚做的决定有多么愚蠢。"他把目光转向吉米,"我本来以为你会更有出息,莫里亚蒂。"

吉米的下巴绷紧了,脸上的血色褪去了一些。

"我们没有把三叶草成员的名字告诉校长,"他喃喃地说,"包括你的。"

这并不是亚瑟的选择。当时,亚瑟正要告诉校长塞巴斯蒂安昨晚偷听他们谈话的事,吉米打断了他。但亚瑟看出吉米的决定是明智的。他们放弃了加入三叶草的机会,现在成了这个团伙的仇人。吉米想把他们造成的损失降到最低,也许可以让他们免受一些报复。

"我们不想再惹麻烦,塞巴斯蒂安。"吉米补充道。

塞巴斯蒂安冷笑。"也许你们应该早点想到这个。"他说。然后他粗暴地推开亚瑟,往楼上走去。

两个穿白衣服的身影在楼梯顶上等着他。

托马斯·胡德和奥利·格里芬。

他们脸上都有着同样仇恨的眼神和被蚂蚁咬伤的红点。

"你最好留点神,道尔。"托马斯说。亚瑟不记得听他说过话,但立刻就听出了他的声音。魔术师!"从今往后。"

"你要格外当心,"奥利附和道,"特别是你亲爱的妈妈还希望你毫发无损地回家呢。"

亚瑟第一次听到她高亢、悦耳的声音,才意识到自己一直以为她是个男孩,因为她头发很短,而且起了个男孩的名字。其实奥利是个女孩——夜莺。

"谢谢,"他说,"但我们能照顾好自己。"他看了袋袋一眼,笑了。然后他昂首挺胸地转身背对着他们。几个朋友也学着他的样儿。过了一会儿,他回头一看,那几个幽灵般的身影已经不见了。

咸鱼在森林里的新家中跟大家相处得很融洽，它在一个大鸟窝里快乐地呱呱叫，而不太像渡渡鸟的迪迪无微不至地照顾着这只新雏鸟。

"可怜的迪迪在这里独自待得太久了。"艾琳说，"费尔南德斯博士有一种预感，如果有机会，迪迪会把咸鱼当自己的孩子抚养。博士对此非常兴奋。她说这证明恐龙与鸟类的关系更密切，可能超过了它与爬行动物的关系。"

咸鱼看见了他们，立刻就从窝里飞下来，在他们几个人中间飞进飞出。它落在亚瑟的肩头，冲着他的脖子咬了一口。

"哎哟！"亚瑟叫道。

但是亚瑟被卡罗琳咬过那么多次，知道这是一种爱的表达。

"我很高兴它能留在这里，"袋袋说，"我们随时都能过来看它！"

"我还是想知道，等咸鱼长大一些之后，查林杰校长会怎么跟其他同学说。"吉米说。他从餐厅里拿了一些小鱼干，开始扔给咸鱼吃。

"这是以后要考虑的问题。"艾琳回答。

他们看着咸鱼一条接一条地叼住小鱼干,被它的空中技巧逗得哈哈大笑。

然而亚瑟眼角的余光看到一样东西,分散了他的注意力。

应该让朋友们过一天无忧无虑的日子。因此,亚瑟没有给他们看他从旁边荆棘丛中扯下的那根长长的黑色马毛,也没有把那天早晨发生的事告诉他们。

那天凌晨,当费尔南德斯博士带着亚瑟、吉米和艾琳来到迪迪的鸟窝时,咸鱼还没有做好离开亚瑟的准备。黎明时分,亚瑟和费尔南德斯博士留在森林里,让艾琳和吉米回去睡觉,后来博士也靠在一棵树上睡着了。

所以,只有亚瑟听到了那匹马低沉的鼻息声。

绿骑士悄无声息地骑马过来,亚瑟没有察觉。绿骑士在布满青苔的空地对面凝视着亚瑟。

亚瑟腾地站起身,握紧双拳准备战斗,但那个自称绿骑士的男人并没有靠近。在灰暗的光线下,在骑士的兜帽下,亚瑟只能依稀看到他苍白的肤色。

"我担心你会后悔今晚做的事情。"绿骑士轻声说。

"我认为不会。"亚瑟回答。

他仿佛看见对方嘴角弯起,露出一个空洞的微笑。他感到浑身发冷。

"你还不知道自己启动了什么。"绿骑士说。

"也许是吧,"亚瑟承认,"但我知道选择不帮你是对的。"

亚瑟心里也不清楚,那天下午他在爱丁堡从马蹄底下救出婴儿车时,究竟启动了什么。那次行为把他引到了这里,引到了巴斯克维尔学院。一个人永远不知道自己的选择会通向哪里。一个人能做的,就是在当下做出正确的选择。

"我们还会见面的,亚瑟。比你想象的还要快。"

说完,绿骑士打了个响舌,骑着马离开了。

"这是什么,亚瑟?"袋袋问。

"没什么。"亚瑟说,他强忍着战栗,让那根马毛随风飘走了。

他会把见到绿骑士的事告诉他们,但不是今天。艾琳说得对,这个问题可以等明天再考虑。

艾琳低头看了看父亲怀表上的时间,亚瑟仔细地打量着她,想起了前一天晚上她是多么勇敢和机智。是她一把抓住了即将落水的自己,是她出主意叫吉米毁掉机器,格雷才没有把他俩推进翻腾的河里。也许她天生就聪慧勇敢,或者,亚瑟想,是有人教会了她这些品质⋯⋯

但这件事也可以改天再讨论。

他跟朋友们一起玩耍嬉戏,直到手指都冻得发麻,大家才决定到图书馆的一个壁炉旁暖和暖和。

"再见啦,咸鱼!"亚瑟说,亲热地拍了拍恐龙的头,"我们很快会再来看你的。"

咸鱼忙着大嚼小鱼干,根本没注意到他们的离开。

他们走到森林边缘时,亚瑟突然听到身后有拐杖的啪啪声,不禁吃了一惊。他转过身,看见福尔摩斯教授正在几步开外的森林里行走。

"道尔,"他说,"我有话要说。"

亚瑟看了朋友们一眼:"我一会儿来追你们。"

"你在巴斯克维尔学院的第一学期过得很精彩。"福尔摩斯说道,"我就知道我推荐你是对的。是格雷把我骗去苏格兰做了一番无用功,但如果我是宿命论者,可能就会相信是命运让我在那天遇见了你。希望你没有后悔决定来这里。"

亚瑟回想起那个站在亚瑟王宝座山上、敬畏地看着查林杰飞船降落的男孩。在那以后发生了多少事啊！远远超出了那个男孩的梦想。

"一点也不后悔，先生。"他说。

"很好。因为我们还有更多的工作要做。"

"什么意思？"亚瑟问。

福尔摩斯停下脚步，从口袋里掏出什么东西，那是一片白色的破布，上面还连着一粒黑纽扣。

"觉得眼熟吗？"

亚瑟盯着破布，它看起来确实很眼熟。"是格雷教授的实验工作服。"他说。

"我刚才发现的，"福尔摩斯说，"被地道口的树枝钩住了。"

亚瑟的心猛地一跳："你是说……"

"你说得对，岩石滑坡后留下的那道裂缝，一个成年人无论如何都钻不过来，"福尔摩斯严肃地说，"但是它显然能让一个孩子通过。"

亚瑟咽了口唾沫："这么说，格雷还活着？"

"我想，她在等待时机，"福尔摩斯说，"很可能在密谋报复。"

"我也要告诉你一件事。"亚瑟回答。他把遇到绿骑士的事告诉了教授。

亚瑟讲完后，福尔摩斯凝视了他良久。亚瑟仍能听到其他人朝庄园走去时的欢声笑语。他多么渴望回到他们中间，充分利用这阳光明媚的一天，除了享受朋友们的陪伴，什么也不用做。

"他说的是真的，对吗？"亚瑟问，"这件事还没有结束，对吗？"

"恐怕是的。"福尔摩斯说，"事实上，我怀疑这仅仅是个开始。而我的怀疑几乎总是对的。"

亚瑟打了个寒战。

我们还会见面的，亚瑟。比你想象的还要快。

但是福尔摩斯教授似乎并不害怕，他拍了拍亚瑟的肩膀。"做好准备吧，我的孩子。"他说。他那双灰色的眼睛闪烁着奇异的光芒，嘴角挂着一抹微笑。

"好戏开场了。"

关于亚瑟·柯南·道尔

真正的亚瑟·柯南·道尔于1859年出生于苏格兰的爱丁堡，他在贫困中长大，身边有兄弟姐妹，还有他敬爱的母亲和酗酒的父亲。1868年，他被送到了英格兰兰开夏郡的一所寄宿学校。后来他很少提及这段经历，也很少提到在那里结交的任何朋友（尽管最近发现有一位同学叫莫里亚蒂）。在他徘徊在校园的那些年里，可能发生过什么奇怪而不可思议的事情吧。

道尔后来进入爱丁堡大学医学院学习，并成为一名医生。他在朴次茅斯开设了自己的诊所，希望能赚到足够的钱来养家糊口，但发现病人很少。他独自坐在办公室里，开始写以侦探夏洛克·福尔摩斯为主角的故事。当他把第一篇福尔摩斯故事送去发表时，他无法想象未来会有数百万读者认识并爱上这位脾气暴躁的侦探，以及他忠实的朋友华生医生，还有詹姆斯·莫里亚蒂、哈德森太太、艾琳·艾德勒和玛丽·摩斯坦等多姿多彩的配角。

道尔在他的第一部真正的科幻小说《失落的世界》（*The Lost World*）中向世界介绍了查林杰教授。而法国军官艾蒂安·杰拉德准将的滑稽冒险，以及在《罗德尼·斯通》（*Rodney Stone*）中描述的残酷的拳击手世界，都展示了道尔想象力的广度和他研究的深度。

道尔还是一名拳击手和运动员，他也将这种精神融入日常生活，无论看到什么不公正的现象，他都无所畏惧地与之抗争。在成年后的大部分时间里，他对超自然现象的可能性着迷，最终成为一名虔诚的唯灵论者，坚信逝者会在另一个世界继续生活。时至今日，柯南·道尔依然因创造了有史以来最受欢迎的虚构人物而被人们铭记。

致谢

我向所有帮助这个故事问世的人致以最深切的谢意，其中包括：首先，我美好的家人，你们在这次伟大的冒险中一直支持着我。你们是我能写作的原因，也是我写作的原因。正如亚瑟谈到他自己的家人时所说，你们是最伟大的。

其次，我在 Working Partners（工作合作伙伴）的才华横溢的朋友和同事，特别是才华横溢的米歇尔·科波拉，没有她就没有"巴斯克维尔学院"系列。还有克里斯·斯诺登，他很久以前就决定给我一个机会。还有第一本书团队的其他成员，他们帮助塑造了这个故事：凯伦·鲍尔、伊丽莎白·加洛韦、斯蒂芬妮·莱恩·艾略特、丹·乔利、詹姆斯·诺布尔、山姆·努南和克里斯塔尔·维拉斯奎兹。

感谢柯南·道尔产权会管理人信任我，将亚瑟的故事分享给我，特别是理查德·道尔和理查德·普利，他们对亚瑟的生活和遗产的丰富见解一路上给予了我极大的帮助。

我的前经纪人萨拉·戴维斯，在顺利退休前促成了这次合作。而我的现任经纪人切尔西·埃伯利，她超出了我的所有期望，并且成了亚瑟故事的出色代言人。

哈珀·柯林斯的团队非常敬业，包括伊娃·林奇科默、卡琳娜·威廉姆斯、艾米莉·曼农、艾比·多默特、劳拉·莫克、艾米·瑞安、乔恩·霍华德、格温·莫顿，尤其是我那了不起的编辑艾莉森·戴，她一直相信我、支持我。我不知道自己怎么会这么幸运能和她合作这么久，能继续合作这个系列简直是我的梦想。

感谢代理方致力于确保世界各地的读者能够和亚瑟一起踏上这段冒险之旅。

迈克尔·迪、特蕾莎·里德、丹·乔利和詹姆斯·诺布尔等人为将"巴斯克维尔学院"系列搬上银幕做出了巨大的努力，特别是已故的米歇尔·福德，她的热情、智慧和激情让我们深深怀念。

出色的伊科波·布鲁诺,其精美细致的封面设计让"巴斯克维尔学院"系列栩栩如生。

丹尼尔·斯塔肖尔,他关于亚瑟·柯南·道尔的著作对于这本书的考究起到了不可或缺的作用,而且他还慷慨地回答了我提出的许多问题。

对这部小说提供早期反馈或评论的人,包括安妮·乌苏、凯瑟琳·拉斯基和斯科特·莱因特根。

最后,或许也是最重要的,要感谢亚瑟·柯南·道尔本人。每一个活着的读者和讲故事的人无疑都对他怀有深深的感激之情。他重视公平、进步、创新和正直。还要感谢他的母亲玛丽·道尔,是她最早给他讲的故事。

巴斯克维尔学院
福尔摩斯的启示

[美] 阿里·斯坦迪什 著
马爱农 译

图书在版编目（CIP）数据

巴斯克维尔学院 . 福尔摩斯的启示 /（美）阿里·斯坦迪什著；马爱农译 . -- 北京：北京联合出版公司，2025.6. --（未小读文库）. -- ISBN 978-7-5596-8375-5

Ⅰ. I712.84

中国国家版本馆 CIP 数据核字第 2025EP1508 号

THE IMPROBABLE TALES OF BASKERVILLE HALL BOOK 1

by Ali Standish

Text copyright © Conan Doyle Estate Ltd and Working Partners Limited, 2023
Simplified Chinese edition © 2025 United Sky (Beijing) New Media Co., Ltd.
All rights reserved.
Certain Sherlock Holmes stories are protected by copyright in the United States owned
by Conan Doyle Estate Ltd.®
The Series has been licensed to United Sky (Beijing) New Media Co., Ltd. by the Working Partners Limited in association with Conan Doyle Estate Ltd.

Arthur Conan Doyle® and 〔图标〕 are registered trademarks of Conan Doyle Estate Ltd.®

北京市版权局著作权合同登记号 图字：01-2025-1701 号

出 品 人	赵红仕
选题策划	联合天际・未小读工作室
责任编辑	杨 青
特约编辑	韩 优
美术编辑	梁全新
封面设计	孙晓彤

未小读
UnRead Kids
和世界一起长大

出　　版	北京联合出版公司
	北京市西城区德外大街 83 号楼 9 层 100088
发　　行	未读（天津）文化传媒有限公司
印　　刷	北京联兴盛业印刷股份有限公司
经　　销	新华书店
字　　数	186 千字
开　　本	787 毫米 × 1092 毫米 1/32 12.75 印张
版　　次	2025 年 6 月第 1 版 2025 年 6 月第 1 次印刷
ISBN	978-7-5596-8375-5
定　　价	69.80 元

客服咨询

本书若有质量问题，请与本公司图书销售中心联系调换
电话：(010) 52435752

未经书面许可，不得以任何方式转载、复制、翻印本书部分或全部内容
版权所有，侵权必究